신투

Fantastic
Oriental
Heroes

녹목목목 新무협 판타지 소설

신투 3

녹목목목 新무협 판타지 소설

초판 1쇄 찍은 날 § 2005년 9월 22일
초판 1쇄 펴낸 날 § 2005년 9월 30일

지은이 § 녹목목목
펴낸이 § 서경석

편집장 § 문혜영
편집책임 § 한지윤
편집 § 장상수 · 이재권 · 유경화

펴낸곳 § 도서출판 청어람
등록번호 § 제1081-1-89호
등록일자 § 1999. 5. 31
어람번호 § 제2-0705호

주소 § 경기도 부천시 원미구 심곡1동 350-1 남성B/D 3F (우) 420-011
전화 § 032-656-4452 팩스 § 032-656-4453
http://www.chungeoram.com
E-mail § eoram99@chollian.net

ⓒ 녹목목목, 2005

ISBN 89-5831-692-6 04810
ISBN 89-5831-689-6 (세트)

神

신투

Fantastic
Oriental
Heroes

녹목목목 新무협 판타지 소설

偷

③

드디어 붙잡히다!

도서출판 청어람

|목차|

제1장 저, 저놈이 내 딸을?   7

제2장 드디어 붙잡히다!   29

제3장 구달비, 00당하다   61

제4장 인간 곰국   85

제5장 활불국(活佛國)   107

제6장 무황(武皇)   133

제7장 칠보동보(七寶動寶)   165

제8장 나는 분하고 억울하다!   197

제9장 허공에 생긴 문   223

제10장 백색과 흑색의 두 마리 영물   253

제11장 구출   291

第一章

저, 저놈이 내 딸을?

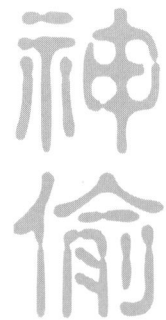

호랑이 같은 아버지한테 발각된 줄도 모른 채 구달비는 금경은과 노닥거리고 있었다.

금경은이 밝은 기색으로 구달비한테 말한다.

"천상유혼 공자님, 저도 드릴 게 있어요."

침상 모퉁이에 설치된 보석함에서 그녀가 꺼내 온 것은 한옥으로 만든 길쭉한 모형의 패였다.

그것은 여인들이 허리에 장식용으로 차는 패로서 십장생(十長生)인 해·산·물·돌·구름·솔·불로초·거북·학·사슴이 장인의 솜씨로 정교하게 새겨져 있는 실로 값진 패였다.

금경은은 패를 내밀며 설명했다.

"이건 제 아버지가 처음으로 마련해 주신 한옥이에요."

금경은의 아버지 금천하는 병약한 딸이 오래 살기를 기원하면서 십

장생의 이 패를 사준 것이리라.

한데 그토록 의미있는 패를 금경은은 구달비에게 서슴없이 주었다.

구달비 또한 한번 거절하는 예의도 없이 냉큼 받았다.

"고맙소이다! 내 이것을 언제나 몸에 지니고 다니겠소!"

여인으로부터 마음이 깃든 선물을 받자 '이 여자는 이제 내 것'이라는 도둑 심보로 슬그머니 '하오체'가 나오는 구달비.

그는 한옥패를 품에 넣으며 충동적으로 장담했다.

"금 낭자! 내 그대의 병을 고치도록 반드시 만년빙심을 갖다 드리겠소이다!"

금경은은 수심이 가득한 얼굴로 물었다.

"황궁보고에 가실 건가요? 거긴 정말 무서운 곳인데… 전 천상유혼 공자님이 너무 걱정돼요. 제 병은 어찌 돼도 좋으니 그런 위험한 곳에는 가지 마세요."

자신을 염려해 주는 여인의 말에 구달비는 정신이 나가 버렸다.

"금 낭자!"

구달비는 금경은의 손을 덥석! 잡았다.

금경은이 고개를 모로 꼬며 몹시 수줍어한다.

난생처음으로 사내에게 손을 잡힌 그녀는 심장이 세차게 뛰며 얼굴로 피가 몰렸다.

반면에 그녀와는 달리 구달비는 눈을 크게 뜬 채 그대로 얼어붙었다.

'윽! 이렇게 찰 수가?'

금경은의 손은 얼음보다 더 찼으며, 그 손을 통해서 전해져 오는 한기에 구달비는 이빨이 딱딱 맞물릴 지경이었다.

아까는 좋아서 정신이 나갔지만 지금은 너무 추워서 정신이 왔다리 갔다리 한다.

'손만 닿아도 이 지경인데, 입맞춤이라도 했으면 정말 큰일날 뻔했다! 아무튼 이 여자의 병을 못 고치면 내게 미래란 없다!'

구달비는 이 얼음 덩어리 손을 뿌리치고 싶었다.

하지만 그럴 분위기가 아닌지라 별수없이 이를 악물고 금경은의 손을 꼬옥 잡고 있었다.

'내가 이렇게 살신성인을 하는 놈이었을 줄이야 누가 알았겠누? 여자가 남자의 가치관을 바꿔놓는다고 하더니만 그 말이 정녕 사실이었구나.'

구달비는 스스로가 대견했다.

이렇게 두 청춘 남녀 사이에 무지갯빛 소나기가 뿌려지고 있을 때…….

콰당!

문짝이 떨어져라 벌컥 열리며 금경은의 오라비인 금종규가 뛰어들었다.

그와 동시에 창문으로는 아버지 금천하가 들이닥쳤다.

아버지 금천하는 방에 들어선 순간 흠칫 몸을 세웠다. 딸이 어느 놈팡이와 손을 잡고 있는 광경이 시야에 들어왔기 때문이다.

그의 입에서 나직한 목소리가 으르렁대며 튀어나왔다.

"저, 저놈이 내 딸을?"

"아버지?"

금경은은 몹시 당황했다.

그녀는 이런 식으로 천상유혼 공자를 아버지한테 소개하게 되자 허둥대며 어쩔 줄을 몰라 했다.

그리고 뜻밖의 사태에 구달비 또한 심장이 목구멍으로 튀어나올 만큼 놀랐다.

"으헉!"

구달비는 투철한 직업의식으로 일단 얼굴부터 가렸다.

한편 오빠인 금종규는 검을 든 채 방문을 가로막았다.

그는 눈앞에 보이는 장면에 자신의 눈을 의심했다.

금종규는 아버지로부터 '네 동생이 사내를 방으로 끌어들인다' 는 소리를 듣긴 했으나 믿지 않았다.

그리고 조금 전 아버지가 급히 달려와 자신을 불러낼 때까지만 해도 그는 아버지가 잘못 알고 있다고 생각했다.

한데 지금 이 광경은 무엇인가?

병든 여동생을 돌보느라 아직까지 장가도 못 간 채 희생하는 금종규.

그는 침실로 사내를 끌어들인 여동생의 추한 짓거리에 극심한 분노를 느꼈다.

하지만 금종규는 그저 뻣뻣이 선 채로 분을 삭일 뿐이었다. 그는 저 사내를 이 자리에서 죽일 건지 생포할 건지를 아버지가 빨리 결정하기만을 기다리고 있었다.

금경은은 구달비의 앞을 가로막으며 아버지의 목소리가 들려온 창쪽을 향해 외쳤다.

"잠깐만요! 아버지, 이분은……."

"저리 비켜라!"

천둥 같은 노성이 아버지 금천하의 입에서 터져 나왔다.

금경은의 뒤에 숨어 두 손으로 얼굴을 가린 구달비는 재빨리 궁리했다.

'황금장에 쫓기는 몸이니 내 신분을 드러내며 딸을 달라고 청할 수는 없다. 게다가 명문인 금씨세가에 비하면 난 거렁뱅이나 다름없지 않은가? 그리고 이런 현장까지 들켰으니 이들이 나를 좋은 마음으로 받아들일 리가 없다. 그래! 일단은 여기서 도망치는 게 상수다!'

구달비는 도주하기로 결심했다.

그러나 창문은 아비 금천하가, 방문은 오라비 금종규가 막고 있다.

사방 어디에도 빠져나갈 틈이라곤 전무하다.

더구나 두 사내는 시퍼런 검까지 빼 들고 있는 상태다.

금씨세가는 검술로 유명한 문파.

경공이 빛보다 빠르지 않은 이상 저 검이 휘둘릴 사정거리를 몸으로 뚫고 통과할 수는 없는 노릇이다.

탈출을 하려고 해도 나갈 방도가 없자 구달비는 애가 타서 발을 동동 굴렀다.

'여기서 잡힐 수는 없어! 어떡하지? 어떡하지? 아이구우~'

아버지 금천하는 딸에게 악을 벼락같이 썼다.

"비키라고 하지 않느냐?!"

"아버지, 일단 제 말을 먼저 들어보세요!"

금천하는 사내놈을 감싸는 딸의 행동이 못내 노여웠다.

"이… 이년이?"

금천하의 입에서 난생처음으로 상스러운 말이 튀어나왔다.

딸이 놀라서 움찔하는 게 눈에 들어온다.

그러나 곧 금천하의 핏발 선 눈알은 딸의 뒤쪽을 향했다. 이상한 광경이 눈에 띄었기 때문이다.

"……?"

딸이 끼고 도는 놈팡이가 갑자기 바닥을 향해서 허리를 구부리더니만 제자리에서 빙글빙글 돌았다.

'고추 먹고 맴맴'이라는 아이들의 놀이처럼, 놈은 장난이라도 치듯 머리를 사타구니 사이에 처박다시피 하고 손으로 바닥을 짚으며 팽이처럼 회전을 했다.

그런데 그 회전은 속도가 점점 빨라졌다.

마치 조그만 회오리바람을 보는 것만 같다.

"……!"

금천하의 안색이 굳어졌다.

'저런 재주를 보일 수 있다니, 보통 놈이 아니다!'

금천하는 끌어올린 자신의 공력을 다시 한 번 점검하며 새로운 각오로 검을 움켜잡았다.

그런데 사내가 하는 수상쩍은 짓을 주시하던 금씨 부자의 입에서 동시에 경악성이 터져 나왔다.

"헛?"

"아닛?"

뱅뱅 돌던 사내놈의 모습이 귀신같이 사라졌다!

금천하와 금종규는 놈이 있던 자리로 황급히 달려갔다.

방바닥엔 둥근 구멍이 하나 뻥 뚫려 있다.

예상치 못했던 황당한 광경에 금씨 부자는 눈알이 튀어나올 것만 같았다.

"이런!"

"세상에?"

깜짝 놀란 아들 금종규가 그 구멍으로 뛰어들려는 찰나.

아무도 살지 않는 아래층의 창이 벌컥 열리는 소리가 들려왔다.

순간 아비 금천하는 번개같이 뒤를 돌아 그가 들어왔던 창문을 향해 몸을 날림과 동시에 창밖으로 검을 떨쳤다.

"흐얍!"

슈 악—

금천하의 검날이 수백 개로 변화하며 폭사되었다.

금성류검(金星流劍)이라는 그의 별호답게 캄캄했던 밤하늘엔 마치 한 떼의 유성이 무리져 쏟아지는 듯, 금씨 가문의 독문무공인 금성폭류(金星瀑流)가 화려하면서도 거세게 펼쳐졌다.

그리고 분명히 무엇인가를 벤 느낌이 검을 쥔 손아귀로 전해져 왔다.

금천하는 자신만만하게 부르짖었다.

"베었다!"

장님인 금경은은 귀에 온 신경을 집중하던 터에 '베었다'는 소리를 듣자 큰 충격을 받았다.

그녀는 힘없이 쓰러졌다.

"아……."

오빠인 금종규가 깜짝 놀라서 동생한테 뛰어갔다.

"경은아! 얘야, 정신 차려라!"

금천하는 아들에게 딸을 맡겨둔 채, 확실히 놈팡이를 베었다는 믿음으로 창을 뛰어넘었다.

하나 그의 얼굴은 삽시간에 굳어져 버렸다.

"……!"

저 멀리 도망치는 놈의 뒷모습이 눈에 들어왔다.

창 밑에는 의당 있어야 할 시체 대신 옷 쪼가리와 머리카락들이 널려 있을 뿐이었다.

한편 탈출에 성공한 구달비는 금경은과 작별 인사도 변변히 못하고 떠나는 게 못내 아쉬워 힐끗 뒤를 돌아보았다.

순간 그는 기겁을 했다.

금천하가 죽자 사자 달려오고 있었던 것이다!

"게 서랏!"

"흐엑!"

깜짝 놀란 구달비는 전신 공력을 다 끌어올려서 쏜살같이 내달았다.

피융—

그야말로 전광석화가 따로 없었다.

삽시간에 언덕 너머로 사라지는 구달비!

금천하는 자기가 본 걸 믿을 수가 없었다.

"허! 저리도 빠르다니?!"

자신의 경공으로는 도저히 따라갈 수 없다.

결국 금천하는 추격을 포기하고 누각으로 돌아왔다.

그런데 땅에 놈팡이의 옷 쪼가리와 머리카락이 남아 있다.

분노에 찬 눈 속으로 뭉텅 잘려진 탐스러운 머리칼이 들어온다.

그러나 금천하는 그보다는 찢어진 옷 조각에 더 시선이 갔다.

그는 휘황찬란한 이 옷감이 비단 중에서도 상당히 값이 나가는 특품이란 걸 한눈에 알아볼 수 있었다.

"으음. 비단옷이군. 재력이 탄탄한 놈이야."

놈팡이가 떨구고 간 실마리를 토대로 나름대로 추측을 해보는 금천하.

하지만 그는 이해가 안 가는 부분이 있었다.

"옷이 이만큼 찢겨졌는데도 불구하고 피 한 방울 안 흘리고 도주하다니 이게 대체 어찌 된 영문인가?"

그 까닭으로 치자면 구달비가 금경은 방의 한기를 막으려고 있는 대로 옷을 다 껴입는 통에, 비단옷 밑에 입었던 천잠사 잠행복이 금씨세가의 칼날을 막아준 덕택이다. 하나 그런 사실을 금천하가 어찌 알리요?

금천하는 딸의 방으로 올라와 바닥에 뚫린 구멍을 조사했다.

돌만큼 단단한 한옥과 그 밑의 두터운 나무 층이 뭔가 예리한 것에 의해 잘라진 게 보인다.

놈팡이가 이 자리에서 맴을 돌 때 놈의 손에 어떤 검은빛의 물체가 쥐여져 있던 게 기억난다.

'놈은 한옥 베기를 무 자르듯 하는 굉장한 신병이기를 가지고 있구나!'

구멍 앞에서 금천하는 한동안 움직일 줄을 몰랐다. 바닥을 뚫고 탈출한 놈팡이의 임기응변에 그는 혀를 내두를 뿐이다.

금천하는 방 안의 한기가 빠져나가지 못하게 널빤지로 일단 구멍을 막았다.

그 후 세 식구는 금경은의 방에서 가족회의를 열었다.

혼절에서 깨어난 딸은 놈팡이가 안전하다는 소리를 듣자 뛸 듯이 기뻐했다.

하지만 금천하는 기가 차서 아무 말도 나오지 않았다.

딸은 놈팡이의 이름을 비롯하여 그자의 사문도 집안도 아무것도 몰랐던 것이다.

아는 거라고는 고작 '천상유혼'이라는 놈의 별호뿐이다.

그러나 강호에서 천상유혼이라는 별호는 듣느니 처음이다.

고로 딸이 만나는 놈은 감추는 게 많은 몹시 수상쩍은 놈이었다. 더욱이 놈은 교활하게도 딸의 병을 알고는 만년빙심을 앞세워 딸의 신뢰를 얻었다.

딸이 말한다.

"아버지, 그는 제게 분명히 약속했어요, 황궁보고에서 만년빙심을 가져오겠다고요."

만년빙심이 뉘 집 똥강아지 이름인가? 십 년이 넘는 오랜 세월 동안 전 재산을 다 투자하면서 찾아 헤맸어도 아직 발견 못한 영약이다. 게다가 황궁보고라니? 아니, 그놈이 무슨 황족이라도 된단 말인가?

금천하는 어이가 없었다.

딸이 다시 말한다.

"그는 당문에 갔었으나 당문에는 만년빙심이 없다고 했어요."

세상 물정 모르는 순진한 딸은 어디서 굴러왔는지도 모르는 놈의 말을 철석같이 믿고 있었다.

그런 금경은을 보며 아버지와 오라비는 심히 답답했다.

오빠 금종규가 주먹으로 가슴을 치며 핀잔을 준다.

"경은아! 당문이 개나 소나 다 들락거릴 정도로 호락호락한 곳인 줄

아느냐? 구파일방도 무서워서 피해가는 곳이 당문이야!"

"하지만 그는 분명히 당문에 갔다 왔다고 했어요. 저는 그를 믿어요."

금종규는 화가 나서 견딜 수가 없었다.

자신이 동생에게 먹일 영약을 구하러 발바닥 부르트게 돌아다니는 동안 동생은 사내놈을 끼고 앉아 히히덕대고 있었다고 생각하니 너무도 분했다. 거기에 보태어 동생은 오라비인 자신의 말보다 신분도 모르는 놈의 말을 더 믿었다.

금종규는 자리에서 벌떡 일어나 고함을 질렀다.

"이 멍청한 계집애야! 사내놈 말을 곧이곧대로 다 믿다니, 아무리 방에만 갇혀 살았기로 어찌 그리도 머리가 텅 비었느냐?!"

믿었던 동생한테 배반당했다는 심정에 그는 연이어 악을 썼다.

"게다가 다 큰 처녀가 오밤중에 침소로 사내를 끌어들여?! 아무리 우리 가문이 옛날만큼 권세를 누리지는 못한다고 해도, 네가 이럴 수는 없음이야! 사실 말이 났으니 하는 소리지만, 우리 집안이 이 지경이 된 게 다 누구 탓이냐?"

"종규야, 그만 하거라!"

금천하는 딸의 가슴에 못을 박는 아들을 말렸다.

금종규는 아버지의 호령에 자리에 주저앉았지만 분에 못 이겨 씩근덕거렸다.

그러나 여동생이 소매로 눈시울을 찍으며 소리 죽여 우는 것을 본 그는 이내 마음이 아파졌다.

병만 없었으면 이 세상 누구보다도 아름다울 동생이었다. 그런 그녀가 이런 을씨년스럽고 어두컴컴한 방구석에서 꽃다운 나이를 보낸다고 생각하자 다시금 우울해지는 금종규다.

"에잇! 제기랄!"

콰!

자기도 모르게 순간 울컥해서 죄없는 탁자를 주먹으로 내려치는 오라비.

아버지 금천하는 그런 아들의 마음을 잘 알기에 아무 말이 없다.

다만 그는 이 상황을 객관적으로 차분히 정리해 보려고 노력했다.

'부유한 놈. 신병이기. 고수. 헌데 당당히 청혼을 않고 밤에 여인을 몰래 만나는 놈. 그리고 현장을 들키자 낯부터 가리는 놈.'

아무리 생각해 보아도 결론은 부정적이다.

그런데 불난 집에 부채질한다고 금경은이 울먹이면서 외쳤다.

"아버지, 오빠! 그는 나쁜 사람이 아니에요!"

금천하는 금방이라도 폭발할 것만 같은 분노를 꾹꾹 눌러 참으며 딸을 설득했다.

"애야, 너와 함께 있는 모습을 들켰다고 해서 얼굴을 가리다니, 그놈은 유부남이거나 뭔가 세상에 죄를 짓고 사는 놈일 게다. 생각을 해 보아라. 하늘을 우러러 부끄러움이 없는 놈이라면 왜 낯을 가린 게냐? 좌우지간 떳떳치 못한 구석이 많은 놈이다! 절대로 정상인 놈이 아니야!"

"아니에요! 그럴 리가 없어요!"

금경은은 사색이 된 얼굴로 부르짖었다.

이때 금천하의 예리한 눈이 딸이 하고 있는 목걸이에 가서 박혔다.

처음 보는 물건이다.

"그 벽옥 목걸이는 어디서 났느냐?"

“이, 이건…….”

딸은 말을 더듬었다.

금천하가 아들에게 눈짓했다.

금종규는 벌떡 일어나 동생의 목에서 목걸이를 낚아챘다.

“오빠, 안 돼요!”

금경은이 목걸이를 움켜잡으며 비명을 질렀지만 남자의 힘을 당해낼 수는 없었다.

아들은 아버지에게 벽옥 목걸이를 공손히 건넸다.

“아버지, 아마 그놈이 사준 건가 봅니다.”

“오빠, 돌려주세요! 제발 돌려줘요!”

금경은이 허공을 더듬어 오라비한테 매달린다.

목걸이를 넘겨받은 금천하는 잠시 그것을 물끄러미 들여다보았다.

이윽고 목걸이를 쥔 손이 부들부들 떨렸다.

금천하는 더 이상 참지 못하고 목걸이를 벽에 던져 버렸다.

“에익!”

벽옥 목걸이가 벽에 부딪치며 산산조각이 난다.

채그랑!

귀를 울리는 그 새된 소리에 금경은은 비명을 질렀다.

“꺄악!”

아버지는 엄한 소리로 딸한테 경고했다.

“앞으로 다시는 그놈을 만날 생각을 말아라! 내일 당장 진법사를 불러서 그 누구도 네 누각에 접근을 못하도록 진을 설치하겠다!”

이에 금종규가 즉각 응원을 한다.

“아버지, 아주 잘 생각하셨습니다! 이제 그놈이 다시는 경은이에게 집적거리지 못하도록 철통 경비를 하는 겁니다!"

"경은아, 오라비가 하는 말을 잘 들었지? 네가 집안에 누를 끼치는 행동을 내 더 이상 묵과할 수 없다!"

금천하는 딸에게 단단히 엄포를 주고는 아들과 함께 나가 버렸다.

금경은은 얼른 일어나서 벽으로 다가갔다.

그녀는 무릎을 꿇고 앉아 손으로 바닥을 더듬었다.

깨진 목걸이의 조각들이 손가락에 닿는다.

"…이렇게 처참하게 되어버리다니……."

천상유혼 공자 어머니의 유품이라던 소중한 목걸이는 박살이 나버렸다.

이제 무슨 낯으로 그를 볼 거나?

금경은은 가슴이 찢어지는 듯했다.

아버지와 오빠가 우려하는 바를 모르는 건 아니지만 그래도 목걸이까지 빼앗아 깨뜨려 버린 그들이 못내 야속했다.

눈물이 진주가 되어 떨어진다.

"흑흑흑……."

누가 뭐래도 그녀는 천상유혼 공자를 믿고 싶었다.

금경은은 바닥을 더듬어 깨진 조각들을 하나하나 정성껏 주웠다.

그러다가 그녀는 신음 소리를 냈다.

"아얏!"

깨진 목걸이의 날카로운 조각은 매정하게도 여인의 가냘픈 손가락을 무참히 찔러 버렸던 것이다.

솟아나는 선홍빛 핏방울이 붉은 진주가 되어 알알이 맺힌다.

금경은은 벽옥 조각들을 작은 비단 주머니에 넣었다.

그녀는 상처투성이가 된 손으로 주머니를 움켜잡고 흐느껴 울었다.

베어진 손가락의 아픔보다도 더 아린 것은 마음이다.

가슴이 미어지며 하염없이 눈물이 흐른다.

"다시 만날 때까지 절대로 목에서 풀지 않겠다고 맹세했건만……."

*   *   *

금씨세가에서 간신히 빠져나온 구달비는 연신 투덜댔다.

"쳇! 손해가 이만저만이 아니야!"

구달비는 너무도 억울해서 눈물이 날 것만 같았다.

태어나서 처음 입어본 비단옷은 등판이 걸레가 되었고, 뿐만 아니라 못생긴 얼굴에서 그나마 좀 봐줄 만하던 머리카락은 단발머리를 만들며 댕강 잘려져 나갔다.

그래도 천만다행인 건 그의 경공이 빨라지지 않았다면 잘려진 것은 머리카락이 아니라 그의 모가지였다는 점이다.

"제기랄! 머리 꼴이 이게 뭐야? 꽁지 빠진 수탉 같잖아?"

지금의 내공으로는 얼굴은 변화시켜도 머리카락을 길게 할 재주는 없다.

나오느니 한숨인 구달비다.

"휴~ 큰일이네. 이렇게 남들 눈에 띄는 머리 모양이면 너무 위험한데. 앞으로 삿갓이라도 쓰고 다녀야 하나?"

툴툴대면서 구달비는 몸 여기저기를 살폈다.

천잠사 잠행복이 검을 막아주어서 몸에는 상처가 없다.

하지만 그래도 등짝이 각목으로 수십 대 얻어맞은 것마냥 욱신거렸다.

구달비는 고수의 무공이 무섭다는 사실을 몸소 체험했다.

"우라질. 이런 꼴 또 당하기 전에 더러워서라도 무공을 익히든지 해야지 정말 못살겠다!"

이때 잠에서 깨어난 흑아가 구달비의 껑충한 머리를 보자 배를 잡고 굴렀다.

"푸하하하하~ 야, 니 머리 너무 웃겨! 아하하하~"

"그만 웃어! 내 머리가 웃기는 건 나도 안단 말야!"

구달비는 언짢아져서 소리를 질렀다.

그래도 상관 않고 킬킬대던 흑아의 눈이 문득 동그래졌다.

"저게 뭐야?"

"뭐?"

"니 등에서 펄럭대는 거 말야."

구달비 등판의 옷이 갈가리 찢겨져 휘날리는 것을 본 흑아의 질문이다.

구달비는 대수롭지 않다는 식으로 흘려 넘겼다.

"아 이거? 검에 베였어."

"검……?"

목을 길게 늘여서 등을 살펴본 흑아는 벌컥 화를 냈다.

"야! 잠깐 잠든 사이에 내가 사준 옷을 찢어먹어? 내 성의를 무시해도 유분수지, 어떻게 이럴 수가 있어?"

"미안해. 그렇지만 하마터면 죽을 뻔했단 말야."

구달비가 기가 꺾여서 사과를 한다.

하지만 기껏 사준 선물이 공으로 돌아가자 흑아는 길길이 뛰었다.

"그까짓 머리야 다시 자라면 그만이지만 비단옷은 이제 어디 가서 구해? 난 더 이상 돈 못내! 사준 옷도 제대로 간수 못하는 이 바보 멍청아!"

"그만 해! 나라고 옷을 찢고 싶었겠어?! 나도 이런 일이 벌어져서 내가 비단옷을 입고 살 팔자가 아닌 것 같아서 너무 기분이 더럽다구!"

"……."

화가 난 구달비가 악을 쓰자 흑아가 약간 찔끔한다.

그러나 잠시 잠잠하던 흑아는 금경은이 정표로 준 한옥패를 발로 차면서 짜증을 냈다.

"이거 뭐야? 차가워 죽겠어!"

구달비는 품에서 한옥패를 꺼냈다.

"내 애인이 준 건데 이게 그렇게도 차갑니? 그럼 단도랑 바꿔서 주머니에 넣을게. 여인네용 장식품인 옥패를 남자가 허리에 찰 수는 없으니까 말야."

구달비는 허리춤에 달고 있던 비단 주머니에서 검은 단도를 꺼내곤 그 속에 옥패를 넣었다.

그리고 단도는 품속에 갈무리했다.

한데 흑아가 발로 단도를 밀치며 또다시 불평을 한다.

"야! 나 이 단도 싫어하는 거 알잖아?!"

"하지만 주머니 안에 단도랑 옥패가 다 안 들어가는 걸 어떻게 해?"

"주머니를 더 사서 달아!"

"그렇게 주렁주렁 달고 다니면 꼴불견이야. 네가 한기에 약하니까 옥패를 싫어하는 건 이해가 가지만, 단도는 쓸 일이 자꾸 생기니까 너도 이젠 이 단도에 익숙해져야 해. 아까도 이 단도 아니었으면 난 잡혔어!"

"……."

구달비가 강하게 나오자 흑아는 포기했는지 더 이상 투정을 부리지
않았다.

그러나 이미 둘은 감정이 몹시 격해져 있었다.

구달비는 짧게 잘려진 머리도 문제였지만, 금경은 앞에서 머리칼이
잘리는 수모를 당하면서 도망친 꼴을 보여서 자존심이 상하는 판에 친
구인 흑아가 위로는커녕 깔깔대고 웃어서 화가 났다.

흑아는 모처럼 선물로 사준 옷을 구달비가 찢어먹어서 불끈 울화가
치민 상태다. 게다가 검은 단도가 옆에서 자꾸 거치적거리며 신경을
자극한다.

흑아가 퉁명스럽게 물었다.

"이제 어디로 갈 거야?"

구달비는 시큰둥하게 대꾸했다.

"북경에 가서 장사를 하자. 아무래도 사람은 큰물에서 놀아야지."

그런데 고분고분 받아들일 줄 알았던 흑아가 왈칵 성질을 냈다.

"북경이라면 황궁보고가 있는 데라며?! 너 만년빙심인가 하는 거 때
문에 북경에 가려는 거지? 그렇지? 너 미쳤냐? 미치지 않고서야 북경
엘 갈 리가 없어!"

정곡을 찌르는 흑아의 말에 구달비는 뜨끔했다.

그는 황급히 말했다.

"미치기는 내가 왜 미쳐? 큰돈을 벌려면 큰 도시로 가야 해! 하지만
뭐… 가는 김에 황궁보고도 한번 들르고……."

구달비의 속마음을 파악한 흑아는 언성을 높였다.

"황궁보고는 당문보다 수백 배로 무서운 곳이라며? 니가 지금 제정신이냐? 갈 테면 너 혼자 가! 난 죽고 싶지 않아!"

펄펄뛰며 난리를 치는 흑아에게 구달비는 거칠게 말했다.

"누가 죽는다고 그랬어? 죽어도 나 혼자 죽을 테니 상관 마!"

흑아가 붉은 눈알을 차갑게 부라렸다.

"나도 상관하고 싶지 않아! 하지만 니가 죽으면 누가 날 돌봐줘?"

"넌 친구 걱정은 눈곱만치도 안하고 너 먹고살 궁리만 하냐?!"

"제 발로 뒈지러 가는 놈을 내가 왜 염려해야 해?"

둘은 서로 한 치도 물러서지 않고 설전을 벌였다.

할 말 못할 말이 다 나오며 흑아가 구달비의 염장을 지른다.

"하필이면 왜 내가 너랑 붙어 다니는지 정말 재수도 지지리 없지! 멍텅구리가 황금장을 괜히 건드려서 허구한 날 산속으로 도망만 다니고. 으이그~ 지겨워!"

이에 열받은 구달비도 지지 않고 맞받아쳤다.

"누가 아니래? 하지만 가라는 데도 계속 쫓아온 건 너였어! 지금이라도 엄마 찾아서 갈려면 가!"

"내 약점을 잘 알면서 어떻게 그런 소리를 해? 아무튼 난 북경엔 안 가! 절대로 못 가!"

흑아가 반기를 들자 구달비는 콧방귀를 뀌었다.

"흥!"

"나도 흥이다!"

이렇게 두 친구는 처음으로 말다툼을 했다.

구달비는 흑아가 자신과 다니는 것을 '재수없다' 고 하자 내심 큰 충격을 받았다.

흑아는 흑아대로 가기 싫은 황궁보고행을 구달비가 강압적으로 밀어붙이자 몹시 기분이 나빴다.

티격태격 싸우던 둘은 누가 먼저랄 것도 없이 삐쳐 버렸다.

이후 그들은 서로 단 한 마디도 말을 안 하면서 길을 갔다.

심심해진 흑아는 수다를 떨고 싶었으나 마음을 독하게 먹었다.

'달비 이 자식! 어디 누가 먼저 말을 거나 두고 보자!'

구달비도 입이 근지러워 죽을 지경이었으나 꿋꿋하게 인내심을 발휘했다.

'흑아 녀석이 제법 버틴다만 내가 고양이 따위한테 질쏘냐?! 참자, 참아!'

고집을 부리는 구달비와 흑아.

그러나 이들은 이 사소한 고집이 뼈저린 후회를 하게 만드는 대사건의 불씨가 될 줄을 전혀 짐작치 못했다.

이들의 뒤를 계속 미행하고 있는 청부단의 부단주.

그는 마침내 구달비와 흑아를 사로잡을 완벽한 계책을 세웠던 것이다.

第二章

드디어 붙잡히다!

구달비는 짧은 머리카락을 나풀대며 묵묵히 산속을 달렸다.

지금 그는 아무렇지도 않다는 표정을 하고 있지만 사실 속으로는 애간장이 타는 중이다. 흑아와의 말다툼 이후 벌써 며칠째 계속되는 침묵은 그를 거의 미칠 지경으로 만들었던 것이다.

초조함을 숨기기가 나날이 어려워졌다.

말다툼을 벌인 후 곧바로 화해를 했다면 모를까, 지금의 두 친구는 사사건건 서로 눈을 흘기는 등 시간이 갈수록 오히려 쌓이는 게 많아졌다.

구달비는 흑아한테 들키지 않도록 나직이 한숨을 쉬었다.

'휴우~ 이 냉전이 언제나 끝날까? 예전의 화기애애할 때가 좋았지만 그렇다고 내가 먼저 말을 걸기엔 체면이 안 서고. 젠장! 앞으로 또 싸울 일이 있으면 그땐 내가 한발 양보하고 말아야지.'

이런 저런 생각을 하는 구달비.

그는 문득 경공을 멈추고 귀를 기울였다.

'응? 저게 무슨 소릴까?'

숲 속 어딘가에서 여인의 뾰족한 비명이 들려왔다.

"꺄악~ 사람 살려요~"

흑아가 구달비의 품에서 머리를 내밀며 눈을 동그랗게 떴다.

구달비와 흑아의 눈이 마주쳤다.

"……?"

"……?"

둘의 얼굴엔 누구라 할 것 없이 의아해하는 기색이 역력히 드러나 있다.

그러나 두 친구는 상대편이 먼저 입을 열기만을 기다리며 아무 말 없이 버텼다.

"……."

"……."

잠시 시간이 경과한 후, 흑아가 '킁!' 하고 콧방귀를 뀌더니만 눈길을 돌려 버렸다.

상대도 하기 싫다는 그 태도에 구달비의 안색이 딱딱하게 굳어졌다.

'요것 봐라? 네가 그렇게 나온단 말이지? …좋아!'

조금 전에 구달비가 결심한 '한발 양보하자'는 이미 머리 속에서 망각의 저편으로 날아가 버렸다.

구달비는 비명이 들려오는 쪽으로 몸을 날렸다.

그러면서 그는 혼잣말처럼 중얼거렸다.

"웬 여자가 이런 산중에서 도움을 청할까? 어디 한번 가봐야지."

말은 이렇게 했지만 구달비의 내심은 전혀 달랐다.

'누군지 큰일을 당한 모양인데 안됐지만 그냥 모른 체해야겠다. 지금은 내 코가 석 자니 남의 일에 끼어들면 절대로 안 돼. 혹시나 저게 나를 잡으려는 함정일지도 모르니까 말야. 하지만 내가 이렇게 저 여인을 도우려는 척하면 위험을 느낀 흑아 녀석이 무슨 말이든지 할 거야. 그러면 녀석이 먼저 말을 걸었으니 내가 이기는 거다. 흐흐흐~'

구달비는 흑아의 항복을 받아낸 후에 거들먹거리며 북경으로 가던 길을 계속 갈 생각이었다. 물론 비명 지르는 여인은 무시한 채로.

그리고 역시나 구달비의 유도에 흑아가 걸려들었다.

흑아는 비명 소리가 점점 가까워올수록 안절부절못하더니만 마침내 더 이상 참지 못하고 입을 열었다.

"뭐야? 왜 저쪽으로 가는 거야?"

'이겼다'는 회심의 미소를 지으며 구달비가 의기양양하게 말했다.

"어떤 여자가 위험에 처했나 봐. 아무래도 가서 도와줘야겠지?"

이에 먼저 말을 꺼내는 바람에 자존심이 상한 흑아가 짜증을 내며 대꾸한다.

한데 녀석의 말 내용은 상당히 이기적이었다.

"왜 도와줘야 하는 거야? 우리 일도 아닌데!"

구달비는 여인을 구하러 갈 생각이 전혀 없음에도 불구하고 흑아를 놀리기 위해서 저 소란에 계속 관심이 있는 척했다.

"그래도 여자 목소린데?"

흑아가 한심하다는 표정을 지으며 점잖게 타이른다.

"니가 뭘 정의의 사도라고 그래? 그냥 모른 체하자구."

"그래도 여잔데⋯⋯."

승리감으로 터져 나오는 웃음을 참느라 말끝을 흐리는 구달비를 흑아가 빈정거렸다.

"쳇! 계집에 미쳐서 황궁보고로 뒈지러 가는 놈이니 그저 아무 계집이든 치마만 두르면 넋이 나가는구만!"

"……!"

순간 울컥해진 구달비는 흑아한테 소리를 질렀다.

"뭐? 너 말 다했냐? 그래! 나 여자 좋다! 너처럼 여잔지 남잔지 불알도 없는 놈이 뭘 알겠어?!"

"이씨……!"

흑아는 다른 동물들과는 달리 자신에게 생식기가 없다는 점을 이상히 여겨왔지만 별로 대단치 않게 받아들였었다. 한데 막상 구달비가 그것을 약점으로 걸고넘어지니 기분이 나빠졌다.

그래서 흑아는 보복을 하느라 구달비의 자존심을 건드렸다.

"흥! 불알 달린 너는 계집이랑 잘해봐라! 흥! 흥! 근데 너는 그렇게나 잘나서 옷을 찢어먹고 대가리를 싹뚝 잘렸냐?"

흑아는 말을 끝내기가 무섭게 옷 속으로 머리를 집어넣어 버렸다.

구달비의 뺨이 실룩거리고 경련이 일어났다.

애써 잊으려고 했던 깡충 머리카락이 귀밑에서 찰랑거리며 치밀어 오르는 울화를 자극한다.

"끄으응!"

그리고… 원래는 여인을 도와줄 생각이 전혀 없던 구달비는 오기가 발동하고야 말았다.

그는 눈이 벌게져서 비명이 들리는 곳으로 달려갔다.

여인이 애타게 도움을 청하는 소리가 점점 가까워온다.

"아악! 살려줘요~"

구달비는 나뭇가지 위에 살그머니 내려섰다.

나무 밑쪽에서는 연신 비명이 울려 퍼지고 있다.

"사람 살려요~"

구달비는 여인한테 대관절 무슨 일이 벌어진 건지 궁금했다.

그러나 밑에서 벌어지는 일을 목격한 순간 그는 경악성을 토할 뻔했다.

'헉!'

구달비는 자신의 눈을 의심했다.

그가 바라보는 곳엔 네 명의 장한이 두 여인을 핍박하고 있었다.

그런데 문제는 두 여인 중 한 명이 장님처녀 금경은이라는 점이다!

금경은이 유모로 보이는 나이 든 아주머니의 뒤에 숨어서 몸을 떨고 있다.

유모가 은장도를 빼 들고 장한들에게 당차게 호령한다.

"이놈들! 하늘이 무섭지도 않으냐? 어디 감히 벌건 대낮에 부녀자를 희롱하는 것이냐!"

한 장한이 느물거리며 얼른 그 말을 받았다.

"흐흐흐. 아줌씨! 밤에만 여자랑 놀라고 누가 법으로 정해놨수?"

이에 곁에 섰던 사내들이 일제히 맞장구를 쳤다.

"자네 말이 맞으이. 여기 산에서는 우리가 법이라구."

"아따~ 좋은 게 좋은 거라고, 낮에도 놀고 밤에도 놀면 더 좋지 뭘. 크하하하~"

킬킬대는 사내들의 말을 흘려들으며 구달비는 금경은을 예리하게 살폈다.

'어째서 금 낭자가 여기에 있는 걸까? 고 며칠 사이에 병이 고쳐진 건가?'

병약한 금경은이 밝은 하늘 아래 서 있다니 정녕 이해가 안 가는 일이다.

그러나 금경은은 구달비가 기억하는 그대로의 모습이었다.

심지어 그녀는 구달비가 선물한 벽옥 목걸이까지도 목에 걸고 있는 등, 눈앞의 여인은 분명히 금경은이었다.

의혹을 품는 구달비의 귀로 금경은이 참새같이 떨며 애원하는 소리가 들린다.

"우리를 보내줘요."

구달비는 그것이 금경은의 목소리임을 확신할 수 있었다.

'분명히 금 낭자가 맞다! 기문둔갑에 정통한 아버지는 당신 원하시는 대로 모습을 바꿀 수가 있었다. 그러나 사람의 목소리까지는 똑같이 따라 할 수가 없다고 하셨다. 무엇보다도 금 낭자는 내가 사준 벽옥 목걸이를 하고 있다. 허니 금 낭자가 확실하다!'

구달비는 금경은을 더 이상 의심할 수가 없었다.

하지만 그래도 뭔가가 석연치 않았다.

'근데 어떻게 나보다 빨리 여기까지 올 수 있었을까? 호랑이 같던 아버지와 오라비는 어디에 있지?'

알 수 없는 상황에 골머리를 썩이는 구달비.

그러나 이유야 어쨌든 금경은이 눈앞에 있다는 건 분명한 사실이고 지금 그녀는 험악한 일을 당할 위기에 처해 있다.

구달비는 장한들을 살폈다.

산적 차림인 그들은 몸이 날렵해 보이는 게 제법 무공을 익힌 꼴이다.

구달비는 금경은의 아버지인 금천하의 칼을 등에 맞은 이래로 무인들을 상대하는 게 솔직히 두려웠다.

'한두 명도 아니고 네 명이나 되니 큰일이다. 어찌해야 하나?'

궁해진 구달비는 품속의 흑아를 내려다보았다.

'흑아더러 저놈들을 물라고 하면? 아니야! 흑아한테 사람 죽이는 걸 맛들이게 하면 안 돼!'

구달비가 이런 저런 방도를 모색하는 동안 밑에서는 계속 실랑이가 벌어지고 있었다.

"아가씨, 우리랑 좋은 데로 갑시다. 내가 그대를 기쁘게 해주겠소."

"색시, 말로 할 때 우리 큰형님 말씀을 들어. 예뻐해 준다잖아?"

금경은이 울먹였다.

"제발 이러지 마세요. 흐흑."

"색시, 그만 뚝 그치고 얌전해지라구."

절망감에 젖은 유모가 큰 소리로 구원을 요청한다.

"사람 살려~ 누구 없어요? 사람 살려~"

한 장한이 대뜸 고함을 지른다.

"아니, 이 아줌마가 근데? 아줌마! 이 산중에 누가 있다고 고래고래 지랄이야?"

"아무래도 맞아야 정신이 들라나 부지. 일단 저 은장도부터 빼앗아 버려!"

이때 흑아가 궁금해져선 머리를 내밀었다.

"······?"

녀석은 구달비의 경직된 얼굴을 보더니 물었다.

『달비야, 왜 눈을 부릅뜨고 있어?』

『저 여잔 내 애인이야!』

구달비가 금경은을 가리켰다.

금경은의 방에 들어서자마자 방의 한기로 인해 잠이 드는 바람에 금경은의 얼굴을 보지 못한 흑아.

녀석은 호기심 어린 눈으로 구달비가 지목한 여인을 뚫어지게 보았다.

곧 흑아의 눈에 실망이 가득 차며 녀석이 투덜거렸다.

『그럼 저 여자가 세상 최고의 미녀야? 근데 내가 보기엔 당문의 미녀들보다 쪼끔 더 나을 뿐, 최고까지는 안 되는 거 같은데?』

『…….』

구달비는 잠자코 있었다.

흑아가 이때다 싶은지 계속 옹알거린다.

『헤! 저 정도가 최고 미녀면 이 세상의 미녀 다 얼어죽었다. 달비, 니가 눈깔에 콩깍지가 정말 단단히 씌어졌구나? 푸헤헤헤헤~』

금경은이 '천하제일의 미녀'라는 사실에 목숨을 걸고 있는 구달비.

그는 흑아가 자신을 약 올린다고 생각하자 몹시 불쾌해졌다.

구달비는 좋아하는 여자가 위기에 처했는데도 도움을 못 주자 본인의 무능력에 대한 회의가 들며 가슴이 꽉 막힌 듯 답답해져 왔다.

한데 가뜩이나 이런 상황에서 흑아까지 속을 뒤집어놓자 그는 흑아에게 심한 말을 하고야 말았다.

『닥쳐! 무식한 네까짓 게 뭘 알아? 개뿔도 모르는 넌 그냥 닥치고 있어!』

『⋯⋯!』

'닥쳐!' 라는 소리에 충격을 먹은 흑아가 입을 다물었다.

녀석은 의기소침해져서 구달비의 품속에 웅크리고 앉아 조용해졌다.

구달비는 자기가 조금 심했다는 자책감이 들었다.

그래서 그는 흑아에게 말을 걸었다.

『저것 봐. 그녀가 내가 선물로 준 목걸이를 하고 있어.』

『⋯⋯?』

흑아는 구달비의 말이 무슨 뜻인지 당최 이해가 가지 않았다. 녀석의 눈에 들어오는 여인은 목걸이 따위는 전혀 하고 있지 않았던 것이다. 오히려 그녀는 손목에 뱀같이 이상한 끈을 칭칭 감고 있었다.

『흑아야, 네게 홍옥 목걸이를 사줄 때 같이 샀던 벽옥 목걸이 기억하지?』

『⋯⋯.』

구달비가 묻는 말에 흑아는 시큰둥한 낯으로 입을 다문 채다.

다른 때 같으면 곧바로 '난 목걸이가 안 보이는데? 라고 반문을 했겠지만, '닥쳐!' 소리를 들은 흑아는 아무 말도 하고 싶지 않았다. 더욱이 지난 며칠 내내 구달비에게 쌓인 감정이 많은 흑아로서는 구달비와 더 이상 대화를 나누고 싶은 마음이 사라져 버렸다.

다만 흑아는 구달비가 왜 이런 해괴한 말을 자꾸 하는지 도무지 이해가 안 갈 따름이었다.

녀석은 혼자 곰곰이 생각하다가 결론을 내렸다.

'저 여자는 달비의 애인이 아닌데 달비가 괜히 나를 놀리고 있는 거야.'

흑아는 구달비가 좀 더 자기를 놀리다가 싫증이 나면 이 자리를 뜨리라고 생각했다. 녀석이 아는 한 구달비는 귀찮은 일에 끼어드는 성격이 절대 아니었기 때문이다.

'당문의 독물고에서도 나를 내버려 두고 그냥 가려던 놈이니 뭐 이번에도 그렇게 하겠지.'

흑아가 침묵을 지키자 구달비는 더 이상 말 걸기를 포기하고 금경은을 구출할 방도를 고심했다.

그러나 무공이라고는 경공밖에 모르는 그가 할 수 있는 일이라고는 별것없었다.

'돌멩이를 들고 빠르게 달리면서 저놈들의 대가리를 후려쳐 볼까? 아니야. 그러다가 저놈들이 암기라도 뿌리면 안 되지.'

한두 명이라면 모를까 적이 네 명이나 되니 대책이 안 선다.

아무리 계산을 해봐도 내공을 다 끌어올리면 세 명까지는 한번에 해치울 수 있겠는데 마지막 네 번째가 문제였다.

더불어 그는 금경은의 유모를 보면서 시름에 잠겼다.

'금 낭자를 구하는 방법은 그녀를 낚아채서 도망가는 것밖엔 없다. 근데 저 늙은 아짐은 어떻게 한다냐?'

허리 양쪽으로 어린애도 아닌 어른을 두 명이나 끼고 산길을 달릴 생각을 하니 눈앞이 캄캄하다.

상상만으로도 벌써부터 숨이 턱에 차며 팔이 저려오는 구달비.

이 궁리 저 궁리를 해봤지만 별 뾰족한 수가 안 떠오른다.

'저 아짐을 두고 갈 수도, 데려갈 수도 없으니 일이 아주 더럽게 됐

군. 이거 사람 미치겠네.'

구달비는 머리를 감싸 안았다.

그런데 구달비의 이런 고민을 산적 중의 한 명이 해결해 주었다.

그 산적은 손에 칼을 들고 유모한테 버럭 고함을 질렀다.

"야 이 늙은 년아! 다 늙은 게 어딜 나서고 그래? 너 같은 할마씨한 텐 볼일이 없으니 이거나 먹어라!"

장한은 유모의 복부에 칼을 찔러 넣었다.

배에 칼이 박히는 음향이 섬뜩하게 들려왔다.

푸 욱~

유모가 비명을 토하며 몸을 꺾었다.

"크학!"

뒤에 섰던 금경은의 안색이 하얗게 되며 그녀의 가녀린 몸이 곧 기절이라도 할 것처럼 휘청였다.

"유, 유모!"

칼이 꽂혔던 유모의 복부에서 시뻘건 피가 콸콸 흘러나온다.

그 끔찍한 광경에 구달비는 몸을 떨었다.

'으으으······!'

그러나 당문에서 무서운 고문을 많이 당해본 흑아는 태연하기 그지 없었다.

녀석은 구달비가 흥미를 잃고 이 자리를 뜨기만을 이제나저제나 기다리고 있는 중이다. 그래서 구달비가 장한들의 한복판으로 몸을 날렸을 때 흑아는 깜짝 놀라고야 말았다.

『어? 달비야!』

흑아가 급히 소리쳐 불렀지만, 그때는 이미 구달비가 금경은의 허리를 껴안고 하늘로 솟구치고 있었다.

그런데 구달비의 입에서 경악성이 토해졌다.

"허억!"

갑자기 마혈이 뜨끔해지며 몸이 뻣뻣이 굳었던 것이다.

곧이어 땅으로 곤두박질치는 그의 전신을 천잠사 그물이 휘감아 쌌다. 금경은이 품속에서 꺼낸 그물로 순식간에 그를 옭아맨 것이다.

동시에 그녀는 구달비의 허리춤에 있던 비단 주머니를 낚아챘다.

이 못 믿을 현실에 구달비는 금경은을 불렀다.

"금 낭자?"

한편 깜짝 놀란 흑아는 그물 틈으로 빠져나가 보려고 버둥댔다.

그러나 천잠사 그물은 젓가락 하나 들어갈 틈도 없이 빡빡하게 짜여진 터라 흑아는 구달비와 함께 꼼짝없이 생포되고 말았다.

뜻밖의 상황에 처한 흑아가 겁에 질려 발발 떨면서 구달비의 몸에 최대한 밀착한다.

털썩~

구달비는 누에고치마냥 천잠사 그물에 돌돌 말린 채 땅바닥에 굴렀다.

금경은이 옆에 사뿐히 내려선다.

이때 금경은을 본 구달비의 작은 눈이 더 이상 커질 수 없을 만큼 확대됐다. 금경은의 모습이 흐릿해지더니 전혀 다른 여인으로 변했던 것이다.

금경은의 초점 없는 눈과는 달리 영리하게 반짝이는 눈을 가진 여인.

이제 구달비 앞에는 한 알의 빨간 사과처럼 상큼한 매력을 풍기는 아리따운 아가씨가 서 있다.

구달비의 입이 따악 벌어졌다.

"……!"

바로 코앞에서 벌어진 일이건만 구달비는 자신의 눈을 믿을 수가 없었다.

그는 떨리는 목소리로 중얼거렸다.

"금 낭자가… 아니었어?"

20세를 갓 넘어 보이는 아름다운 처녀는 구달비와 흑아를 내려다보며 의기양양한 미소를 머금었다.

"나는 청부단의 단주 천면호리(千面狐狸)라고 한다. 내가 익힌 천면환혼술(千面幻魂術)은 사람들에게 나를 그들이 원하는 모습과 목소리로 들리게 하지. 허니 사람에 따라서 나를 아버지, 어머니, 형제자매 심지어는 원수로까지 보이게 만들지만, 듣기로 너는 애인이 있다길래 너한테는 젊은 여자로 보이리라 추측했다."

이 말에 흑아는 처음부터 금경은이 아니라 천면호리 본래의 모습을 봐왔던지라 구달비가 '목걸이' 운운하며 헛소리를 한 게 이제야 비로소 이해가 됐다.

이런 와중에 구달비는 천면호리가 한 말 중에서 중요한 단어를 끄집어냈다.

"청부단!"

구달비의 안색에서 핏기가 싹 가셨다. 그는 청부단에 대해서 잘 알고 있었기 때문이다.

구달비는 천면호리한테 물었다.

"누구의 청부를 받고 이러는 거요?"

"나는 당문의 사주를 받았다."

"……!"

구달비의 심장이 철렁 내려앉았다.

동시에 흑아가 찢어지는 비명을 질렀다.

"당문!"

사시나무 떨 듯 몸을 떠는 흑아를 훑어보며 천면호리는 말을 이었다.

"그간 너희가 지나갈 만한 곳에서 하루에도 수십 차례씩 이 짓을 하며 기다렸었다. 정말 지겨워서 혼났지."

그녀는 친절한 설명과 더불어 유모를 가리켰다.

유모 역을 했던 중년 부인이 복부를 헤집더니 돼지 피가 들어 있던 염소 오줌통을 꺼내 보인다.

구달비는 '잡히고야 말았다!'는 생각에 눈앞이 캄캄해졌다.

흑아 역시 절망의 구렁텅이에 빠졌다.

녀석이 정신없이 중얼거린다.

"당문! 당문!"

이때 천면호리가 흑아에게 커다란 호리병 한 개를 내밀었다.

"네가 악마지? 이 술을 마셔라."

"술? 갑자기 웬 술을… 킁킁?"

냄새를 맡은 흑아의 붉은 눈알에 공포의 빛이 가득 찼다.

조그만 입이 벌어지며 신음 소리가 쥐어짜듯이 새어 나왔다.

"처, 천일취(千日醉)!"

"호호호~ 네가 냄새로 아는 모양이구나. 그래, 이 술은 천일취가 맞다. 당문이 너를 잡는 데 썼다던 술이야. 어서 마셔라."

흑아는 구달비의 몸에 찰싹 달라붙으며 세차게 도리질을 했다.

"싫어! 절대로 안 먹을 거야!"

그런 흑아의 반항에 천면호리는 코웃음을 쳤다.

"흥, 그래? 그렇다면……."

천면호리는 뒤에 선 자들한테 손짓을 했다.

그러자 한 수하가 철로 만든 장갑을 한 켤레 공손히 바친다.

천면호리는 나긋한 손에 쇠 장갑을 끼며 여유만만해했다.

"호호호~ 너한테 물리면 그 자리에서 죽는다고 하더군. 그래서 이렇게 만반의 준비를 갖추고 왔지. 네가 말을 잘 들으면 이런 게 필요없을 테지만, 정히 마시기 싫다니 강제로 먹게끔 해야지 어떡하겠니? 허니 나를 원망 말아라."

청부단주는 잔인한 미소를 머금으며 다가왔다.

이때였다.

구달비의 앞가슴에서 검은 단도가 번득였다.

부 욱—

단번에 찢어지는 천잠사 그물!

그리고 찢긴 천잠사 틈으로 흑아가 날아올랐다.

"아니, 저런?"

깜짝 놀란 천면호리가 땅을 박차며 높이 도약했다.

그녀는 쇠 장갑을 낀 손으로 재빨리 흑아의 꼬리를 잡았다.

그러나 꼬리를 낚아챈 천면호리가 채 회심의 미소를 짓기 전에 흑아의 꼬리가 꾸물럭 길게 늘어나며 물컹거렸다.

그 징그러운 행태에 천면호리는 자기도 모르게 비명을 지르며 그만 꼬리를 놓쳐 버렸다.

"꺄악!"

그 틈을 놓치지 않고 흑아는 박쥐 같은 날개를 퍼득이며 하늘을 향해 일직선으로 솟구쳐 올랐다.

파다다닥~

그러나 천면호리도 가만히 있지만은 않았다.

그녀의 왼쪽 손목에서 뱀 같은 것이 쭈욱 뻗어 나오며 흑아를 쫓았다.

"타앗!"

손목에 감겼던 그것은 새끼손가락 굵기의 기다란 교룡편이었다.

그 채찍은 흑아의 몸을 휘감으려고 했다.

하나 흑아의 몸이 교묘하게 쭈글텅 일그러지며 녀석은 채찍의 반경에서 벗어나 하늘 높이 솟구쳤다.

천면호리의 안색이 굳어졌다.

그녀는 당문이 누누이 경고하던 말을 이제야 완전히 이해할 수 있었다.

'악마 놈의 몸은 마치 물과 같다오.'

악마처럼 하늘을 나는 재주가 없는 천면호리는 어쩔 수 없이 지면에 내려섰다.

그녀는 닭 쫓던 개 꼴이 돼서 하늘을 올려다보았다.

"…으으음!"

커다란 박쥐로 변한 악마가 하늘에서 빙빙 선회한다.

잠깐의 방심으로 인해 다 잡은 악마를 놓쳐 버린 천면호리.

그녀는 얼굴이 붉어졌다.

수하들 앞에서 체면이 말이 아니다.

천면호리는 흑아가 떨어뜨리고 간 검은 단도를 집어 들며 수하인 부단주를 힐책했다.

"천잠사를 끊는 신병이기는 도둑이 허리에 차고 있다더니, 이게 대체 뭐냐?!"

단주의 책망에 부단주인 중년인은 고개를 떨구었다.

"죄송합니다. 저는 이 청년이 비단 주머니 속에 신병이기를 넣는 것을 보았기에 그런 줄로만 알고 있었습니다."

천면호리는 화가 났으나 지금은 수하의 잘잘못을 가릴 때가 아니다.

그녀는 구달비의 머리를 움켜잡으며 흑아한테 소리쳤다.

"악마야! 당장 내려와서 이 술을 마시지 않으면 네 친구인 이 도둑놈의 머리통을 박살 내버리겠다!"

"안 돼! 달비를 죽이면 안 돼!"

예상치 못한 협박에 흑아는 당황해서 허둥댔다.

그러자 구달비가 목청을 높여 외쳤다.

"흑아야, 도망가! 너 혼자 도망가!"

천면호리는 구달비의 머리를 쥐어박았다.

"시끄럽다, 이놈아!"

그녀는 하늘을 향해 다시 소리 질렀다.

"악마야, 선택을 해라! 천일취를 마실 테냐, 아니면 네 친구가 지금 죽는 꼴을 보겠느냐?"

하늘을 맴돌던 흑아가 기어코 울음을 터뜨린다.

"흐아앙~ 달비야, 어떡하면 좋아? 나 저거 먹기 싫어!"

"흑아야, 도망가! 어서 도망, 크윽!"

구달비는 다시금 머리를 얻어맞았다.

천면호리는 구달비에게 눈을 흘겨준 뒤, 흑아를 타일렀다.

"악마야, 이 도둑은 너랑 친구잖니? 친구를 버리고 혼자 도망칠 셈이냐? 허니 어서 이리 내려와라."

그러나 흑아는 어쩔 줄을 몰라 하며 애같이 울기만 할 뿐이다.

"으아앙~ 엉엉~"

"흑아야, 도망……."

구달비가 흑아의 도주를 계속 종용하자 마침내 천면호리는 그의 아혈을 제압했다.

그녀는 흑아에게 으름장을 놓았다.

"악마야! 셋을 세겠다! 그때까지 땅에 안 내려오면 네 친구인 이놈을 죽이겠다! …하나!"

천면호리는 구달비의 머리를 가격하려고 주먹을 번쩍 쳐들었다.

흑아는 너무도 무서워서 두 눈을 질끈 감아버렸다. 그래도 두 귀로는 천면호리가 숫자를 세는 소리가 계속 들려온다.

"둘!"

"엉엉~ 이럴 땐 어떻게 해야 해? 엄마야~ 엉엉~"

구달비를 살릴 건지 그대로 죽게 내버려 둘 건지 흑아는 갈등했다.

녀석은 저 무서운 당문에 도로 끌려가려니 두려움으로 전신이 오그라드는 것만 같았다.

그 와중에 천면호리는 마지막 숫자를 세었다.

"셋!"

한데 셋을 세었음에도 불구하고 악마는 아직도 하늘에서 오락가락

하며 울고만 있다.

"우아앙~ 엉엉~"

악마가 고민만 줄기차게 하면서 막상 내려오지는 않자, 천면호리는 분노에 찬 표정으로 하늘을 올려다보았다.

그녀는 서릿발같이 말했다.

"이제 네 친구 놈을 죽이겠다!"

천면호리의 주먹을 쥔 손이 구달비의 머리 위에서 부르르 떤다.

그것을 본 흑아가 눈물을 흩뿌리며 고개를 세차게 저었다.

녀석은 고통스런 음색으로 외쳤다.

"난… 난 저런 놈 몰라! 난 저런 놈 모른다구!"

흑아는 구달비와의 관계를 부정했다.

이어 녀석은 날개를 퍼득이며… 쏜살같이 도망갔다!

천면호리는 잠시 어이가 없어하더니 이내 펄쩍 뛰었다.

"아니, 저런 비겁한 놈이?!"

청부단주 천면호리는 구달비를 죽일 마음이 전혀 없었다. 당문에서 도둑놈의 머리카락 하나 다치지 않게 생포해 달라며 신신당부를 했기 때문이다.

그러나 '친구를 죽이겠다' 며 협박을 했는데도 불구하고 악마가 그냥 달아나자, 천면호리는 기가 막히는 한편 몹시 분했다.

그녀는 길길이 뛰며 욕을 했다.

"친구를 버리고 달아나다니, 야이~ 비겁한 놈아!"

청부단의 무리들도 단주를 따라서 방방 뛰면서 하늘을 향해 주먹질을 해댔다.

"우정을 배신하는 이 치사하고 더러운 놈아!"

"저 혼자 살겠다고 튀다니 부끄럽지도 않으냐?!"

그러나 흑아는 매정하게도 뒤 한번 돌아보지 않고 내뺐다.

점이 되어 사라져 가는 그 모습을 구달비는 착잡한 마음으로 지켜보았다.

단 하나뿐이었던 친구 흑아. 그런 흑아의 '난 저런 놈 몰라!' 라는 말은 새파란 비수가 되어 그의 가슴을 후벼팠다.

그래도 며칠간 둘이서 심하게 다투었으니 흑아로부터 그런 말을 듣는 게 자업자득이란 생각이 든다.

구달비는 고개를 떨구었다.

'그래… 흑아야. 나랑 같이 있으면 이런 꼴밖에 안 당해.'

이렇게 헤어지게 될 줄 알았으면 흑아에게 좀 더 잘해줄걸 하는 후회가 들며 구달비는 괴로웠다.

그는 흑아의 건투를 빌었다.

'흑아, 나는 잡혔지만 너만은 살아나라. 네가 당문에 도로 끌려가는 불상사 없이 무사히 엄마를 만나기를 바란다……'

흑아의 모습이 완전히 사라지자 천면호리는 구달비에게 빈정거렸다.

"참으로 좋은 친구를 두고 계시는군?"

"……"

아혈이 제압된 구달비는 묵묵히 듣고만 있을 뿐이다.

천면호리는 구달비의 허리춤에서 낚아챘던 비단 주머니를 열어보았다.

안에 들어 있는 건 십장생이 새겨진 한옥패.

천면호리가 옥패를 꺼내 물끄러미 들여다본다.

"……."

곁에서 지켜보던 부단주가 얼른 허리를 굽히며 사죄했다.

"단주님, 죄송합니다. 저는 그 주머니 안에 신병이기 대신 옥패가 들어 있는 줄은 몰랐습니다. 단주님, 악마가 신병이기로 천잠사를 끊고 도망간 건 모두 제 실수입니다."

천면호리는 수하를 아끼는 듯 벌을 내리지 않고 대신 가볍게 말했다.

"부단주, 비록 악마는 못 잡았으나 그래도 도둑과 신병이기를 얻었으니 이만하면 됐다."

천면호리는 이제 그녀의 소유가 된 검은 단도를 품에 잘 간직했다.

그녀는 고운 치아를 드러내며 미소 지었다.

"청부금 외에도 이런 굉장한 단도를 대가로 받다니 이번 일은 대성공이다. 얘들아, 천잠사 그물을 정리해라."

수하들이 즉시 달려들어 구달비를 감싸고 있는 천잠사 그물을 벗겨낸다.

그러자 드러나는 구달비의 얼굴.

천면호리는 한옥패와 구달비의 얼굴을 번갈아 봤다.

"뭐냐, 이 여인네 옥패는? 네 애인이 준 것이냐? 풋! 이런 얼굴에도 여자가 붙는단 말이지?"

천면호리가 구달비의 아혈을 풀어주면서 배를 잡고 굴렀다.

"푸하하하! 이 얼굴 좀 봐. 너무 웃겨. 당문에서 보내온 초상화를 봤을 때 세상에 이렇게 이상하게 생긴 사람이 있나 싶었는데 정말로 있네? 오호홋홋홋홋~"

구달비는 인상을 찡그리며 투덜거렸다.

"자기가 좀 반반하다고 해서 남의 얼굴을 이토록 유린해도 되는 것이오?"

천면호리는 구달비의 얼굴을 쓰다듬으며 계속 웃어댔다.

"까하하하하~ 더 말해 봐라. 보기만 해도 이렇게 웃기니 너무 재미있구나."

주변에 섰던 청부단의 단원들은 의아한 빛으로 서로의 얼굴을 마주보았다. 단주가 저렇게 밝은 얼굴로 대소를 터뜨리는 광경은 실로 오래간만이었던 것이다.

한동안 깔깔대던 천면호리는 구달비 옆에 쪼그리고 앉더니 품속에서 은행 알만한 크기의 환약을 한 개 꺼냈다.

그걸 본 구달비의 안색이 딱딱하게 굳어졌다.

"……!"

눈치 빠르게 이를 악무는 구달비.

하나 그의 볼따구니를 움켜쥔 천면호리는 손쉽게 그의 입을 벌렸다.

이어 그녀는 조금의 망설임도 없이 구달비의 입 안에 환약을 털어넣었다.

환약은 침이 닿기가 무섭게 흐물흐물 녹아서 목구멍으로 넘어갔다.

꿀꺽!

별맛없다.

그러나 자신의 의지와는 상관없이 강제로 환약을 삼킨 구달비는 기분이 더러웠다.

"대체 무슨 약을 먹인 거요?"

천면호리가 구달비의 궁금증을 해소해 주었다.

"당문이 그러는데 이 환약은 너한테 먹이기 위해서 특별히 만든 거래. 내공을 전혀 쓸 수 없게 만드는 약이라는군. 해약은 당문만이 가지고 있어. 그러니 어차피 넌 해약을 얻기 위해서라도 당문으로 가야만 해."

"……!"

구달비의 안색이 절망감으로 물들었다.

당문에 끌려가면 해약이고 뭐고 죽을 일밖에 없다.

그러나 내공을 모을 수 없는 이 상황에서 그에게 희망이라곤 전무했다.

오직 하나 기대할 만한 것은 흑아가 다시 돌아와 자신을 구출해 주는 일뿐인데, 녀석의 평소 싸가지로 보아 차라리 청부단원들이 벼락에 맞아 전원 몰사하기를 기다리는 게 더 빠르다.

천면호리가 단원들에게 명한다.

"자아, 이제 잔금을 받으러 당문으로 가자!"

"옛!"

힘차게 대답하는 청부단원들.

그들 중 하나가 구달비를 들쳐 업었다.

당문이 있는 사천까지 하루 이틀 걸리는 게 아닌지라 서둘러 길을 가야 한다.

*   *   *

하오문의 대전.

태사의에 올라앉은 암흑대제 강상배는 오늘도 오만상을 잔뜩 찌푸리고 있었다.

그의 앞에는 사기꾼 갈명수가 당당한 기색으로 보고를 올리고 있다.

"…그런 연유로 팔찌를 천왕문주의 둘째 제자가 가지고 도망쳤고, 그 뒤를 천왕문도들이 추격하고 있다고 합니다. 그 제자라는 자는 여러 명의 전대 기인들과 맞닥뜨린 후 사라졌으나 최근 설산에서 그의 흔적이 발견되었다는 소식입니다."

천왕문에서 세상을 깜짝 놀라게 하는 소문이 번져 나왔다. 황금장에서 잃어버린 팔찌는 보물이 숨겨진 장보도가 아니라 절세의 무공이란다. 이것은 무공 익히기가 소원인 자들에게 있어 실로 귀가 번쩍 뜨이는 희소식이었다.

사기꾼 갈명수의 보고는 계속되었다.

"그래서 무공을 얻고자 하는 군웅들이 설산으로 몰려가고 있고, 구파일방 역시 움직이고 있다고 합니다. 구파일방 놈들이야 남 잘되는 꼴을 못 보니 행여 다른 문파가 무공을 차지할까 봐 방해하려는 심사겠지요."

하오문주 암흑대제는 팔찌의 무공에 전혀 관심이 없었다.

그는 속으로 코웃음을 쳤다.

'흥! 이 나이에 언제 다른 무공을 익혀서 영화를 보겠단 말인가? 그저 현실을 살아가는 덴 돈이 최고지.'

팔찌가 장보도가 아니라는 데 적이 실망하는 암흑대제.

그는 사기꾼 갈명수를 노려보았다.

갈명수는 매형이 그랬다고 계속 주장을 하지만, 아무래도 '보물'이란 말은 저놈 입에서 나온 헛소리 같다. 그렇다고 갈명수의 거짓말을 밝혀내기 위해서 황금장의 총관을 잡아다 족칠 수도 없음이다. 황금장의 총관 정도면 웬만한 문파의 장문인 버금가는 권력자이기 때문이다. 그러나 가만있을 암흑대제가 아니다. 물증이 없어도 심증만 가면 사람을 단칼에 쳐 죽이는 암흑대제였기 때문에 그는 '찜찜하다'는 이유만으로 충분히 갈명수를 죽이고도 남음이 있었다.

하지만 암흑대제는 아무런 행동도 취하지 않고 갈명수의 거짓말을 묵인해 주었다. 그에게 있어 갈명수는 황금장 총관의 처남이기도 했지만, 하오문에 있어 꼭 필요한 인재였던 것이다.

갈명수는 사기꾼답게 낯빛 하나 안 변한 채 입을 놀리고 있다.

"그래서 천왕문에서는……."

암흑대제는 그 모양을 보면서 피식 웃음이 났다. 녀석의 하는 꼴이 귀여워 보였기 때문이다. 갈명수가 그동안 갖은 노력의 일환으로 입 안의 혀처럼 굴어온 효과가 자명하게 나타나는 순간이다.

갈명수가 소매 속에서 한 장의 서찰을 꺼내 들었다.

"이건 우리 하오문 사천지부에서 보내온 건데, 당문에서 허드렛일을 하며 우리에게 정보를 파는 자한테서 얻은 가장 최신 소식입니다."

이어 갈명수는 아주 중요한 정보를 말하려는 듯, 잔뜩 뜸을 들이며 입가에 침을 발랐다.

"문주님. 헌데 아주 흥미있는 정보가 한 가지 있습니다! 그자의 정보에 따르면 당문에서 도둑놈의 실제 모형을 제작했답니다. 그래서 도둑놈의 낯짝이 드러났다고 합니다. 근데 그게 진짜 아주 희한하게 생긴 놈이랍니다. 여기 그 초상화가 있습니다. 허나 그전에 이것을 먼저 보십시오."

갈명수는 관에서 찾는 현상 수배 초상화들을 바닥에 주섬주섬 늘어놓았다.

커다란 딸기코를 한, 혹은 두툼한 메기입술의 청년. 왕눈이…….

하오문주 암흑대제는 이제 외우다시피 한 이 초상화들을 다시 한 번 훑어보았다. 보면 볼수록 웃음이 나는 얼굴들이다.

암흑대제는 초상화를 보면서 생각했다.

'당문의 도둑이 제아무리 해괴하게 생겼다손 치더라도 절대로 이 초상화들의 낯짝을 능가하지는 못할 게다.'

이때 갈명수가 암흑대제의 예상을 깼다.

그는 초상화들 옆에 당문의 도둑 생김새가 그려진 종이를 내려놓았던 것이다.

"문주님! 이게 바로 당문의 도둑놈 얼굴입니다!"

종이 위에 그려진 얼굴을 보는 순간 암흑대제는 하마터면 자리에서 벌떡 일어날 뻔했다.

그는 머리끝에서 발끝까지 타고 흐르는 전율과 함께 나지막한 침음성을 흘렸다.

"으음……!"

갈명수가 암흑대제의 반응을 즐기며 자신의 의견을 말했다.

"이 초상화들의 공통점은 인세에 다시 찾아보기 어려울 정도의 괴상망측한 상판때기들이란 겁니다. 그리고 당문 도둑놈의 이목구비는 이 수배범들의 얼굴 한 부분과 일치합니다!"

굳이 갈명수의 설명이 없어도 관에서 수배하고 있는 초상화들과 당문의 도둑놈이 동일 인물이라는 것은 누가 보아도 한눈에 알 수가 있었다.

그리고 이 엄청난 사실에 암흑대제는 놀랄 수밖에 없었다.

'당문의 도둑과 황금장의 도둑이 같은 놈이었다니? …무언가 심상찮은 느낌이 든다. 게다가 팔찌를 훔쳐 간 또 다른 도둑놈이 있던 천왕문과 당문은 둘 다 사천 땅에 있다. 분명히 그쪽에서 모종의 일이 벌어지고 있는 거 같은데, 전서구를 통해서 오는 정보가 너무 느리다.'

타고난 동물적인 본능을 바탕으로 암흑대제의 뇌가 휙휙 돈다.

'크흠. 무슨 일이 벌어지고 있는지, 아무래도 내 눈으로 직접 확인을 하는 게 최고이긴 한데…….'

암흑대제의 눈길이 갈명수에게 머물렀다. 그간 문주의 몸으로서 하오문을 비우기 힘들었지만 이제는 문을 맡아서 지킬 똑똑한 갈명수가 있다.

암흑대제는 열심히 궁리했다.

그는 무시무시한 당문을 건드릴 생각은 추호도 없었다.

'보복으로 유명한 저 성질 더러운 당문이 그 도둑놈을 절대로 그냥 내버려 둘 리가 없다. 무슨 수를 써서든지 반드시 놈을 잡을 것이다.'

당문이 잡은 도둑놈을 행여나 탈취할 수 있으면 좋은 것이고, 그렇지 못하더라도 당문이 도둑을 잡고 있다는 확실한 사실만 밝혀내도 큰 소득이다.

그러나 당문을 상대할 고수는 하오문에 자신밖에 없다.

암흑대제는 머리 속으로 구체적인 계획을 빠르게 세웠다.

'그래! 당문으로 가야겠다! 그래서 도둑놈이 있는 정확한 위치를 황금장에 보고해서 현상금의 반이라도 뜯어내야겠다!'

오랜만에 강호에 나간다고 생각하니 가슴이 뛴다.

그는 당문 도둑놈의 초상화를 접어 품속에 넣었다.

'이만한 정보면 황금장에서 천리비응 아니라 만리비응 할아비라도 얻어낼 수가 있다! 이 확실한 증거로 황금장에 가서 만리비웅과 지원금을 타내고 그 후엔 당문으로 가야겠다!'

오만 방자하던 황금장주의 코앞에 이 초상화를 들이댈 생각을 하자 벌써부터 쾌감이 온몸을 적신다.

암흑대제는 주위를 둘러보았다.

오른팔 격인 마봉팔이 자리에 없다.

울면서 뛰쳐나간 이래 그는 암흑대제의 눈에 안 띈다.

"……."

잠시 생각하던 암흑대제는 문밖에 대고 소리를 질렀다.

"봉팔아~"

순간 문이 왈칵 열리며 마봉팔이 구르다시피 뛰어들어 왔다.

그가 밖에서 암흑대제가 불러주기만을 학수고대하고 있었다는 것은 두말하면 잔소리다.

마봉팔이 암흑대제의 발에 매달리며 목이 메인 음성을 토했다.

"두목!"

암흑대제는 마봉팔을 걷어찼다.

"네놈은 아직도 두목 타령이냐?!"

그러나 거친 말과는 달리 암흑대제의 발은 마봉팔의 갈비뼈를 부러뜨리거나 하지 않았다. 오히려 그는 엎드려 있던 마봉팔을 일으켜 세우는 데 도움을 주었을 뿐이다.

문주의 사랑을 다시금 확인한 마봉팔의 목에 힘이 들어가며 우쭐해진 사팔뜨기 눈이 사기꾼 갈명수를 흘겼다.

그러나 갈명수는 모른 체 외면했다.

'쳇! 사팔뜨기 새끼가 노는 꼴이라곤 어린애같이 유치한 짓거리뿐인

데 문주님은 왜 저런 덜떨어진 놈을 감싸는지 몰라?'

암흑대제와 마봉팔의 끈끈한 과거를 알 리 없는 갈명수로서는 당연히 불만일 수밖에 없었다.

그러나 영악한 그는 마음속의 불만을 겉으로 전혀 내색치 않았다.

암흑대제의 눈알이 희번득 돌아가며 그는 마봉팔과 갈명수를 번갈아 훑었다.

'이 두 놈을 붙여놓았다가 내가 없는 사이에 봉팔이가 갈명수를 죽이기라도 하면 큰일이지.'

그는 수하들에게 지시했다.

"봉팔이는 나를 따라 당문으로 가고, 갈명수는 여기에 남아서 본 문을 지켜라!"

"예!"

갈명수가 허리를 깍듯이 굽히며 절을 했다.

믿음직한 그 모습을 보며 암흑대제는 턱수염을 한번 쓰다듬었다.

그리고 암흑대제가 강호로 나들이(?)를 나가는 순간이 왔다.

第三章

구달비, 00당하다

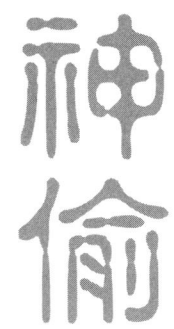

　구달비를 사로잡은 청부단은 사천에 있는 당문으로 향하고 있었다.

　이제 열흘 정도만 더 가면 사천 땅에 진입한다.

　청부단은 그간 바쁘게 길을 재촉했었다.

　하지만 오늘밤은 모처럼 객잔에 들러 휴식을 취하고 있다.

　지금 청부단의 부단주는 그의 부인과 대화를 나누는 중이다. 구달비를 잡을 때 금경은의 유모 역을 했던 중년 여인은 부단주의 부인이었던 것이다.

　부인은 기대감에 넘쳐 남편한테 물었다.

　"여보, 당문은 부자니까 이번 청부로 엄청난 금자가 들어올 거지요? 우리가 은퇴하려면 얼마나 더 돈을 모아야 해요?"

　"글쎄… 좀 더 있어야 할 것 같으오."

부단주는 나직이 대꾸했다.

남편의 평소와는 다른 어투에 부인은 심상치 않은 기색을 느꼈다.

그녀는 수혈이 짚어진 채 바닥에 엎어져 있는 구달비를 가리키며 말했다.

"왜 그래요? 당신 안색이 요 며칠 내내 안 좋아요. 혹시 이 도둑을 따라다니다가 정이라도 드셨어요?"

"……."

부단주는 아무 말도 하지 않았다.

그 반응에 부인은 근심 어린 낯빛이 되었다.

"여보, 이 청년은 도둑이에요. 남의 것을 훔치는 놈이란 말예요. 우리 직업도 그리 정당한 건 아니지만, 그래도 우리는 남의 심부름을 해주고 그 대가로 돈을 벌어요. 그러니 저렇게 남의 물건을 공짜로 얻고자 손을 대는 놈을 불쌍해할 필요는 없어요. 만약 그래도 동정이 간다면 당신이 한번 당문의 입장이 되어봐요. 소중한 영약을 도둑맞은 그들이 얼마나 분하겠어요?"

이 부부는 구달비가 영약을 훔쳐 냈다는 말을 당문으로부터 들었지만 그것이 무엇인지까지는 알지 못했다.

부단주가 부인에게 조용한 어조로 말했다.

"이 청년이 남의 물건을 훔쳤으니 큰 죄를 지은 건 맞지만… 그러나 세상에는 피치 못할 사정도 있는 게요."

"당신은 이 도둑이 저지른 일을 정당화시키려는 거예요?"

"그렇다기보다는 상황에 몰려서 도둑질을 할 수밖에 없는 경우도 있다는 거요. 만약 우리도 태상단주님이 구제해 주시지 않았더라면 우리역시 지금쯤 이 청년처럼 도둑질이나 하면서 살 수밖에 없었을지도 모르오."

"그렇긴 해요."

부인이 수긍하자 부단주는 본격적으로 그녀를 설득하려 들었다.

"임자, 이 청년은 기본 성정 그 자체가 나쁜 아이는 절대로 아니오. 왜냐하면……."

부단주인 중년인은 구달비를 미행하면서 자기가 보았던 광경을 부인한테 얘기해 주었다.

빈민촌에서 은자를 나눠 줬다는 소리에 부인이 눈을 크게 뜬다.

"그래요? 이 청년이 그렇게 좋은 일을 했단 말이죠?"

잠시 생각하던 부인은 구달비의 수혈을 풀어주었다.

도둑이 몸을 뒤척이며 잠을 깬다.

"으으응……."

구달비는 눈을 뜨자마자 곧 시무룩한 표정이 되었다.

자신이 처한 상황을 너무나 잘 아는 까닭이다.

그는 조금 머뭇거리다가 기가 죽은 얼굴로 입을 열었다.

"아주머니… 배가 고파요."

그러나 부인은 밥 대신 핀잔을 주었다.

"이봐, 총각! 배가 고프면 일을 해서 먹고살아야지, 일할 수 있는 멀쩡한 사지를 놔두고 왜 도둑질을 해? 에이그~ 쯧쯧. 이 일을 자네 부모님이 아시면 얼마나 상심이 크시겠누?!"

"…난 고아예요."

구달비가 침울하니 대답했다.

부인은 깜짝 놀라서 물었다.

"고아? 진짜로 부모님이 안 계시니?"

"……."

구달비는 어깨를 축 늘어뜨리고 말이 없다.

부인은 안쓰러운 심정이 되었다.

'나와 내 남편을 포함, 우리 청부단은 모두 다 고아로 자랐다. 만약 우리가 상전을 잘 만나지 못했다면 남편 말마따나 우리도 이 청년처럼 도둑질이나 하고 있을지도 모르지.'

부인은 도둑청년을 내려다보았다.

도둑은 어두운 낯으로 우두커니 앉아 있다.

내공이 없음에도 혹시나 달아날까 염려되어 그의 손발은 천잠사로 꽁꽁 묶여 있다.

한데 그의 꼴은 말이 아니었다. 머리는 까치집이고 세수를 못해서 얼굴엔 쥐가 살살 기어다닌다.

그 비참한 몰골에 부인은 내심 혀를 찼다.

'쯧쯧. 우리와는 달리 이 청년처럼 배운 것도 가진 것도 없는 고아들은 아무도 돌봐주는 사람이 없기에 이처럼 삐뚜로 나갈 확률이 크지.'

부인은 약간 상냥하게 물었다.

"부모님이 언제 돌아가셨는데?"

구달비는 목이 메인 음성으로 겨우 대답했다.

"어머니는 제가 한 살도 되기 전에 돌아가시고, 아버지는… 아버지는… 크흑!"

자기 탓에 아버지가 돌아가셨다는 자책감에 구달비는 더 이상 말을 잇지 못하고 얼굴을 떨구었다.

그런데 부인은 구달비가 못다 한 말을 '아버지도 일찍 돌아가셨다'

라고 지레짐작했다.

부인이 혀를 찬다.

"아이고, 불쌍한 것. 그래도 우리 부모님은 내가 열 살 때 돌아가셨는데. *쯧쯧쯧.*"

부인은 측은한 심정이 되어 구달비의 등을 쓰다듬어 주었다.

옆에는 남편인 부단주가 침중한 안색으로 앉아 있다.

그는 예리한 눈빛으로 구달비가 입고 있는 천잠사 잠행복을 살펴보고 있었다.

'공력이야 당문에서 영약을 훔쳐 먹어서 올렸다고는 쳐도 저 비싼 천잠사로 옷을 해 입은 것도 그렇고 대관절 이 청년의 놀라운 경공은 어찌 된 일인가?'

의혹이 깃든 부단주는 구달비에게 물었다.

"이보게, 자네 아버님은 뭘 하시던 분이었는가?"

"……!"

구달비의 얼굴이 굳어졌다.

아버지의 직업이 '도둑'이라고 말하려니 몹시 창피하다.

구달비는 말을 못하고 어물거렸다.

"제 아버지는 저기… 저어……."

부단주 부부는 구달비의 입만 보고 있다.

망설이는 구달비.

결국 그는 마지못해 실토했다.

"아버지는… 도, 도둑이셨습니다."

도둑놈 아버지에 도둑놈 아들!

부끄러움에 고개를 떨구는 구달비.

그런 그가 부단주 부부는 못내 안쓰러웠다.

무럭무럭 동정심이 치밀어 오른다.

부단주는 한숨을 쉬며 말했다.

"옛말에 '배운 게 도둑질'이라더니, 자네가 딱 그렇군."

"에이그. 이 청년도 뭐 하고 싶어서 그랬겠어요? 배는 고프고 할 줄 아는 건 도둑질뿐이 없으니 그런 거죠. 사흘 굶어 남의 집 담장 안 뛰어넘을 사람 있으면 나와보라고 그래요!"

부인이 역성을 들자 구달비는 얼른 말했다.

"네. 저도 도둑질 같은 건 하고 싶지 않았습니다. 제 소원은 그저 저 잣거리에 조그만 가게를 얻어 예쁜 마누라랑 행복하게 사는 건 데……."

소박한 꿈을 말하다 감정이 북받치자 구달비는 말끝을 흐렸다.

부인은 구달비가 불쌍해서 연신 혀를 찬다.

"저런, 쯧쯧."

부단주는 안타까운 눈으로 젊은 도둑을 주시했다.

'불쌍한 사람들한테 돈을 나눠주는 행실로 보아 심성은 착한 젊은이인데.'

솔직히 부단주는 이 도둑질에 물든 고아를 살리고 싶었다.

그러나 자신보다 높은 단주가 와 있는 지금, 청부를 되돌리는 그런 큰 권한은 부단주한테는 없었다.

그리고 만에 하나 청부를 되돌린다 치더라도 청부대금의 열 배가 되는 위약금은 어떻게 해결해야 하는가?

"휴~"

부단주는 가만히 한숨을 내쉬었다.

그는 부인과 눈이 마주쳤다.

"……."

"……."

대화는 없었지만, 수많은 말이 오갔다.

*   *   *

부단주의 부인은 구달비를 데리고 단주가 묵고 있는 옆방으로 갔다.

청부단주 천면호리는 침상 위에 누워서 구달비로부터 빼앗은 한옥패를 만지작거리고 있었다.

심심해하던 천면호리가 반색을 한다.

"무슨 일이냐?"

단주에게 부단주 부인은 공손히 여쭈었다.

"단주님, 혹시 모르니 무공이 높으신 단주님께서 이 청년을 지키시면 어떨까요?"

"응? 그건 너희 부부가 할 일이잖아? 요즘엔 수하의 일까지 단주가 해야 하나?"

의아해하는 단주에게 부단주 부인은 뺨을 붉히며 웃었다.

"아이, 저희 부부가 오랜만에 부부만의 오붓한 시간을 좀 가져보려고요. 호호호~"

천면호리가 이해하겠다는 듯 빙그레 미소 지었다.

"그래? 그럼 내가 얘를 지키지 뭐."

"감사합니다, 단주님."

단주의 마음이 변할세라 부인은 구달비를 침상 옆 바닥에 놓고는 재빨리 방에서 나갔다.

부인이 사라지자마자 천면호리는 크게 웃음을 터뜨렸다.

"푸하하하하~ 아무리 봐도 니 얼굴은 너무 웃겨!"

그녀는 한옥패를 쥐고 침상 위를 굴렀다.

구달비가 한옥패를 보며 말했다.

"그거 내 거니까 돌려줘요."

"싫어. 포로의 물건은 몽땅 승자의 전리품이란 걸 모르니?"

"그래도 남의 것을 강탈하는 건 강도나 하는 짓이 아닌가요?!"

"얘! 도둑놈 주제에 어떻게 감히 강도를 비난하니?"

그녀는 품에서 검은 단도를 꺼내서 구달비의 코앞에 대고 흔들었다.

"이 단도도 내 거고, 저 옥패도 내 거고, 다 내 거야. 그러니 더 이상 왈가왈부하지 마. 어차피 죽으러 가는 놈이 뭐가 필요해? 인생은 빈손으로 왔다가 빈손으로 간다는 거 몰라?"

생글생글 웃으며 약을 올리는 천면호리 때문에 구달비는 화가 났다.

'으씨! 그래, 맞다! 어차피 죽을 처지, 뭐가 두려우랴?

더 이상 갈 데가 없다라는 심정에 구달비는 버럭 고함을 질렀다.

"근데 당신 왜 자꾸 반말을 하는 거요? 나보다 나이도 한참 어려 보이는데, 단주라고 해서 이래도 되는 거요? 포로에 대해서 최소한의 예우는 해줘야 할 것 아뇨!"

"흥! 나이 먹은 게 무슨 벼슬인가? 그렇게 분하면 너도 반말하렴."

천면호리는 대수롭지 않게 받아넘겼다.

그녀는 구달비를 오목조목 뜯어보며 연신 웃어댔다.

"이봐, 네 이름이 구달비라고 했지? 얼굴만큼이나 이름도 너무 웃기네. 구달비! 이름이 마치 수달피나 족제비 같잖아. 아하하하하~"

구달비도 자기 이름이 우습다는 건 잘 알고 있었다.

그는 계속 놀려대는 천면호리 때문에 입을 다물어 버렸다.

깔깔대고 웃던 천면호리가 정색을 하며 은근하게 물어왔다.

"달비야, 너 대체 당문에서 무얼 훔쳐서 이런 꼴을 당하는 거야?"

"인삼뿌리 한 개 훔쳐 먹었어."

구달비가 반말로 대꾸했다.

"겨우 인삼 한 뿌리? 그게 다야?"

천면호리는 고개를 갸우뚱했다.

아무리 도둑이 들어서 자존심이 상한다고는 하지만, 고작 인삼 한 뿌리에 당문이 이렇게 많은 금자를 걸고 청부를 했다는 사실이 이해가 안 갔기 때문이다.

잠시 생각하던 그녀는 다시 물었다.

"인삼 말고 훔친 게 분명히 더 있을 거야. 잘 생각해 봐, 뭘 또 훔쳤나?"

구달비는 자기가 과연 당문에서 무엇 무엇을 훔쳤는가 곰곰이 생각했다.

흑아?

흑아는 제 발로 쫓아온 거니 훔친 게 아니다.

구달비는 시큰둥하게 말했다.

"당문에서 인삼 외에 내 손가락만한 백자 병에 들어 있던 어떤 물 한 방울을 훔쳐 먹었어. 훔친 건 진짜로 그게 다야."

"……?"

천면호리는 조그만 병 안에 딱 한 방울 들어 있었다는 게 무엇인지 알 수가 없었다.

그녀는 머리를 갸웃거렸다.

"물 한 방울? 뭔가 굉장한 액체인 거 같은데 대체 그게 뭘까?"

무척 궁금해하는 천면호리.

이때였다.

부단주 부부가 있는 옆방에서 해괴한 소리가 들려왔다.

"하이잉~"

"헉헉~"

천면호리와 구달비는 동시에 화들짝 놀랐다.

"......!"

"......!"

인간의 기본적 본능을 일깨우는 그 거친 호흡 소리에 두 남녀는 낯을 붉혔다.

특히 숫총각인 구달비는 어쩔 줄을 몰라 했다.

괜히 헛기침이 나온다.

"험험."

민망해진 두 처녀 총각은 서로를 외면하고 아무것도 안 들리는 척 시치미를 뗐다.

그러나 일각이 지나고 이각이 지나도 옆방에서 들려오는 교성은 멈춰지지를 않았다. 아니, 시간이 지남에 따라 신음 소리는 점점 더 높아져만 갔다.

"헉헉헉~"

"아학~ 여보오 나 죽어~"

이 쑥스러운 상황에 천면호리는 내심 당황했다.

'부단주 부부한테 저런 면이 있었나? 저 나이에 저리도 오래 하다니

정력들이 실로 놀랍군.'

소리는 끊임없이 들려왔다.

그리고 천면호리는 오랫동안 잊어왔던 감각을 떠올렸다.

마지막으로 해본 게 언제이던가?

온몸이 근질거리며 자기도 모르게 촉촉이 땀이 배어 나온다.

구달비 역시 마른침을 삼켰다.

꿀꺽!

그의 아랫도리는 이미 빡빡하게 힘이 들어가 있다.

귀로는 말초신경을 자극하는 소리가 연신 들려온다.

"아아~ 여보오~ 너무 좋아~"

"헉헉헉헉헉~"

구달비는 천잠사만 풀려 있다면 두 손으로 귀를 막고 싶었다.

그는 두 눈을 질끈 감고 숨을 가쁘게 몰아쉬었다.

'으으으… 환장하겠네!'

이때 천면호리가 살며시 침상 밑을 내려다보면서 물었다.

"야, 달비야. 우리 한번 할까?"

"……?"

뜻밖의 제의에 구달비는 멍청해졌다.

'이게 뭔 소리래?'

사내가 대답이 없자 천면호리는 다시 물었다.

"어때? 좋지? 한번 하자구."

그러나 뜻밖에도 구달비는 고개를 저었다.

"안 해!"

"뭐?"

"안 한다구! 난 하고 싶은 여자가 있어!"

천면호리가 새침한 표정을 지었다.

"어차피 조만간 죽을 텐데 뭘 그렇게 빼? 야! 한번 하자!"

구달비도 하고 싶은 마음이 굴뚝같았다.

하지만 포로로 잡혀가는 마당에 몸까지 주려니 너무 분했다. 더불어 천면호리의 놀리는 태도는 그의 기분을 상하게 만들었다.

'이년이 누굴 애완동물로 아나? 난 노예가 아니라구! 내 비록 당문에 잡혀가 죽을지언정 색노 따위는 되지 않고 깨끗하게 죽을 테다!'

이 상황이 부단주 부부가 일부러 만들어준 것이라는 사실을 깨닫지 못하는 구달비.

그는 매몰차게 말했다.

"난 내가 하고 싶은 여자랑만 할 거야!"

천면호리가 침상 위에서 몸을 기울여 얼굴을 구달비의 코끝에 바짝 갖다 대며 물었다.

"호오~ 보기보다 되게 순정파네? 네 뒤를 밟아본 부단주가 그러더군. 네가 금씨세가의 여식한테 홀딱 빠졌다구. 그 금씨세가 딸이 그렇게도 좋아? 나보다 예뻐?"

"당연하지! 네까짓 거보다 그녀가 백배, 아니, 천 배나 더 예뻐! 너랑 그녀와의 차이는 어두침침한 촛불과 찬란한 햇빛이라구!"

"……!"

자존심을 무참히 짓밟는 말에 천면호리의 눈 끝이 샐쭉하게 올라갔다.

동시에 이빨이 갈리는 소리가 들린다.

빠드득~

그 소리에 구달비는 심장이 철렁 내려앉았다.

'앗! 내가 너무 심한 소리를 했나?'

후회를 했지만 이미 늦었다.

열이 받친 천면호리가 나직이 말했다.

"촛불과 햇빛… 그렇단 말이지? …좋아!"

그녀는 침상에서 뛰어내리더니 구달비를 번쩍 안아 올렸다.

구달비가 버둥대며 악을 썼다.

"뭐 하는 거야?"

"너를 겁탈하려고 그런다! 강간, 겁간이라고 들어봤겠지?"

천면호리는 구달비를 침상 위에 눕혔다.

손발이 묶인 구달비가 굼벵이처럼 몸을 굴려 벽에 찰싹 붙더니 비명을 질렀다.

"사람 살려!"

천면호리가 배를 잡고 웃는다.

"푸하하하~ 살려달라니? 누가 죽이기라도 하나? 뭐 하긴 내가 곧 죽여주지."

그 말과 함께 천면호리는 구달비를 덮쳤다.

내공이 없는 구달비는 천면호리의 완력에 밀려서 허부적거렸다.

"으악! 저리 가!"

"싫어! 어디 좀 보자."

천면호리는 서슴없이 구달비의 옷을 벗겨냈다.

구달비의 손발에 묶인 천잠사가 거치적거리자 무공에 자신이 있는 그녀는 아예 천잠사를 풀러내기까지 했다.

눈 깜짝할 사이에 알몸이 된 구달비가 천면호리를 떠밀며 애원한다.

"자, 잠깐만! 난 처음이야! 이렇게 거칠게 다루지 말란 말야!"

천면호리가 별빛 같은 눈을 동그랗게 떴다.

"너 그럼 동정이야? 와하하하하~ 내가 숫총각을 따먹게 생겼군. 오늘 몸보신하겠네. 큭큭큭큭."

천면호리는 구달비가 꼼짝 못하게 팔다리를 눌렀다.

옆방에서는 마치 이 둘의 행위를 부추기듯 계속적으로 콧소리가 들려온다. 거기에 보태어 이젠 벽치기까지 하는지, 벽이 흔들린다.

그것들은 천면호리를 더욱 흥분시켰다.

마침내 구달비는 저항을 포기하고 온몸에서 힘을 뺐다.

내공을 못 써 여자에게 강간당하는 처지가 됐다는 사실이 사뭇 비참하다.

"……."

"어때? 이러니까 좋지?"

천면호리는 구달비의 전신을 주물럭댔다.

그러나 마음이 안 내키는 구달비는 차갑게 굳었다.

한동안 끙끙대던 천면호리가 상체를 일으켰다.

"흐음. 몸이 반응을 안 하는 걸 보니 그 여자를 정말로 좋아하나 보군."

구달비는 '너 혼자 떠들어라' 하고 입을 꽉 다물었다.

"……."

"뭐야? 내 말을 무시하는 거야? 뭐라고 말 좀 해봐!"

"……."

"야, 달비야. 너 갑자기 벙어리가 됐냐?"

"……."

배 위에 올라타고 앉은 천면호리가 노려보는 시선이 따갑다.

그러나 구달비는 '날 때려 잡수' 하고 버텼다.

자연히 방 안에는 냉랭한 기운이 감돌았다.

"……"

"……"

무슨 생각을 하는지 한동안 조용한 천면호리.

잠시 후 그녀가 말했다.

"분위기도 그렇고 하니… 우리 술이나 한잔하지?"

"난 술 못 마셔!"

구달비는 혹시나 천면호리가 강제로 술을 먹일까 봐 얼른 대꾸했다.

이에 천면호리가 즉각 의심스러운 눈초리를 보낸다.

"응? 술 못하는 사내도 있어?"

"우리 아버지가 남자는 술 마시면 실수를 한다며 아예 술을 입에 대지 말라고 하셨어."

"그래도 한번 마셔봐. 죽기 전에 이런 경험도 해봐야지?"

"싫어! 절대로 안 마실 거야! 절대로!"

구달비는 완강히 거부했다.

그러자 천면호리가 배실배실 웃으며 거래를 해왔다.

"달비야, 이러면 어때? 당문에 도착하는 날을 술 한 잔당 하루씩 늦춰주지."

"……!"

"석 잔 마시면 사흘이야. 열 잔 마시면 열흘이고. 혹시 또 알아? 그렇게 늦춰지는 사이에 네가 살아날 무슨 건수가 생길지?"

"으으음……"

실로 거절하기 힘든 제의였다.

이렇게 해서 구달비는 난생처음으로 술을 마시게 되었다.

침상에서 둘은 알몸으로 얼굴을 마주 보고 술잔을 기울였다.

그리고 내공을 못 쓰는 구달비는 열 잔째에 기어코 취하고야 말았다.

정신이 해롱거리며 긴장이 풀린다.

그와 함께 자제력이 약해진다.

구달비는 자기 몸이 의지의 통제를 벗어나기 시작했다는 것을 느꼈다.

그때를 놓치지 않고 천면호리가 슬그머니 구달비의 허리 위로 기어올랐다.

*　　　*　　　*

해는 이미 중천에 떠올랐다.

구달비는 머리가 빠개지는 두통과 함께 잠에서 깼다.

내공이 없으니 숙취가 심하다.

"으으으, 끄응!"

구달비는 눈을 비볐다.

옆을 보니 천면호리가 생긋 웃음 짓는다.

그녀는 구달비와 한 이불을 덮고 나란히 누워서 온기(溫氣)를 즐기고 있는 중이었다.

"달비야, 잘 잤어? 숫총각 딱지를 뗀 소감이 어때?"

"……!"

구달비의 얼굴이 일그러졌다. 지난밤에 벌어졌던 사건을 상기한 까닭이다.

아무리 생각을 해봐도 그건 명백한 강간이었다.

구달비는 미치고 환장할 것만 같았다. 내공을 못 썼기 때문이라는 이유는 둘째고, 어쨌거나 겁탈을 당했으니 그의 자존심은 상하는 정도가 아니라 아예 박살나 버렸다.

그러나 사내가 되가지고 여자한테 이런 꼴을 당했다며 누구 붙잡고 하소연을 할 수도 없음이다.

당한 사내의 심정을 아는지 모르는지, 천면호리는 천연덕스럽게 물그릇을 건네준다.

"달비야, 이거 좀 마셔봐. 꿀물이야. 부단주 부부가 아침 일찍 일어나서 따온 꿀로 만든 거야."

"안 먹어!"

구달비는 정복자(?)인 그녀가 주는 건 아무것도 받고 싶지 않았다.

그는 생각하면 할수록 분했다.

자신이 숫총각이긴 했지만 그래도 상대가 숫처녀였다면 좀 덜 억울하리라.

그러나 천면호리는 경험이 많고 아주 능숙했다.

결국 자신은 그녀의 숱하게 많은 남자 중 하나일 뿐이다.

'첫경험은 금 낭자랑 하고 싶었는데.'

구달비는 휙~ 등을 돌리고 누웠다.

서글픈 감정이 솟구친다.

그는 속으로는 은근히 혹아가 구해주러 오길 기다렸었다.

하지만 녀석은 코빼기도 안 보였다.

그래도 딴에는 흑아에게 잘해준 것 같은데 지금 와서 생각하니 뒤통수를 맞은 기분이다.

생각해 보니 비단 흑아의 일뿐만이 아니라, 아버지가 죽은 후 어느 한 가지도 좋은 일이라고는 없었다.

'살인범으로 몰려서 황금장에 쫓기고, 하나뿐이던 친구 놈은 배신하고 혼자 달아나고, 이제는 강간까지 당한 채 죽으러 끌려가는 처지구나……!'

재수가 아무리 더러워도 삶이 이렇게까지 꼬일 수는 없었다.

아무리 발버둥 쳐도 계속 찾아오는 불행에 구달비는 자포자기하는 심정이 되었다.

자신의 비참한 신세에 눈물이 나오려고 한다.

구달비는 여자 앞에서 눈물을 보이기가 싫어서 참아보려고 했다.

그러나 아무리 입술을 꼭 깨물어도 눈물이 앞을 가린다.

"크흑……."

구달비는 새우같이 몸을 웅크리고 훌쩍거렸다.

천면호리가 핀잔을 준다.

"사내가 뭘 그까짓 일로 울고 그래? 세상일이란 게 다 그렇고 그런 거야."

하지만 강간을 당한 구달비는 이런 꼴이 된 자신의 처지가 못내 서러웠다.

"흑흑흑흑."

울음소리가 커지자 천면호리는 엄마가 아기에게 하는 것처럼 구달비의 궁둥이를 토닥이며 위로했다.

"울지 마. 간밤엔 좋았잖아? 뚝 그쳐, 뚝."

그때였다.

이불 속에서 무엇인가가 번쩍! 빛났다.

깜짝 놀란 천면호리는 화닥닥 이불을 걷었다.

그녀는 비명을 지르며 침상에서 펄쩍 뛰어올랐다.

"꺄악! 이게 뭐야?"

구달비의 궁둥이를 만졌던 천면호리의 손에는 무지갯빛 가루가 촘촘히 박혀 찬란하게 빛나고 있었다.

천면호리는 이불자락으로 손을 북북 문질러 닦았다.

그러나 가루는 조금도 지워지지 않았다. 하다못해 손톱으로까지 긁어보았으나 가루는 그대로였다.

"아니, 이게 어디서 묻은 거야?"

천면호리는 침상과 이불을 살피며 난리법석을 떨었다.

이에 '무슨 일인가?' 하고 돌아보던 구달비는 내심 놀랐다.

'엉? 저건 당문의 영약고에서 본 건데?'

구달비는 빠르게 머리를 굴렸다.

당문에서 저 무지갯빛 가루가 새겨졌던 양피지로 항문을 닦았던 기억이 떠오른다. 저 수상한 가루는 그때 분명히 자신의 궁둥이로 옮겨온 것이리라. 그리고 이제 저 가루는 천면호리한테로 옮겨갔다.

구달비는 속으로 쾌재를 불렀다.

'옳거니!'

그는 얼른 거짓말을 했다.

"야, 천면호리! 그 가루는 우리 가문에 대대로 전해 내려오는 비전으로서, 그건 일종의 독이야! 내공을 일으키면 그 자리에서 피를 토하고 죽어! 허니 그 독을 해독하려면 내 말을 들어야 해!"

"호호홍… 그래?"

천면호리는 겁을 내기는커녕, 오히려 빙그레 웃는다.

"달비야, 어쩌지? 난 생사에 관심이 없는 사람이거든. 호호호~ 내
공을 올려봐야지!"

구달비가 급히 외쳤다.

"그만둬! 정말 죽는다니까!"

그러나 천면호리는 조금의 망설임도 없이 진짜로 내공을 끌어올렸
다.

손목에 감겼던 채찍이 뱀처럼 꿈틀거리며 춤을 춘다.

휘리릭~

교룡편의 끝이 천장을 한 바퀴 돌고 다시 손목에 똬리 튼다.

천면호리는 재미가 있는지 깔깔거렸다.

"피 안 토하는데 왜 사기를 쳐? 푸하하하~ 내가 속을 줄 알았지? 난
죽음이 안 두려워. 더 오래 살고 싶지가 않거든. 내 소원은 자다가 눈
안 뜨고 그냥 죽어버리는 거야."

아름답기만 한 그녀는 겉보기완 딴판으로 염세주의자였다.

"자아, 달비야. 이게 뭔지 솔직하게 설명을 해봐."

"……."

계획이 깨지자 구달비의 얼굴은 소태를 씹은 듯 찌그러졌다.

그는 이 무지갯빛 가루의 정체가 무엇인지 알 수가 없었다.

하지만 한 가지 확실한 건 이 괴상한 가루가 '살아 있는 생명체'라
는 점이다.

'당문의 독물고가 아니라 영약고에서 얻은 거니 나쁜 것 같지는 않

지만 그래도 뭔가 영 찜찜한 가루다. 그리고 만약 저게 대단한 물건이었다면 그렇게 선반 밑 먼지 구덩이에 처박혀 있지는 않았겠지.'

이런 저런 생각을 해보는 구달비였지만 여하튼 자기가 모르는 동안 저런 이상한 게 궁둥이에 붙어서 번쩍거리고 있었다고 생각하니 기분이 아주 더럽다.

구달비는 뭐에 쓰는지도 모르는 저 수상쩍은 가루를 되돌려받고 싶지 않았다.

그는 진지한 표정을 지으면서 말했다.

"그 가루는 사실은 인간의 몸에서 몸으로 옮겨다니는 거야. 우리 가문에서는 대대로 첫 여인한테 정표로 그걸 옮겨주었어. 그래서 우리 어머니는 아버지한테서 그 가루를 받으셨고, 나를 낳자마자 내게 물려주셨대. 야, 천면호리. 네가 내 첫 여자니 그 가루를 너한테 줄게."

구달비는 큰 인심이나 쓰는 것처럼 생색을 냈다.

천면호리가 궁금해한다.

"이 가루를 뭐에 쓰는 건데?"

"그걸 가지고 있으면 내공 증강에 크게 도움이 돼."

구달비는 막힘없이 술술 입을 놀렸다.

천면호리는 구달비의 말이 사실인지 아닌지를 곰곰이 생각하는 눈치다.

"흐응? 내공 증강이라고?"

구달비는 한술 더 떴다.

"내가 당문에 가서 죽더라도 그 가루를 보면서 나를 기억해 줘."

"흠! 네 말이 거짓이 아니라면……."

천면호리는 대뜸 구달비의 뺨에 손을 갖다 댔다.

무지갯빛 가루는 구달비의 볼따구니로 스르르 옮겨가서 다시 한 번 번쩍! 빛을 발했다.

천면호리는 구달비의 무지갯빛 볼을 집게손가락으로 찔렀다.

그러자 가루는 다시 그녀의 손으로 되돌아와서 역시나 빛을 냈다.

"어머! 정말이네? 참 신기하기도 해라."

천면호리가 소꿉장난을 하는 어린 소녀처럼 좋아한다.

그녀는 자신의 반짝이는 손을 들여다보며 기뻐했다.

"어마~ 일곱 빛깔로 반짝이는 게 참 예쁘네? 좋아, 오랜만에 숫총 각을 상대한 기념으로 내가 접수하도록 하지!"

구달비는 속으로 욕을 바가지로 했다.

'망할 계집애! 저 가루가 진짜 독으로 변해서 곰보딱지나 되라!'

…이렇게 해서 당문의 무지갯빛 가루는 구달비를 통하여 천면호리 의 손으로 넘어갔다.

그러나 만약 구달비가 이 가루의 용도를 알았다면 절대로 천면호리 한테 건네주지 않았을 것이다.

第四章

인간 곰국

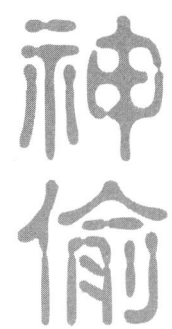

악마의 입김과도 같은 어둠이 대지를 끈적하니 감싸고 있는 밤.

당문 옆의 돌산에는 당문주와 한 중년인이 대치하고 섰다.

그런데 중년인의 옆구리엔 사람이 한 명 매달려 있다.

당문주가 물었다.

"도둑은?"

"여기 이자입니다."

청부단의 부단주는 옆에 끼고 있던 구달비를 앞으로 내밀었다.

당문주는 도둑을 넘겨받자 구달비의 키와 용모부터 파악했다.

그 후 그는 구달비의 몸에 진기를 흘려 넣어 영약의 진위를 느껴봤다.

당문주의 입에서 나직한 말이 새어 나왔다.

"맞군!"

구달비를 붙들고 있는 당문주의 손이 부들부들 떨렸다.

그토록 귀중한 공청석유를 먹어버린 도둑을 대면하자 단숨에 죽여버리고 싶은 마음을 참느라 힘이 드는 까닭이다.

지은 죄가 있는 구달비는 당문주의 시선을 슬며시 외면했다.

구달비는 눈앞이 캄캄했다.

'술까지 먹어가며 날짜를 늘렸음에도 불구하고 탈출은커녕 천면호리한테 농락만 더 당했을 뿐이다!'

구달비는 그간 천면호리와 많은 시간을 함께 지냈다.

주변에서는 부단주 부부 이하 모든 청부단원들이 둘 사이를 엮어주려고 갖은 애를 다 쓰는 게 역력했고 천면호리도 구달비한테 마음이 있는지 전혀 싫은 내색을 하지 않았다. 당연히 구달비는 '천면호리가 나를 놓아주지 않을까?' 하는 은근한 기대를 품게 되었다.

하나 그것은 구달비만의 착각이었을 뿐, 막상 당문에 도착하자 천면호리는 매몰차게 구달비를 밀어냈다.

"달비야, 안됐구나. 나는 당문으로부터 청부를 받은 입장으로서, 너를 잡아주겠다고 한 약속을 지켜야만 한다. 우리 청부단은 신용이 첫째거든."

그래도 첫 여자라 믿거니 했는데… 구달비는 가슴이 쓰렸다.

흑아에 이어 또 한 번 배신을 당한 느낌이다.

구달비는 두 눈을 질끈 감았다.

'제길! 내가 앞으로 누굴 또 믿으면 난 사람이 아니다!'

그러나 곧 피식 웃음이 나온다.

'조금 있으면 죽게 될 처지에 무슨. 아무튼 다음 생에는 아무도 믿지 말아야지.'

이때 당문주는 도둑을 옆구리에 단단히 끼고 부단주를 향해 물었다.

"귀하가 청부단주 천면호리요?"

"저는 단주님이 아닙니다. 청부했다는 사실을 숨기려고 살인멸구를 하려는 자들이 부지기수인데 어찌 단주님께서 이런 자리에 행차하시겠습니까? 잔금 받는 일엔 저 같은 하수가 나서는 게 상책이지요."

"흐음. 딴은 그렇군. 자, 여기 나머지 대금."

당문주는 품에서 두툼한 종이 봉투를 꺼냈다.

그러면서 당문주는 음흉스럽게 웃으며 말했다.

"금은 부피가 크니 전표로 준비했다네. 전표에 독은 안 묻혔으니 걱정 말게. 큭큭큭."

당문주는 봉투를 건네자마자 구달비를 옆에 낀 채 몸을 날렸다.

구달비는 눈앞이 캄캄해졌다.

'나는 이제 진짜로 죽는 건가?'

구달비의 머리 속에 부단주가 이 장소로 자신을 데려오면서 하던 말이 떠오른다.

"자네가 몰라서 그렇지만, 사실 우리 단주님은 무척 불쌍한 분이시네. 난 단주님이 자네를 마음에 들어하시길래 자네가 단주님과 잘되기를 바랐어. 허나 단주님이 자네를 당문에 넘기시다니 솔직히 실망이 크네. 그래도 혹시 모르니 희망을 가지게. 이건 비밀인데 우리 청부단의 배경에는 아주 무서운 분이 계시네. 만약 단주님이 마음을 돌려 그분께 부탁해서 그분이 뜨신다면 당문에서 자네 하나 빼내오는 것쯤은 문제도 아니야. 태상단주님은 어마어마하게 강한 분이시거든. 어쨌거나 자네를 위해서 내가 해줄 수 있는 건 더 이상 없구먼. 건투를 비네.

끝까지 희망을 버리지 말게."

부단주는 희망을 잃지 말라지만 구달비는 콧방귀를 뀌었다.

'쳇! 코앞에 죽음이 닥쳤는데 태상단주고 지랄이고 간에 내 모가지가 잘라진 후에야 무슨 소용이람?'

구달비도 청부단의 태상단준지 뭔지가 구해주러 오길 간절히 바랐다.

그러나 천면호리의 차가운 태도를 봐서는 절대로 남한테 부탁 따위를 할 것 같지가 않다.

구달비가 이런 저런 생각을 하는 동안 당문주는 당문의 담을 넘어 조제실에 당도했다.

당문주는 조제실 안으로 들어서자마자 문부터 걸어 잠갔다.

굳은 얼굴로 기다리고 있던 새 조제실주 당조제는 허리 굽혀 인사를 올렸다.

"오셨습니까, 문주님."

"음. 이놈이 바로 그놈이네."

당문주는 구달비를 바닥에 내동댕이쳤다.

털푸덕~

구달비는 아혈이 제압되어 비명도 못 질렀다.

'으윽!'

땅에 부딪친 등판이 얼얼하다.

그러나 그것도 잠시, 구달비는 주변을 보려고 서둘러 눈알을 돌렸다.

그의 시야에 이상한 물체가 들어왔다.

그것은 장정 세 명이 들어가 헤엄을 쳐도 될 만한 크기의 커다란 솥이었다.

솥은 새로 만든 듯, 윤이 번들번들 난다.

그 속에는 뜨거운 물이 후끈한 김을 내며 펄펄 끓고 있는 중이다.

구달비는 자연히 호기심이 들었다.

'뭐에 쓰려고 저렇게 큰 솥을 만들었을까?'

구달비의 궁금증은 당문주가 풀어주었다.

조제실주한테 이미 몇 번이고 확인을 해보았음에도 불구하고 당문주는 다시 한 번 물었던 것이다.

"이놈을 삶을 준비는 완벽하겠지?"

"예!"

*　　　　*　　　　*

뜨거운 증기가 답답할 만큼 가득 차 있는 당문의 조제실.

조제실주는 지그시 눈을 감은 채 앙상한 손으로 구달비의 맥을 잡았다.

"흐음……."

잠시 후 그는 당문주한테 아뢰었다.

"문주님, 역시 이자의 몸속에는 두 영약이 합쳐지질 못한 채 겉돌고 있습니다."

당문주는 이미 예상하고 있던 일이므로 고개를 끄덕였다.

그러나 그는 끓어오르는 분노를 못 참고 언성을 높였다.

"영약을 복용하는 방법도 모르는 무식한 놈이 그런 귀한 걸 처먹어?

돼지 목에 진주라고 하더니 바로 그 짝이군! 이런 죽일 놈 같으니!"

구달비가 무슨 말인지 못 알아듣고 눈만 껌벅이자, 조제실주가 그를 내려다보며 혀를 찬다.

"쯧쯧. 그처럼 막강한 효능의 영약 두 가지를 동시에 복용하려면, 너는 양기를 가진 사내니 음기의 정화인 공청석유부터 먼저 취하고 그 후에 다시 양의 기운인 인형삼으로 너의 꺼진 양기를 북돋웠어야 했거늘, 사내인 네가 양기부터 취했으니 세 기운이 서로 부딪쳐서 설사까지 하게 된 것이다. 그러니까 다시 말하면 순서가 양·음·양이 됐어야 했는데 양·양·음이 된 것이지."

이 말에 구달비는 깜짝 놀랐다.

'뭐? 내가 공청석유를 먹었어? 아니, 그럼 그 조그만 병 속에 있던 물 한 방울이 바로?'

전설에서나 등장하는 공청석유가 자기 뱃속에 들어 있다는 사실에 경악을 금치 못하는 구달비.

그는 당문이 청부까지 해가며 자기를 잡아온 게 백번 이해가 되고도 남았다.

더불어 그는 이제까지 공청석유의 기운을 몸으로 흡수치 못했다는 사실이 분해서 거품을 물 지경이 되었다.

'어이구~ 내가 하늘이 내리신 기회를 놓쳤구나!'

그러나 한편 이상하다는 생각도 들었다.

그간 운기조식을 매일같이 해왔는데도 불구하고 자신은 공청석유의 기운을 전혀 느끼지 못했던 것이다.

구달비가 머리를 갸우뚱하는 와중에 조제실주는 분개하는 당문주를 위로했다.

"문주님, 워낙 엄청난 영약인지라 이자가 환골탈태까지는 했을지언정, 그래도 아직 융화를 못 시킨 탓에 머리카락에까지는 영약의 기운이 뻗치지 못했습니다. 청부단에 머리카락 하나 다치게 하지 말라는 청부를 괜히 했군요."

"오! 털 안에는 영약의 기운이 없다니 잘됐군. 삶는 데 거치적거리니 털은 지금 다 없애는 게 좋겠네."

말을 끝내기가 무섭게 당문주는 팔을 걷어붙이고 구달비에게 달려들었다.

그는 작은 칼로 도둑의 전신 털을 깨끗이 밀어내기 시작했다.

조금의 망설임도 없는 그 손놀림은 하다못해 사타구니 부분의 털을 면도하는 데도 전혀 거리낌이 없었다. 마치 생선을 요리하기 전에 비늘을 긁어내는 것만 같은 무심한 동작이다.

구달비는 당문주의 손에 의해 이리저리 뒤집히면서 그나마 짧았던 머리카락을 포함, 온몸에 털이라곤 한 올 없는 맹숭한 몸으로 변해갔다.

졸지에 대머리가 된 구달비.

하나 머리카락은 둘째 치고 이제 겉눈썹까지 사라진 구달비는 그 끔찍한 꼴이 문둥이와 진배없어진 터라 보는 이에게 혐오감을 불러일으켰다.

숨가쁘게 칼을 놀리던 당문주가 벌떡 일어섰다.

그는 도둑의 몸을 깨끗이 닦은 후 도둑을 짊어지고 솥 위로 가볍게 도약했다.

솥이 워낙 큰지라 옆에는 사다리가 세워져 있건만, 고수인 당문주는 사다리 따위는 이용하지 않았다.

당문주는 조제실주를 보며 확인차 물었다.

"이제 넣기만 하면 되는 겐가?"

"예."

조제실주의 말을 신호로, 당문주는 도둑을 붙잡고 있는 손을 놓아버렸다.

아혈이 제압된 구달비는 비명도 못 지르고 뜨거운 솥 안에 던져졌다.

풍 덩~

'아뜨뜨뜨 뜨거!'

순식간에 피부가 익어버렸다.

지금 구달비에게 있어 솥 안의 펄펄 끓는 물은 물이 아니라 타오르는 불길처럼 느껴졌다.

너무도 고통스럽다!

차라리 단칼에 목이 베어져 죽는 게 나으리라.

화탕지옥이란 게 바로 이런 것일 테지만, 구달비는 온몸을 쑤시는 강렬한 뜨거움에 아무것도 생각할 수 없었다.

구달비는 괴로움에 몸부림치고 싶었다.

그러나 제압된 마혈은 그것조차 승낙치 않았다.

'으아아아아아악!'

익어가는 고깃덩이는 나오지도 않는 비명을 질렀다.

죽고 싶다! 빨리 죽어버리고 싶다!

그러나 생각 외로 인간의 목숨은 질겼다.

뼛속까지 다 익어야 이 고통이 끝날 것 같다.

'크아아아아아아아아~'

정신이 아득히 멀어져 간다.

이때… 몸속 깊은 곳에서 아주 차가운 무엇인가가 꿈틀댔다.

그리고 그것은 곧장 전신 피부로 거세게 이동했다.

그러자 칼날처럼 온몸을 파고들던 열기가 물러간다.

구달비는 몸에서 힘을 뺐다.

상체가 두둥실 물 위로 떠오른다.

비록 뜨거운 증기지만 그래도 다시 호흡을 할 수 있었다.

'후아! 헉헉헉~'

몸도 몸이지만, 호흡을 하니 한결 살 것 같다.

하지만 그것도 잠깐이었다.

위에서 천잠사로 짠 거대한 망이 내려왔다.

끼이이익―

솥에 맞춰 특수 제작된 그 망은 쇠로 된 테두리의 무게를 증명이라도 하듯 곧장 물밑으로 가라앉았다.

철 벙~

구달비는 다시 물속으로 잠겨들었다.

숨을 쉴 수가 없자 호흡이 가빠온다.

당장 죽을 것만 같다.

당문주는 천잠사 망과 연결된 갈고리에 자물쇠를 채웠다.

철컥철컥!

자물쇠가 단단히 잠겨졌는지를 확인한 그는 조제실주한테 명했다.

"내가 교대해 주러 올 동안 잠시도 이 자리를 떠나지 말고 저 솥을 지키게! 용변도 이 조제실 안에서 해결하고!"

"예! 염려 마십시오!"

족히 골백번은 들은 당부의 말에 조제실주는 힘차게 대답했다.

그 후 조제실주는 문주가 멀리 사라질 때까지 문틈으로 지켜보았다.

그러더니 조제실주는 황급히 솥 위로 올라가 자물쇠를 풀고 끈을 잡아당겼다.

끼이이이이~

솥을 막고 있던 천잠사 뚜껑이 도르래에 의해 위로 올라간다.

조제실주는 기다란 나무 막대기로 국 속을 휘저었다.

시뻘겋다 못해 하얗게 변한 인간의 육체가 물 위로 떠오른다.

조제실주는 시체 같은 그 고깃덩이를 자기 쪽으로 끌어당겼다.

"끙차! 아이구, 뜨거워라!"

도둑의 몸뚱이는 손도 못 대게 뜨거웠다.

잠시 후 뜨겁던 피부가 조금 식자 조제실주는 손을 내밀어 구달비의 맥을 짚었다.

그의 고개가 끄덕여진다.

"아직도 살아 있군. 역시나 공청석유와 만년인형삼왕의 힘이야."

다시 한 번 진맥을 해본 조제실주는 구달비의 턱 부근에 침을 놓았다.

무공이 없는 그는 혈도를 풀 만큼의 공력이 없기에 침으로써 구달비의 아혈을 되돌리는 것이다.

공기를 접하자 구달비는 정신이 돌아왔다.

그는 눈을 뜨려고 했지만 눈꺼풀이 익어서 들리지를 않는다.

그래도 고막은 손상이 없는지 다행히 소리는 들린다.

누군가의 목소리가 들려왔다.

"이보게, 정신이 드나?"

구달비는 의아했다.

'이자는 당문주랑 같이 있던 노인? 혹시 이 영감님이 나를 구해주려는 걸까?'

그러나 기대와는 달리 조제실주는 전혀 엉뚱한 질문을 했다.

"이보게, 내가 지금 자네를 꺼낸 이유는 두 가지가 궁금해서일세."

"……?"

구달비는 이 노인네가 도대체 무엇을 물어보려는지 알 수가 없었다. 그에게 조제실주가 첫 번째 질문을 했다.

"이보게, 악마는 어떻게 되었나? 녀석이 어미를 찾아간다던가?"

아직도 마혈이 잡혀 몸은 움직일 수 없으나 입이 살게 된 구달비. 그는 감각이 없어진 텁텁한 입술을 간신히 놀렸다.

"그놈 얘기는 하지도 마세요! 내가 청부단에 잡혀가는 걸 보고도 그놈은 혼자 살겠다고 도망간 놈이에요! 그놈이 엄마를 찾아갔는지 말았는지는 나도 몰라요! 상관하고 싶지도 않다구요!"

악이 받친 청년의 말에 조제실주는 인상을 찡그리며 말했다.

"사실 악마가 비겁하기는 하지. 게다가 녀석은 이기적이고 겁쟁이며 거짓말도 밥 먹듯이 하지. 한마디로 아주 더러운 성격이야. 하지만 그 애가 처음부터 그랬던 것은 아닐세. 우리 당문에 끌려올 때만 해도 녀석은 아주 순진했었어. 난 그 녀석과 삼십 년을 보냈네. 녀석한테 한어(漢語)를 가르쳐 준 사람이 바로 나지."

구달비는 깜짝 놀랐다.

"삼십 년? 흑아의 나이가 그렇게 많아요?"

"악마를 자네는 흑아라고 부르는 모양이군. 악마는 여기에 오기 전까지 아불리가(阿弗利加:아프리카)의 한 지방에서 꽤 오랜 세월을 신(神)으로 군림했다네. 허니 녀석의 나이는 최소한 오십 살이 넘어. 그런데도 지능이나 생각은 완전히 어린아이 수준인 걸 보면 아마 상당히 오래 사는 동물의 새끼인 거 같아. 적어도 천 년은 사는 그런 동물 말일세."

조제실주는 흑아에 대해서 구달비가 모르고 있던 사실들을 얘기해주었다.

"이보게. 죽은 사람을 놓고 이런 말 하기는 좀 그렇지만, 전대 조제실주는 아주 악독한 사람이었어. 그 사람 때문에 악마는 당문에 잡혀와서 배불리 먹어본 적이 거의 없었네. 이건 내 생각인데 만약 악마를 잘 먹였으면 녀석은 몸이 더 커졌을지도 몰라. 지금보다 몇 배로 말이지."

"……."

구달비는 흑아에 대해서 알고 나자 녀석이 불쌍해졌다.

음식점에서 흑아가 보낸 전음이 생각난다.

'달비야, 이거 되게 맛있네? 나 벌써 다 먹었어.'

'…나 더 먹을 수 있는데. 에헤헤.'

'달비야! 우리 저 남은 음식 먹자!'

다른 사람이 먹다 남긴 음식까지도 먹고 싶어했던 흑아.

구달비는 가슴이 아팠다.

흑아를 다시 만난다면 이번엔 아주 잘해주고 싶다.

그러나 그런 기회는 이제 두 번 다시 오지 않을 것이다.

조제실주는 천잠사 뚜껑의 끈을 손으로 쥐며 중얼거렸다.

"어쨌거나 청부단도 악마가 어디로 갔는지를 모른다고 하니 다행이군. 녀석이 잡히지 말고 무사히 어미를 만나야 할 텐데."

조제실주가 끈을 움직이자 망이 내려온다.

끼이이~

구달비가 급히 외쳤다.

"잠깐만요!"

"뭔가?"

"이렇게 고통을 줄 바에야 차라리 먼저 죽인 후에 국을 끓이세요!"

애걸하는 도둑에게 조제실주는 고개를 저었다.

"안 되지. 그러면 진국이 안 우러나오거든. 자네 혹시 게장이라고 들어봤나? 게장은 게를 간장에 넣어서 간을 배게 만든 음식이야. 그런데 그 게장을 할 때는 반드시 살아 있는 게로 만들어야 그 맛이 뛰어나단 말일세. 게가 살아서 간장 속에서 버둥대면서 간장을 꿀꺽꿀꺽 마셔야만 살 속까지 간이 잘 배거든."

끔찍한 소리에 구달비는 몸서리를 쳤다.

"그건 너무 잔인하지 않습니까?!"

"자네가 몰라서 그렇지 인간은 아주 잔인한 동물이네. 어쨌거나 각설하고, 사실 자네를 산 채로 국을 끓이는 까닭은 생기가 있는 몸하고 생기가 없는 죽은 몸하고의 기운이 틀리기 때문일세. 이는 마치, 잡은 지 하루 된 잉어와 사흘 된 잉어의 고기 맛이 다른 것과 같다네. 뭐, 하긴 우리 문주는 자네의 고기를 먹으려고 이러는 것이 아니지만 말일세."

이렇게 말하면서 조제실주는 다시 한 번 구달비의 맥을 짚었다.

"흐음. 두 영약이 지금 자네 몸속에서 요동치고 있군. 안됐지만 자네가 완전히 삶아지려면 시간이 꽤 걸릴 게야. 그러니 죽기까지는 고생을 많이 하겠군. 이게 다 죽은 사람도 살린다는 공청석유를 산 사람이 먹어서 그런 걸세. 쯧쯧쯧."

"근데 저는 공청석유의 기운이 제 몸속에서 흐른다는 사실을 그동안 전혀 몰랐는데요?"

"이궁. 무공을 익힌 사람이라고 해서 그런 걸 다 감지할 수 있다면, 이 세상에 의원이 왜 있겠나?!"

조제실주는 핀잔을 주었다.

구달비는 궁금해져서 물었다.

"저는 여기 오기 전에 내공을 억제하는 약을 강제로 먹었는데, 그 해약은 안 주세요?"

"허! 곧 죽을 텐데 그런 해약이 뭐 필요하누? 그리고 자네가 해약을 복용하든 안 하든 곰국의 질은 같네. 그러니 해약 따위는 애초에 만들지도 않았어."

조제실주는 이어 말했다.

"아무튼 공청석유와 만년인형삼왕의 기운이 완전히 융합되면 엄청난 일이 벌어질 게야. 하지만 자네한텐 그런 행운은 없을 듯하이. 게다가 설령 그렇다 하더라도 이 솥은 만년묵철로 만들어진 거라 누가 꺼내주기 전까지는 절대 탈출을 할 수가 없을 걸세."

"……!"

죽음의 의미가 함축된 이 말은 구달비에게 현실을 다시 한 번 일깨워 주었다.

갑자기 조제실주는 앙상한 손가락으로 자신의 머리를 톡톡 두드렸다.

"참! 내가 깜박 잊을 뻔했군. 두 번째로 궁금한 게, 자네는 공청석유와 만년인형삼왕 외에 무엇을 더 복용했나? 자네의 몸속엔 아주 희한한 기운이 한 가지 더 잠재해 있네. 말로는 표현하기 힘든 정말 묘한 기운이더군. 영약도 아닌 것이 그렇다고 영약이 아닌 것도 아닌 것이… 대체 그 이상한 기운의 정체가 무엇인가?"

"네? 당문주가 있을 때는 그런 말씀 안 하셨잖아요?"

"조제실주인 내가 모르는 영약이 있다고 내 입으로 문주님한테 고백하라는 소린가?!"

"하긴 그렇군요."

구달비는 늙은 생강이 맵다고 느꼈다.

'사람은 역시 오래 살고 볼 일이야. 나도 이 영감님 연세 정도까지는 살고 싶은데.'

더 살고 싶은 젊은 도둑은 잔꾀를 부렸다.

"영감님, 제 몸속의 기운. 그 정체를 말해 드리면 저를 살려주실래요?"

"휴우……."

조제실주는 가만히 한숨을 쉬더니 끈을 잡아당기려고 팔을 뻗었다.

구달비가 다급히 말린다.

"아, 잠깐만요! 말해 드릴게요!"

"어서 말해 보게. 어차피 자네가 죽는다는 사실엔 변함이 없으니 죽을 때 죽더라도 살아 있는 사람이나 속이 시원하게 해주게."

"그게… 내가 뭘 먹었더라?"

구달비는 조금이라도 더 공기를 마시려고 시간을 끌었다.

그러나 아무리 더듬어봐도 자기가 아는 한 다른 영약을 복용한 기억이 없다. 그는 흑아와 나눠 먹은 콩알 반쪽 따위는 전혀 떠올릴 수 없었던 것이다.

구달비는 솔직히 자백했다.

"모르겠어요. 혹시나 어렸을 때 아버지가 제게 뭘 먹였을 수도 있겠지요."

"흐음. 이것은 자네가 꽤 성장한 후에 섭취한 거 같던데……."

곰곰이 머리를 굴리던 조제실주는 더 캐묻기를 포기했다.

그는 짧게 말했다.

"극락왕생하게."

풍 덩!

천잠사 망이 떨어져 내렸다.

꼬르르륵~

구달비는 또다시 끓는 물속으로 잠겨들었다.

하지만 그는 아까 전처럼 무작정 물속에서 허부적대지 않았다.

구달비는 이번엔 귀식대법을 연공했던 것이다.

내공은 없었지만 구결은 외우고 있는 터라 그는 정신을 집중해서 호흡과 심장 박동을 억제했다.

하지만 마혈이 짚인 상태니 뜻대로 잘되지를 않는다. 이대로 얼마 동안이나 버틸 수 있을지 의문이다.

그러나 이것 외에는 별 방도가 없는지라 구달비는 귀식대법에 매달릴 수밖에 없었다.

구달비는 희미해져 가는 의식 속에서 마지막 유언을 떠올렸다.

'아버지, 못난 소자는 비단옷 입고 아버지 묘소에 성묘 가기는커녕 이렇게 곰국이 돼요. 흑아야, 너는 엄마를 만나서 나 대신 제발 행복하

게 살아라.'

죽어가는 구달비.

그는 생전에 못다 이룬 꿈이자 숙제가 마음에 걸렸다.

'금경은 낭자는 아직도 나를 기다리고 있겠지? 그녀가 보고 싶다. 내가 만약 여기서 살아난다면 이번엔 반드시 황궁보고를 털어서 그녀한테 만년빙심을 갖다주겠는데……'

그러나 다시 살아날 길은 전무하다.

구달비는 금경은을 그리워하며 뜨거운 물속으로 꺼져 들었다.

한편 조제실주는 마음이 몹시 안 좋았다.

세상에 그 누가 살아 있는 인간을 곰국으로 만들고 싶겠는가?

하지만 그는 문주한테 복종할 수밖에 없었다.

조제실주는 사다리를 타고 내려오면서 나직이 중얼거렸다.

"내가 자네를 또 꺼내주리라고는 절대로 기대하지 말게."

마음을 독하게 먹은 그는 쭈그리고 앉아 장작을 몇 개 던져 넣었다.

불이 활활 타오른다.

이 불은 도둑의 뼈와 살이 완전히 물러질 때까지 절대로 꺼지지 않으리라.

조제실주는 구달비에게서 벗겨냈던 천잠사 잠행복을 착착 접어서 한쪽 구석에 챙겨두었다.

"나중에 이 옷을 자네 뼈 대신 양지바른 곳에 묻어주겠네."

팔자에 없는 인간 곰국을 끓이게 된 조제실주의 안색은 무척 어두웠다.

넋두리가 절로 나온다.

"아이고, 관세음보살. 이 죄를 다 어찌할꼬!"

이런 몹쓸 짓을 시킨 문주가 원망스럽다.

*   *   *

구달비가 이렇게 삶아지고 있을 때,

흑아는 깊은 산속에서 하염없이 울고 있었다.

"엉엉~"

벌써 며칠째 흑아는 목 놓아 울고 있는 중이다.

"미안해, 달비야. 정말 미안해."

흑아는 끝없이 자신을 책망했다.

구달비가 천면호리를 보고 '금 낭자'라고 할 때 벽옥 목걸이가 안 보였던 자신이 그 사실을 말 안 한 게 지금에 와서 후회막급이다.

"왜 내가 괜한 고집을 부려서… 엉엉~"

모든 게 자기 탓만 같다.

하지만 이미 일은 벌어진 후고 구달비는 잡혀갔다.

그리고 자신은 친구를 버리고 혼자서 도망쳤다.

그때 천면호리가 외치던 말이 귀에 쟁쟁하다.

'이 비겁한 놈아!'

'이 비겁한 놈아!'

'이 비겁한 놈아아아—'

이 말은 흑아의 뇌리를 맴돌며 녀석의 심장을 예리하게 쪼았다.

흑아는 고통스러운 표정으로 어깨를 늘어뜨렸다.

"그래, 난 비겁한 놈이야. 하지만 난 당문에 도로 끌려가기 싫었어!"

녀석은 두 앞발로 얼굴을 가리고 흐느꼈다.

"흑흑. 달비야, 미안해. 내가 비겁해 보이지? 근데 난 원래가 이런 놈이야. 난 이것밖에 안 되는 놈이라구!"

울던 흑아는 갑자기 땅을 뒹굴며 악을 쓰기 시작했다.

"으악! 으악! 으아아아악!"

녀석은 어린아이가 생떼를 쓰듯 마구 발버둥 쳤다.

"비겁한 놈이래도 좋아! 난 이렇게 살 거야! 으악! 으악! 으악악악!"

흑아는 목이 터져라 고래고래 소리를 질렀다.

그렇게 한참 발악을 하고 나니까 속이 좀 시원해진다.

녀석은 오랜만에 울음을 그치고 발딱 일어섰다.

목이 마른다.

생각해 보니 꽤 오랫동안 밥을 굶었다.

시장기도 느꼈지만, 일단 흑아는 물부터 찾았다.

근처를 돌아보니 이끼가 가득 난 바위틈에서 깨끗한 샘물이 숏구친다.

흑아는 물을 마시려고 머리를 숙였다.

그러나 순간 녀석은 멈칫! 굳어졌다.

물속에는… 붉은 목걸이가 비치고 있었다.

"……!"

흑아는 구달비가 사준 목걸이를 쓰다듬었다.

조그만 앞발이 부들부들 떨린다.

"……."

잠시 머뭇거리던 흑아는 목걸이를 풀러냈다.

녀석은 슬픈 눈망울로 목걸이를 내려다보았다.

구달비를 잊으려면 이 목걸이도 버려야 한다.

"달비야⋯⋯."

흑아는 목걸이를 하염없이 내려다보았다.

친구인 구달비와 함께 지냈던 추억들이 주마등처럼 스쳐 지나간다.

목걸이 위로 굵은 눈물방울이 투두둑 떨어졌다.

⋯외롭다.

第五章

활불국(活佛國)

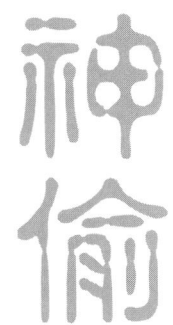

당문이 있는 사천과는 전혀 동떨어진 산동 지방의 한 객잔.

후원에 마련된 방의 침상에는 흰색 털을 가진 토끼가 길게 엎드려 있다. 그리고 토끼에게 등을 보인 채 한 사내가 혼자서 술을 따라 마시는 중이다.

방 안엔 적막감만이 꽉 차 있다.

그러나 그 침묵은 사내에 의해서 깨졌다.

"크윽!"

독한 화주가 목구멍을 화끈하게 달군다.

토끼포두라 불리는 정현풍은 마구 술을 퍼마셨다.

그는 인사불성이 될 만큼 취하고 싶었다.

하지만 아무리 마셔도 정신은 말짱할 뿐이다.

문득 그의 눈에 눈물이 고였다.

'백아……'

정현풍은 앞길을 인도하는 흰 토끼 백아를 따라 이곳까지 왔다.

그런데 오는 중에 듣자니 별의별 소문이 다 떠돈다.

팔찌가 옛날 기인이 남긴 무공이라는 등, 황금장이 선우운철이라는 놈을 죽이려고 일류고수를 돈으로 사서 설산에 급파했다는 등, 그게 아니고 황금장의 도둑들은 이미 구파일방에 의해서 황금장에 넘겨졌다는 둥 온갖 억측이 난무했다.

그러나 토끼포두 정현풍이 아는 확실한 사실은 두 명의 도둑 중 아직 단 한 놈도 안 잡혔다는 점이다.

정현풍은 토끼의 능력이라면 도둑을 잡고도 남음이 있을 거라고 생각해 왔다.

하지만 황금장에 도둑이 든 이후 여러 달 동안 토끼는 정현풍을 이리저리 끌고만 다녔다. 성과라고는 전혀 없이.

결국 그동안 흰 토끼의 능력을 믿고 토끼포두의 뒤를 따라다니던 하오문도들과 현상금 사냥꾼들은 더 이상 별 볼일이 없다는 판단 하에 모두들 제 갈 길을 찾아 사라졌다.

그들은 떠나면서 정 포두의 뒤통수에 대고 빈정댔다.

"저 유명하던 토끼포두도 이젠 볼장 다 봤구만."

"그간 시간 낭비한 걸 생각하면 저 우라질 토끼를 그냥……!"

정현풍은 그들의 말에 기분이 상하기보다는 토끼의 태도에 큰 충격을 받았다. 그도 바보는 아닌지라, 토끼가 범인의 뒤를 추격하는 게 아니라 친구인 자신을 그냥 이리저리 끌고 다닌다는 느낌을 받았던 것이다.

처음에 그는 '아니야! 그럴 리가 없어!' 라고 강력하게 부정했다.

그러나… 이제는 확실히 안다.

자신은 믿었던 친구한테 배신을 당했다고!

정 포두는 등판으로 토끼의 시선을 느끼면서 술을 마셨다.

꿀꺽 꿀꺽~

평소에는 달았던 술이 지금은 쓰디쓰다.

술잔이 탁자를 거세게 후려친다.

탁!

인사불성이 되기를 포기한 정현풍은 두 손으로 얼굴을 감쌌다.

그는 심각하게 갈등하고 있었다.

'백아한테 이유를 물어봐야 한다. 그러나……'

확인하기가 겁났다.

친구의 배반을 입 밖으로 내고 싶지 않다.

하지만 언제까지 이러고만 있을 수는 없다. 결국은 반드시 건너야만
할 다리니까.

마침내 정 포두는 천천히 뒤돌아·앉았다.

정현풍의 등판을 주시하던 토끼가 재빨리 눈을 내리간다.

그런 토끼에게 감정을 최대한으로 억제한 목소리가 나직이 들려왔
다.

"백아야… 너를 나무라는 건 절대로 아니고… 황금장 도둑을 쫓는
일이 싫으면 싫다고 해."

"……."

토끼는 붉은 눈을 꽉 감아버린 채 미동도 하지 않았다.

정현풍은 단어를 신중히 골라서 말했다.

"백아야, 사실 내가 이만한 위치까지 오르게 된 건 다 네 덕이야. 네가 없었다면 내 능력으로 어찌 감히 포두라는 직책을 얻을 수 있었겠니? 난 항상 네게 고마워하고 있어. 그건 너도 잘 알 거야."

정 포두는 잠시 말을 멈추고 치밀어 오르는 감정을 다스렸다.

그는 약간 울먹이는 목소리로 말했다.

"백아야, 난… 난 네가 나를 속이고 있다는 걸 알아."

"……."

토끼는 정현풍이 이런 말을 할 줄 이미 예상했는지 꼼짝 않고 듣기만 할 뿐이다.

정현풍은 조금 강한 어조로 말을 이었다.

"내가 모르는 백아 너의 과거에… 난 네가 황금장의 도둑과 모종의 관계가 있었다고 생각한다!"

"……!"

순간 토끼의 커다란 두 귀가 움찔! 움직였다.

토끼의 이 반응에 정 포두는 자신의 짐작이 맞았다는 기쁨보다는 서글픔이 앞섰다.

"백아야… 그 도둑이… 친구인 나보다 소중한가 보지?"

이에 토끼는 깊은 한숨을 내쉬더니 고개를 저었다.

그 모습에 정현풍의 눈에는 반가움이 깃들었다.

하지만 그것도 순간일 뿐, 그는 걱정스럽게 말했다.

"백아 너도 알다시피 성주님의 특별한 명이 있었어. 그러니 황금장의 도둑을 못 잡으면 내가 돌아가고 싶어했던 북경은커녕, 난 포두 직을 사임해야만 해."

"……."

토끼가 콧등에 주름을 잡았다.

잠시 머뭇거리던 정현풍은 어렵사리 물었다.

"나… 포두 그만둘까?"

"……."

백아는 정현풍에게 있어 포두라는 직업이 그의 어린 시절부터의 꿈이었다는 사실을 잘 알고 있다.

토끼는 뒷발로 일어서서 정현풍을 똑바로 쳐다보았다.

눈과 눈이 마주쳤다.

"……."

"……."

눈물 어린 소년의 눈을 붉은 눈동자가 말없이 주시한다.

'백아야, 난 크면 반드시 포두가 될 거야.'

'백아야, 우리 같이 북경으로 가지 않을래? 난 북경에 가보는 게 소원이야. 북경엔 땅바닥이 다 황금이래. 북경에는… 북경에는……'

토끼는 이제는 성인이 되어버린 소년을 서늘한 시선으로 바라보았다.

"……."

시간이 멈추어 버린 듯 둘은 그림이 되었다.

대화도 없고 행동도 없다.

초조함 속에서 소년은 문득 갈증을 느꼈다.

긴장으로 뒷골이 당긴다.

뭐라고 더 말하고 싶다.

하지만 그는 토끼한테 자신의 뜻을 더 이상 종용할 수 없었다.

"……."

"……."

배신당한 소년의 볼을 타고 뜨거운 눈물이 흐른다.

정현풍은 얼른 팔뚝으로 눈물을 훔쳤다.

"크흑."

소년의 눈물 진 얼굴을 토끼는 조용히 바라보았다.

그리고 마침내… 토끼가 고개를 끄덕였다!

정현풍은 두 주먹을 불끈 쥐었다.

'됐어! 이젠 도둑놈을 잡는 거야!'

그랬다. 흰 토끼 백아는 친구인 정현풍을 위해서 구달비를 잡기로 결심했다.

한데 이때, 구달비는 당문에서 곰국으로 푹푹 삶아지고 있었다.

*　　　　*　　　　*

중원에서 남서쪽에 위치한 활불국(活佛國).

중원인들에게 서장(西藏:티베트)이라 불려지는 이 활불국은 원나라 때부터 중원의 속국이 되었다. 1253년 원(元) 헌종(憲宗)은 군대를 파견, 서장 전역을 장악하고 선위사(宣慰使)를 두었던 것이다. 그 후 세조(世祖) 쿠빌라이는 서장의 라마교 고승 파스파를 중용하여 황제의 스승으로 임명했다.

그렇게 세월이 지나면서 서장에서는 자연스럽게 정교합일적(政敎合一的) 지배 체제가 확립되었고, 마침내 명(明) 시대에는 중원의 종주권 밑에 라마교의 수장인 활불(活佛:달라이라마)이 정치와 행정 등 활불국의 모든 국정을 관장하는 절대자가 되었다.

·이런 활불국은 비록 명나라에 종속되어 있다고는 할지라도 독자적인 체계를 갖추고 있었다.

하지만 그들은 엄청난 양의 조공(朝貢)을 명나라에 매년 바치는 터라, 명으로부터 완전한 독립을 원했다.

작금의 활불국을 다스리는 자는 라마승인 활불 다르마이다.

그리고 대내의 행정은 라마 십승(十僧) 중 일승(一僧)인 파사타가 맡아 한다.

오늘 활불국에서는 중양절(重陽節:음력 9월 9일)을 맞아 큰 행사가 벌어지고 있는 중이다.

법복을 화려히 차려입은 활불 다르마를 위시로 모든 승려와 수만 명에 달하는 백성들이 하늘에 제사를 올리고 있다.

나이가 지긋한 활불은 두 손을 모아 합장하고 진언을 외웠다.

"옴 마니 반메 훔~"

백성들이 경건한 마음가짐으로 활불을 우러른다.

그들에게 있어 활불은 신과 동급인 지고 무상한 존재였다.

"나무 시아본사 석가모니불~"

활불의 낭랑한 염불을 끝으로 제사가 끝났다.

그 후 활불은 태사의에 앉아 라마승들의 절을 받았다.

수많은 승려들이 줄을 지어 활불에게 삼배(三拜)의 예를 올린다.

그런데 활불의 눈길이 한곳을 향했다.

"……?"

승려들 가운데로 한 청년이 발걸음도 가볍게 걸어오고 있었다.

활불을 위시한 모든 이들의 시선이 그 청년에게 집중됐다.

이목구비만 따진다면 번듯하게 생긴 젊은이였다.

그런데 큰 제사이므로 참석자 모두가 잘 차려입은 것에 반해 이 청년의 행색은 거지 중에서도 상거지 차림이었다.

하지만 너무도 당당한 태도인지라 중인들은 이 청년의 입장을 행사의 일부분으로 착각했다.

"엉?"

"저 젊은이는 누군가?"

라마승들이 웅성거린다.

그러나 잠시 헷갈려 하던 그들은 곧 정신을 차렸다.

지고한 활불 앞이라 누구나 허리를 못 펴고 설설 기는 마당에 고개를 바짝 쳐들고 거침없이 걸음을 옮기는 청년. 그런 버릇없는 자는 절대로 있을 수가 없는 일이다. 게다가 자세히 보니 청년은 활불국인이 아닌 중원인이었다.

활불을 호위하는 라마승들이 각자 허리에 찬 무기를 움켜잡았다.

그들은 라마십승 중 일승 파사타를 쳐다보았다.

그 눈길에는 '저자를 어떻게 처리할까요?' 하는 물음이 내포되어 있다.

생전 처음 보는 청년을 대하면서 일승은 잠시 생각했다.

'중원인. 초대한 적이 없으니 불청객이로군.'

일승이 짧게 명했다.

"저자를 막아라."

"예!"

세 명의 라마승들이 청년에게 우르르 달려들었다.

그러나 살기를 띠고 덤비는 건 절대 아니었다. 불교의 대자비심이 바탕이 된 그들의 무공은 살상이 아닌 제압에 힘을 쏟았기 때문이다.

청년을 에워싼 라마승들은 그를 붙잡으려고 손을 뻗었다.

그러자 청년, 즉 선우운철은 가볍게 팔을 휘저었다.

휘이이이이~

청년의 주위에서 거센 강기가 일어나며 그것은 라마승들을 휩쓸었다.

라마승들이 회오리바람에 날리는 낙엽처럼 중심을 잃고 뒹군다.

"허엇!"

"으악!"

나동그라졌다가 급급히 일어서는 그들을 보는 군중들은 눈이 휘둥그레졌다. 거지 차림의 청년이 생각 외로 고수였던 것이다.

제사에 모인 사람들은 라마승들의 패배에 당황하기도 하는 한편, 몹시 불쾌해졌다. 왜 외부인이 통고도 없이 찾아와 시비를 거는지 알 수가 없었다.

맨손으로 제압이 안 되자 라마승들이 무기를 겨눈다.

그때 그들을 제지하며 일승 파사타가 청년에게 물었다.

"그대! 소란을 피우는 이유가 무엇이오?"

어릴 때부터 여러 외국어를 배운 선우운철이 유창한 서장어로 말한다.

"서장 라마승의 무공이 높다기에 비무(比武)를 청하러 왔소이다."

"…비무?"

제사에 참석한 모든 이의 얼굴에 어이가 없다는 표정이 떠올랐다.

그러나 선우운철은 심각했다.

그는 자신의 무공을 시험해 보려는 생각이었다. 팔찌의 무공을 믿고 천왕문에 찾아갔다가 개 쪽을 당할 수도 있으니까.

일승은 간이 배 밖으로 나온 청년을 찬찬히 살폈다.

'제법 한 수 하는 것 같기는 하지만, 그래도 어찌 저런 맹랑한 소리를 할꼬?'

하도 기가 막혀서 웃음뿐이 안 나온다.

"허허……."

일승은 선우운철을 말리려고 했다. 아니, 정확히 말하자면 비무를 중양절 행사가 완전히 끝난 후로 미루려고 했다.

그러나 일승이 입을 열기 전에 한발 앞서 나선 자가 있었으니, 이는 라마십승 중 성격이 제일 괄괄한 구승(九僧)이다.

구승은 선우운철한테 대뜸 눈부터 부라렸다.

"시주는 제정신이오?"

"난 정신이 말짱하오. 내 행동이 눈에 거슬리면 나를 힘으로 눌러보시오."

수많은 무승들한테 포위당했는데도 불구하고 청년은 조금도 굴하지 않는다.

구승은 법복을 걷어붙이며 선우운철에게 다가섰다.

"하늘 높은 줄 모르는 천둥벌거숭이에게 내가 가르침을 내려주지!"

"그러시오. 어디 솜씨 좀 봅시다."

선우운철이 자세를 바로잡았다.

그런데 그는 문득 의아한 얼굴이 되었다.

귀로 이상한 소리가 들렸기 때문이다.

그것은 모기같이 앵앵거리는 작은 소리로 아주 멀리에서 들려왔다.

"나는 분하고 억울하다ㅡ"

'분하고 억울해⋯⋯?'

선우운철은 주변을 둘러보았다.

그를 포함한 이곳의 고수들은 모두 다 이 해괴한 소리를 들었을 터.

하지만 아무도 반응이 없다.

모두들 듣고도 모른 척하고 있다. 아니면 허구한 날 들어서 만성이 되었거나.

선우운철은 누가 어디서 저런 소리를 지르는지 알 수가 없었다.

그러나 지금은 저따위 것에 신경을 쓸 때가 아니다.

선우운철은 불사지공을 운용했다.

전신을 엷게 감싸고 있던 기류가 서서히 밖으로 뻗어난다.

그것은 머리를 중점으로 시작해서 곧 온몸을 둘러쌌다.

밝은 빛이 에워싼 그의 몸은 인간이 아닌 선인처럼 신성해 보였다.

"호, 호신강기?"

일승 파사타가 의혹에 찬 음성을 냈다.

이에 여기저기서 경악성이 터져 나왔다.

"맞다! 저건 호신강기다!"

전설에나 나오는 호신강기에 라마승들은 큰 충격을 받았다.

그들은 웅성거리며 믿기지 않는지 눈을 부릅떴다.

"호신강기!"

"말도 안 된다!"

행사를 방해하는 불청객의 버릇을 고쳐 주리라 나섰던 구승.

그는 이 젊은이가 상상을 초월하는 고수라는 생각에 얼굴에서 핏기가 가셨다.

더불어 선우운철을 둘러쌌던 다른 무승들도 뒤로 몇 발자국씩 물러섰다.

뇌리로 두렵다는 생각이 엄습한다.

그러나 어디서 갑자기 이런 괴물이 등장했는지는 모르지만, 어쨌든 적이니만큼 반드시 제압해야 할 놈이다.

한데 이 광경을 지켜보던 활불국 백성들한테 문제가 생겼다.

그들은 멀찌감치 서 있던 터라 선우운철이 비무를 위해서 이곳에 왔다는 소리를 못 들었다.

다만 지금 그들의 눈에는 후광에 감싸인 선인만이 존재할 뿐이다.

군중들 중 누군가가 크게 부르짖었다.

"오오! 저 후광! 부처님께서 현신하셨도다!"

그 사람은 그 자리에서 넙죽 절을 했다.

두 무릎과 양팔, 그리고 머리 이렇게 신체의 다섯 부분이 땅에 닿는 오체투지(五體投地)였다.

그러자 그 주변에 섰던 사람들도 덩달아서 무릎을 꿇는다.

"부처님께서 나투셨다!"

"부처님이시여!"

"부처님! 부처님!"

절을 하는 인파는 밀물처럼 번져 갔다.

감격에 겨워 눈물을 흩뿌리며 아우성치는 백성들.

뜻밖의 사태에 일승이 다급히 공력을 돋워 외쳤다.

"모두 들으시오! 이자는 부처님이 아니라 그저 독특한 무공을 익힌 사람일 뿐이오! 허니 모두 일어서시오!"

일승은 사방을 둘러보았다.

그러나 현세에 모습을 드러낸 부처님 앞에 아직도 꿇어 엎드려 있는 자가 부지기수다.

눈물 콧물을 다 흘리는 그들은 각자 기도문을 웅얼거리며 삼매경에 빠져 있느라 일승의 말이 귀에 들리지가 않는다.

이 모든 것은 불청객의 등장이 야기한 일이다.

그 꼴을 보는 활불은 가슴이 답답했다.

침략자가 부처로 둔갑했다.

활불은 분노가 깃든 눈으로 선우운철을 노려보았다.

그는 공력을 머금은 소리로 크게 외쳤다.

"너는 왜 부처님의 상을 거짓으로 꾸며서 보는 이를 현혹시키느냐?"

"난 내가 부처라고 한 적이 없소. 나는 그저 무공을 겨루기 위해서 이곳에 왔을 뿐이오. 이 자리에서 나를 끌어내리려거든 힘으로 제압해 보시오."

말을 마친 선우운철은 팔짱을 끼었다.

거칠 것 없다는 태도다.

이에 남보다 앞서 나섰던 구승이 평소에 짚고 다니던 선장(禪杖)을 움켜쥐고 선우운철의 앞을 가로막았다.

구승은 이 청년을 무찔러서 백성들의 오해를 바로잡아야 했다.

그는 버럭 호통 쳤다.

"네 이놈! 어디서 놀던 놈인지는 모르지만, 네놈이 두들겨 맞아봐야 정신이 들겠구나!"

"말로만 그러지 말고 어디 한번 두들겨 패보시오."

오만한 자세를 풀지 않으며 선우운철이 빈정거렸다.

"좋다!"

구승은 선장을 두 손으로 움켜잡고 선우운철을 힘껏 후려쳤다.

그러나 그 선장은 그냥 직선으로 날아오는 게 아니었다.

도합 스물여덟 가지 변화를 일으키며 닥쳐드는 그 선장은 누구라도 막아내지 못할 것만 같은 막강한 힘과 초식을 내포하고 있었다.

휘이이이이—

파공음까지 내며 세차게 공기를 가르는 선장.

선우운철은 아무 동작도 취하지 않았다.

그는 그저 제자리에 선 채 태연자약할 뿐이다.

구승은 선우운철이 방어를 하지 않음에도 선장을 회수하지 않았다. 전설의 호신강기를 일단 부숴봐야 하기 때문이다.

일승을 위시한 다른 라마승들은 구승을 말리지 않고 묵묵히 이 둘의 대결을 지켜보았다.

그들은 라마십승 중의 한 명인 구승을 통해서 이 젊은이의 실력이 어떤지를 가늠해 보는 중이다.

구승은 인정사정없이 선장으로 호신강기를 쳤다.

따악!

호신강기에 부딪치는 순간!

쇠로 만든 선장이 단번에 두 동강이 났다.

구승은 반탄력에 의해 뒤로 나동그라졌다.

그리고 기세 좋게 공격할 때와는 달리 땅을 구르며 울컥 핏물을 토해내는 구승.

"크웩~"

다른 라마승들이 급히 그를 부축했다.

구승은 피를 게우다가 혼절하고야 말았다.

지켜보던 승려들의 안색은 어둡게 가라앉았다.

구승이 호신강기에 부딪친 여파로 극심한 내상을 입었다는 건 누가 보아도 알 수가 있었다. 만약 구승이 전신 공력을 다 써서 공격했다면 그는 죽었을지도 모른다.

활불과 라마십승은 서로 전음을 나누었다.

이 젊은 청년을 어찌해야 좋을지 대책이 안 섰다.

오늘같이 중요한 제사를 지내는 활불국의 큰 행사를 방해하는 자.

한데 강제로 끌어내자니 많은 사람의 피를 봐야 하고 그대로 두자니 백성들이 계속 절을 한다.

잠시 동안의 모의가 끝난 후 라마십승을 대표하는 일승이 점잖게 말했다.

"이보시오, 안으로 들어가서 비무를 어떤 식으로 해야 할지 의논을 하십시다."

그러나 저 무섭다는 라마승이 호신강기에 맥없이 퉁겨 나가자 선우운철은 피가 끓으며 호기가 생겼다.

눈에 뵈는 게 없어진다.

선우운철은 코웃음을 치며 도발했다.

"흥! 라마승들은 겁쟁이만 있는가? 나는 바쁜 사람이오! 능력이 있다면 지금 이 자리에서 결판을 냅시다!"

"저, 저런?!"

"아니, 저런 발칙한 중생이 있나?!"

마침내 라마승들은 분개했다.

그들은 우매한 백성들이 선우운철에게 부처님이라며 절을 하는 통에 심기가 언짢아져 있었다.

하지만 그래도 부처님의 자비로 좋게 해결하려고 했건만 끝내 놈이 매를 번다.

자비고 뭐고 여기서 더 빼다면 백성들한테 졸로 보이게 되리라.

라마십승 중에서 이승(二僧)이 서릿발 같은 기세로 달려들었다.

"이젠 네 스스로를 원망해라! 으얏!"

이승이 소매 속에서 빼 든 것은 두 개의 금강저(金剛杵)였다.

금과 만년묵철을 섞어서 만든 팔뚝 길이의 막대기.

금강저는 뱀의 아가리처럼 쏜살같이 닥쳐들었다.

뿐이랴? 근 이 갑자에 달하는 막강한 내공의 힘이 엄청난 압력으로 다가온다.

선우운철도 감히 방심치 못하고 두 팔을 교차해서 앞을 막는 자세를 취했다.

그런 그를 두 개의 금강저가 연타한다.

투다다다다~

두 방망이로 북을 두드리는 듯한 소리가 울려 퍼졌다.

직후, 이승이 급격히 선우운철과 거리를 두는 모습이 보인다.

"헉!"

이승은 두 손에 쥔 금강저를 망연히 내려다보았다.

그의 독문무기로 끔찍이 아끼던 금강저는 본래의 모형을 상실한 채 엿가락처럼 쭈글쭈글 찌그러져 있었다.

아무리 물욕을 초월하려는 승려라고 해도 애착이 가는 물건은 있는 법.

비참해진 금강저의 몰골에 이승의 두 눈에 불꽃이 이글거린다.

"이… 이런 못된!"

도를 닦은 승려라 이 정도의 표현이지, 일반인이었으면 최소한 '육시랄 놈'이란 욕이 튀어나왔을 게다.

이승은 이를 갈며 악을 썼다.

"비겁하다! 호신강기를 풀고 싸워보자!"

"비겁? 한 사람을 두고 차륜전을 벌이는 자기들 짓거리는 뒷전에 두고 내게 비겁이라?! 흥! 호신강기는 내 무공이니 난 이대로 싸우겠다! 호신강기 운운하지 말고 실력이 없는 너희 스스로를 탓해라! 아니면 너희도 호신강기를 쓰던지?"

선우운철이 약을 올리자 이승의 낯이 붉어졌다.

이승은 씨근덕거리며 외쳤다.

"차륜전? 수십 명도 아니고 겨우 두 명이 상대했을 뿐인데 차륜전이라고? 그래, 어디 차륜전의 맛을 보여주마! 사제들!"

이승이 손짓을 하자 일승을 제외한 라마십승이 기다렸다는 듯이 우르르 떼거지로 덤벼들었다.

라마승들의 무기는 대부분 선장이었다.

길이가 사람의 키보다 훨씬 긴 그것들은 나무나 쇠로 만들어진 것으로, 끝 부분에는 각자의 취향에 따라 둥근 고리, 혹은 쇠붙이 장식품이 붙어 있다.

"타압!"

이승의 기합성을 선두로 도합 여덟 명에 달하는 라마승이 여덟 개의 방위에서 일제히 공격했다.

쐐애애애애애액—

팔방에서 짓이겨 드는 압력에 공기가 갈라지다 못해 역류한다.

실로 하늘이 쪼개지는 듯한 엄청난 기세였다.

이번의 공격은 앞서 다른 라마승들이 행했던 것과는 달리, 변화도 초식도 없이 그저 무지막지한 힘으로 호신강기를 강타했다.

주변에 섰던 무승들이 불똥이 튈세라 급급히 물러난다.

선우운철은 조금 긴장한 얼굴로 공력을 운기했다. 이렇게 큰 공세는 태어나서 처음 겪어본다.

여덟에 달하는 공격은 누가 먼저랄 것 없이 거의 동시에 호신강기에 부딪쳤다.

그러나,

깡!

따닥!

뚜둑!

호신강기를 두드렸던 선장들이 수수깡처럼 부러졌다.

선우운철의 입가엔 득의의 미소가 매달렸다.

라마승들은 급급히 신형을 바로 세우며 여덟 방향으로 썰물 빠지듯 물러났다.

호신강기와 부딪친 후 진탕하는 진기를 가라앉히느라 애쓰는 라마승들.

부러진 선장을 손에 쥔 그들의 얼굴엔 황당하다는 표정과 함께 분노가 교차되었다.

싸움도 서로 치고받거니 해야 맛이지, 이건 비무도 대결도 아닌 그저 일방적인 상황이다. 게다가 놈은 아직 공격다운 공격은 전혀 하지 않고 호신강기 속에만 웅크리고 있다.

…만약 놈이 본신의 무공으로 공격을 해온다면?

그것이 얼마만큼의 위력을 보일지는 알 수 없어도 놈도 살아 있는 인간이다. 이 많은 사람들을 상대하노라면 언젠가는 놈도 지칠 것이다.

그러나 저놈의 호신강기가 문제다.

저 호신강기를 깰 수 있다면?

이때 일승의 머리 속에 불현듯 떠오르는 휘황찬란한 선장 한 개.

'혹시 활불님의 금강선장이라면 가능할지도 모른다.'

활불의 선장은 부처님의 금강불괴를 표현하느라 단단하기로는 더 이상 가는 게 없다는 금강석(金剛石:다이아몬드)으로 만들었다. 그 선장이라면 저 호신강기를 뚫을 수 있을지도 모른다.

그러나 일승은 얼른 고개를 저었다.

'활불님의 선장은 우리 활불국의 상징이다!'

잠시라도 불경한 생각을 한 자신이 부끄럽다.

그리고 만에 하나 그 금강석 선장이 부러지기라도 한다면 그건 정말 큰일이다.

결국 지금으로선 저 호신강기를 깰 만한 무기가 없다.

일승은 부지불식간에 침음성을 흘렸다.

"크으음……!"

선우운철은 대소를 터뜨렸다.

"크핫핫핫핫! 나는 금강불괴다! 동시에 나는 불사지체다!"

"뭐? 불사지체? 말 같지도 않은 소리 집어치워라!"

이승이 소리쳤다.

그러나 말은 이렇게 했지만, 전설의 호신강기가 나타난 판이니 놈이 진짜로 불사지체일지도 모른다는 생각에 내심 섬뜩했다.

저 말이 사실이라면 놈은 인간이 아니라 괴물이다.

이런 불안감이 퍼져 나가는지 라마승들이 너도나도 이구동성으로 외친다.

"사람은 누구나 죽는다! 절대로 불사지체일 리가 없다!"

"허풍도 정도껏 해라!"

선우운철과 라마십승들 사이에 있었던 격돌.

절을 하던 백성들은 청년이 부처님의 화신이 아니라 침입자라는 사실을 이제야 깨달았다.

선우운철은 거만하게 고개를 치켜들었다.

그는 공력을 쏟아 웅웅거리며 물었다.

"이게 끝인가? 허! 그 유명한 활불국의 라마승이 겨우 이 정도냐? 활불국엔 더 이상의 고수가 없단 말이더냐?"

선우운철의 말을 들은 활불국 백성들은 이마에 핏대를 세웠다.

중원의 지배를 받는 것도 억울한 판에 중원 놈이 제집처럼 찾아와서 헤집어놓으니 누구라도 분개할 일이다.

군중들 속에서 누군가가 소리 질렀다.

"저놈을 죽여라!"

"그렇다! 죽여야 한다!"

이어서 주먹만한 돌멩이가 하나 날아왔다.

돌들은 곧 숫자가 늘어났다.

이까짓 돌로써 호신강기를 이쩔 수는 없지만, 이것은 분노한 민심의 표출이었다.

비 오듯이 쏟아지는 돌멩이 세례 속에서 선우운철은 호신강기로 몸을 보호했다.

돌들이 호신강기 막에 부딪쳐서 퉁겨 나간다.

그 속에서 웃음소리가 터져 나온다.

"크하하하하하~ 나는 천하무적이다! 모두 무릎을 꿇어라!"

일반인이라면 이쯤에서 선우운철을 찢어 죽이고 싶어해야 정상이건만, 수양이 깊은 일승은 그렇지 않았다.

부처님의 자비심을 기본으로 오랜 세월 도를 닦은 그는 평정심을 잃지 않으려 애썼다.

하지만 활불국의 제사를 엉망으로 만든 저자의 만행을 결코 묵인해 줄 수는 없다.

일승은 활불에게 전음으로 의견을 여쭈었다.

『활불님, 저자를 어찌할까요?』

『그대로 보내주기엔 일이 너무 커졌다.』

나라의 큰 행사를 망친 중죄인을 단죄 안 한다면 활불국의 위상이 안 선다.

그러나 활불국 최고의 고수라는 라마십승을 한번에 여덟 명씩이나 물리치는 저놈을 대체 어떻게 상대해야 한단 말인가?

일승은 고심했다.

'놈을 제압하려면?'

호두의 알맹이를 꺼내려면 호두 껍질부터 깨야 하듯, 놈을 잡으려면 일단 놈을 둘러싸고 있는 저 호신강기를 먼저 제거해야 한다.

일승은 머리 속으로 호신강기를 깰 수 있는 방법을 강구했다.

그간 읽어온 수많은 책들과 온갖 잡식들이 죄다 머리에 떠오른다.

그러나 개중에 호신강기를 격파할 방도는 전무했다.

'결국 힘으로 눌러야 한다는 말인데… 쇠로 만든 선장 따위가 아닌 더 크고 아주 강력한 힘이 필요하다.'

마침내 일승은 한 가지 방법을 생각해 냈다.

'그래! 폭약! 폭약이다!'

일승은 잠시 망설였다.

한 인간을 폭약까지 사용해서 죽여야 한다니.

그러나 호신강기를 깨뜨릴 다른 방도가 없다.

마침내 일승은 승려들한테 지시를 내렸다.

『아수라 계곡으로 유인해서 폭약으로 매장시켜야겠다!』

전음을 들은 라마승들의 얼굴은 일제히 굳어졌다.

북쪽에 위치한 아수라(阿修羅)라는 이름의 계곡.

빛이 들지 않을 정도로 깊은 그 계곡이 와르르 무너져 내리며 그 바닥에 깔리는 저 천둥벌거숭이의 모습이 상상된다. 아무리 호신강기가 무적이라고는 하나, 흙 속에서는 숨을 쉴 수가 없으니 당연히 죽을 수밖에 없다.

일승은 발빠르게 명했다.

『보유하고 있는 폭약과 화탄을 모조리 다 준비해라!』

그러나 이 방법에는 한 가지 문제가 있었다.

누가 고양이 목에 방울을 다느냐?

저 악마 같은 놈을 아수라 계곡으로 유인할 사람이 필요했다. 그리고 그자는 저 청년과 함께 폭사하는 살신성인의 모습을 구현해야 한다.

열 명의 라마승 중에서 가장 막내인 라마십승이 자원했다.

『제가 가겠습니다!』

결의에 찬 눈이었다.

일승은 아무 말 없이 그의 어깨를 힘주어 잡았다.

눈과 눈이 마주한다.

그것만으로 충분했다.

방법이 궁리되자 일은 일사천리다.

그 와중에 선우운철은 아무것도 모른 채 호기있게 외쳤다.

"고수가 더는 없느냐? 더는 없느냔 말이다?"

십승(十僧)은 몸에 폭약을 지니고 헐렁한 가사를 걸쳤다.

그는 선우운철에게 전음을 보냈다.

『이보게, 불사지체! 나를 따라오게! 우리 활불국 제일의 고수가 있는
곳으로 안내하겠네!』

第六章

무황(武皇)

당문의 조제실 내에 있는 거대한 솥에 곰국이 끓기 시작한 지도 벌써 20일째다.

뜨거운 김을 내며 펄펄 끓는 물속에는 커다란 고깃덩이 하나가 물결에 이리저리 밀려다니고 있다.

구달비는 눈을 뜰 수가 없었다. 익어버린 눈꺼풀이 아래의 살과 완전히 붙어버렸기 때문이다.

거기에 그치지 않고, 오락가락하는 정신 속에서 그가 시전하던 귀식대법은 이미 멈추어진 지 오래다.

사실 아무리 고수라도 이렇게 20일씩이나, 그것도 끓는 물속에서 안 죽고 버틴다는 건 무공의 고하(高下)를 떠나서 기적이다.

하지만 구달비는 아직 살아 있었다. 그의 몸 깊은 곳에는 차가운 기운이 한 가닥 자리잡고 앉아, 밖에서 밀어닥치는 뜨거운 죽음의 손아귀로부터 그의 명줄을 보호하고 있었던 것이다.

　지금 구달비는 기이한 영상을 보고 있다.

　꿈인지 생시인지 비몽사몽간에 보이는 그 광경은 아주 선명했다.

　바로 눈앞에 두 어린아이가 앉아 있다.

　불타는 듯한 홍의를 입은 동자와 파란 저고리를 입은 예쁘장한 계집애다. 둘 다 어리기는 마찬가지지만 사내애의 체구는 계집아이의 반토막에 지나지 않았다.

　한데 두 아이는 풀지 못할 원한이라도 있는지 서로를 매섭게 노려보며 말문을 닫은 상태로 대치 중이다.

　갑자기 계집애가 가녀린 팔을 들어 이마의 땀을 훔친다. 무엇 때문인지 피곤한 기색이 역력하다.

　구달비는 멍하니 그들을 지켜보았다.

　이윽고 두 아이의 대화가 들린다.

　답답함을 못 참은 계집아이가 먼저 입을 연 것이다.

　"이제 어쩔 테냐?"

　"뭘 어째?"

　동자가 퉁명스럽게 되받는다.

　그러자 계집애가 힐난조로 묻는다.

　"이 인간이 죽도록 내버려 둘 것이냐?"

　"쳇!"

　"우리가 손을 잡아야 한다는 것쯤은 잘 알 테지?"

　"……."

　입을 꽉 다문 동자한테 계집애가 고사리 같은 손을 내민다.

그러나 꼬마는 계집애와 합작하고 싶지가 않은지 외면해 버린다.

계집애가 할 수 없다는 양 고개를 가로젓는다. 꼬마를 덜떨어진 놈이라고 업신여기는 표정을 확실하게 지으면서.

잠시 말이 없던 계집애가 눈을 새파랗게 뜨며 쏘아붙인다.

"악마에 의해서 네 몸이 잘린 건 네 팔자지, 내 탓이 아니다!"

"……."

동자는 불쾌하다는 표정을 지었지만 아무 말도 하지 않았다.

다만 녀석은 점점 몸이 작아지는 계집애를 흘끔거릴 뿐이다.

만년인형삼왕과 공청석유의 정령(精靈)은 아직도 이렇게 서로 융합되지 못한 상태였다.

＊　　　＊　　　＊

구달비가 이처럼 저승의 문턱을 오락가락하고 있을 때.

선우운철은 십승의 뒤를 따라가고 있었다.

선우운철을 안내하는 십승은 서두를 이유가 없는지 그다지 빠르게 달리지 않았다. 하지만 나이가 이미 환갑에 접어든 늙은이로선 일반인이 절대 엄두를 낼 수 없는 엄청난 속도다.

십승은 선우운철에게 흥미가 많은지 이것저것 물어왔다.

"소문으로 천왕문의 고수가 팔찌의 무공을 얻었다고 하던데, 그게 바로 자네인 듯하이?"

상대가 적의를 보이지 않자 선우운철도 선선히 대답했다.

"제가 맞습니다. 어떻게 연이 닿아 불사지체까지 되었습니다."

"호오! 정말로 불사지체인가?"

"저는 칼로 제 몸에 상처를 내보려고 했으나 베어지지 않았습니다."

"……."

선우운철의 자신에 찬 말에 잠시 침묵을 지키던 십승은 재차 질문했다.

"허나 아무리 불사래도 숨을 쉬지 못하면 죽을 것이 아닌가?"

"글쎄요? 그것까지는 실험을 해보지 않아서 모릅니다. 하지만 팔찌에는 분명히 불사지공이라고 똑똑히 써 있었습니다. 그러니 어떤 방법을 쓰더라도 절대로 죽임을 당하지 않는 무공이라고 저는 믿습니다."

"흐음……."

부지불식간에 침음성을 내는 십승.

그는 이외에도 많은 것을 물었다.

모르는 사람이 본다면 사이좋은 두 노소가 환담을 나누며 노닐고 있는 광경이다.

그러는 와중에 선우운철은 문득 이상한 느낌이 들었다.

그의 뒤로 활불국의 고수들이 벌 떼처럼 쫓아오는 것이 감지되었기 때문이다. 오히려 일부는 선우운철보다 앞서서 가는 정도다.

선우운철은 의아심이 들었다.

'모습이 보이지는 않았지만 분명히 주변에 고수들이 운집해 있다.'

이들이 왜 숨어서 행동을 하는지 이해가 안 되었다.

그러나 곧 선우운철은 고개를 끄덕였다.

생각해 보니 고수들이 따라오는 게 당연하다.

그들도 서장 제일이라는 고수의 비무를 보고 싶거나 아니면 만일의 사태에 대비해 그 고수를 보호하기 위해서 이렇게 은밀하게 움직이는 것이리라.

이렇게 판단한 선우운철은 그의 뒤를 따라오는 고수들에 대해서 더이상 신경을 쓰지 않았다.

십승과 함께 한참을 가던 선우운철은 위를 올려다보았다.

하늘이 손바닥만하다.

어느새 이들은 골이 깊은 계곡 속으로 진입한 것이다.

계곡은 햇빛이 안 닿아서 그런지 나무 한 그루, 풀 한 포기 안 자라는 곳이었다.

밝은 대낮인데도 불구하고 컴컴한 이곳은 어딘가 모르게 음침해서 사람의 간담을 서늘케 한다.

'양쪽 벽이 깎아지른 듯한 벼랑이군. 실로 나는 새 한 마리 못 들어올 것만 같은 험지다.'

주변의 음습한 광경에 절로 인상이 찡그려지는 선우운철.

그는 사방에 나 있는 검붉은 이끼를 보며 물었다.

"이런 곳에 서장 제일의 고수가 산다는 것이오?"

"선승께서는 적막한 곳에서 홀로 도를 닦으신다네."

"……"

산 좋고 물 좋은 곳 놔두고 왜 하필 이런 지옥의 입구 같은 곳에서 도를 닦는다는 건지, 선우운철은 선승의 입장이 안 되어본 터라 뭐라할 말이 없었다.

한참을 앞서 가던 십승이 걸음을 멈추었다.

그는 고개를 들어 하늘을 우러렀다.

선우운철도 그를 따라서 위를 쳐다보았다.

까마득히 높은 벼랑 꼭대기에 무엇인가가 꼬물거리고 움직이는 게 보인다.

'사람이다! 어? 양쪽 절벽에 늘어서 있네?'

절벽 꼭대기에는 많은 사람들이 줄지어 서서 아래를 내려다보고 있었다.

이때 십승이 바닥에 털퍽 주저앉아 가부좌를 틀었다.

그는 헐렁한 가사 속에 손을 넣어 뭔가를 부시럭거리며 말했다.

"자네, 소신공양(燒身供養)이라고 들어봤는가?"

"소신공양? 그건 불교에서 자기 몸을 태움으로써 부처님한테 공양 드리는 일 아닙니까?"

선우운철의 말에 십승은 가타부타 대꾸를 하지 않았다.

대신에 십승은 두 손을 모아 합장하며 조용히 기도했다.

"부처님, 다음 생에서도 사람 몸 받아 부처님 시봉 잘하며 그때는 반드시 성불하기를 발원합니다. 나무 시아본사 석가모니불."

십승은 말을 끝내면서 전신 내공으로 온몸에 삼매진화를 일으켰다.

순간 몸에 감고 있던 폭약에 불이 붙으며 그는 엄청난 광휘에 휩싸였다.

쿠 앙—

선우운철은 눈이 멀어버릴 것만 같은 강력한 빛에 두 눈을 질끈 감았다.

동시에 그는 앞에서 밀려오는 강한 힘에 몸이 뒤로 날아감을 느꼈다.

머리 속으로 '무언가 잘못되었다' 라는 생각과 함께 비명이 터져 나왔다.

"으악!"

이때 절벽 위에서 안력을 돋워 살피던 일승이 외쳤다.

"지금이다! 화탄을 던져라!"

절벽 가장자리에 섰던 라마승들은 반대편 절벽의 중간 부분에 화탄과 폭약을 힘차게 던졌다.

쿠콰콰광~ 콰콰광~

대지를 뒤흔드는 폭음이 연신 터져 나왔다.

그리고 장고한 세월을 굳건히 지키던 거대한 절벽이 무너져 내리기 시작했다.

뒤로 날아가다가 급급히 신형을 세운 선우운철은 위를 올려다보았다.

실로 엄청난 게 쏟아져 내리고 있었다.

"……!"

인력으로는 절대 피할 수 없는 해일과도 같은 흙과 바윗덩이가 하늘을 까맣게 메우며 밑으로 밑으로 떨어져 내렸다.

우르르르르르~

지축이 흔들린다.

쿠콰콰콰콰콰콰콰콰~

병풍과도 같았던 거대한 절벽이 산산조각나서 한도 끝도 없이 대지를 강타한다.

화탄을 던지며 절벽을 무너뜨리는 작업은 무려 이각(二刻:30분)이 넘도록 진행되었다.

무너진 절벽 위로 태산 같은 흙먼지가 자욱하게 일어났다.

이제는 거의 평지가 되어버린 아수라 계곡을 보며 일승은 나직이 말했다.

"이제 됐다."

"……."

모두들 말없이 계곡 아닌 계곡을 내려다보았다.

결국 불사지체라고 자칭하던 놈을 죽였건만 마음은 우울했다.

놈 하나를 죽이기 위해서 활불국의 라마십승 중 한 명이 희생되었으며 경사스러운 날에 피를 보았다.

또한 아무리 명나라에 지배를 받는다고는 하지만, 중원의 고수가 혼자 찾아와 뒤집어놓을 만큼 만만히 보였나 하는 자괴감도 든다. 두 팔을 힘없이 축 내려뜨리고 선 라마승들 중 아무도 입 밖으로 내지는 않았지만 지배받는 나라의 백성이라는 설움이 새롭다.

일승은 흙바닥을 개의치 않고 가부좌로 단정히 앉아 십승과 불청객의 명복을 빌었다.

"내생(來生)에는 도솔천(兜率天)에서 태어나시게."

시체가 없으니 다비식도 못하는 십승을 위해 다른 라마승들도 바닥에 앉아 경을 읊었다.

"옴 아모가 바이로차나 마하 무드라 마니파드마 즈바라 프라바를타야 훔~"

동료의 거룩한 살신성인 앞에서 그들은 뜨거운 눈물을 흘렸다.

그러나 라마승들은 몰랐다. 불사지체가 아직도 살아 있음을!

불사지체라는 선우운철은 산더미 같은 흙과 바위 밑에 깔려 있었다.

몸을 꼼짝할 수 없을 만큼의 거대한 압력이 느껴진다.

선우운철은 호신강기를 끌어올렸다.

그의 몸을 은은히 감싸고 있던 빛의 무리가 커지기 시작하며 주위의 흙더미가 밀려간다. 그와 더불어 숨통이 트인다.

어디선가 공기가 들어오고 있었다.

그러나 공기가 들어올 만한 곳은 전무하다.

"⋯⋯?"

의구심이 생긴 선우운철은 호신강기를 거둬들였다.

그러자 그의 주변에 조금 전에 만들어둔 공간이 있음에도 불구하고 공기는 씻은 듯이 사라졌다.

하지만 선우운철이 다시금 호신강기를 펼치자 그 안에 공기가 가득 찼다.

"흐음. 이 호신강기는 어딘가로부터 공기를 통하게 한다."

마치 호신강기가 다른 세계로 통하는 문과 연결이라도 되어 있는 것처럼 느껴진다.

잠시 생각을 하던 선우운철은 몸을 이리저리 살펴보았다.

바로 코앞에서 거대한 폭발이 일어났음에도 언제나 호신강기가 얇게 둘러싸고 있던 터라 그의 몸은 털 한 오라기 상하지 않았다.

빙긋 웃음이 나온다.

"큭큭큭. 진짜 거짓말 같군. 과연 불사지공이야!"

흡족해하는 선우운철.

그는 위로 기어올라 가기 시작했다.

하나 흙을 파는 일은 쉽지 않았다. 조금 파면 위에 있던 바위가 덮치던가 아니면 흙이 무너져 내렸다.

선우운철은 내공을 끌어올려서 단숨에 위로 도약을 할까 하다가 고개를 저었다. 지상에 나가서 이번엔 큰 싸움을 할 텐데 그전에 내공 손실이 심한 일은 가급적 피하고 싶었기 때문이다.

결국 선우운철은 흙을 자분자분 파 올라가기로 했다.

그는 내심 몹시 분개했다.

"나는 무공을 겨루면서 단 한 사람도 죽이지 않았건만, 이놈들은 나를 죽이려고 폭약을 사용하는 짓까지 했다! 부처를 믿는 승려들이 어찌 이런 인면수심(人面獸心)의 행동을 할 수 있단 말인가?"

자신은 그저 비무를 하고 싶었을 뿐이다.

더불어 상대의 신분이 승려라 행여나 다칠까 싶어 공격 한번 안 하고 방어만 했다. 하지만 그런데도 불구하고 상대는 자기를 죽이려고 이렇게 잔인한 만행을 저질렀다고 생각하니 분노가 앞선다.

아무리 되짚어 생각해 봐도 이가 뿌드득 갈린다.

"내가 나가기만 하면 이놈들을 절대 가만두지 않으리라!"

생전 처음으로 피를 보고 싶다는 일념이 머리 속을 지배한다.

이때 갑자기 선우운철이 전신을 떨었다.

"아닛……?"

선우운철은 자신의 눈을 의심했다.

지금 그는 밑도 끝도 없는 광활한 암흑 속에 둥둥 떠 있었던 것이다.

그러나 그것은 지극히 찰나적인 순간이었고 언제 그랬냐 싶게 다시금 땅속이다.

자연 목소리가 떨려 나온다.

"바, 방금 내가 이상한 곳에 있었던 거 같은데……?"

선우운철은 가슴 깊이 심호흡을 했다.

호신강기도 그대로고 주변의 흙도 그대로다.

그는 고개를 갸우뚱거렸다.

"보이는 거라곤 흙뿐이니 내가 잠시 착시 현상을 일으켰나?"

이상한 암흑의 공간에 떠 있었던 상태는 실로 너무나 짧은 순간이었기에 그는 정말로 그런 일이 발생했었는지 확신을 할 수가 없었다.

"…으음. 내가 너무 화가 나서 흥분을 한 바람에 아마 헛것을 본 걸 거야."

머리를 저은 선우운철은 지상을 향해 다시금 흙을 팠다.

그러나 뭔가가 찜찜했다.

*　　　*　　　*

경관이 바뀌어 버린 아수라 계곡 위로 새날이 밝았다.

밤새 하늘을 뒤덮던 먼지가 가라앉은 탓인지, 흙 내음보다는 십승의 극락왕생을 위해서 피운 향 냄새가 이른 아침의 차가운 공기를 타고 은은히 풍겨온다. 그와 더불어 라마승들의 염불 소리가 낭랑히 울린다.

"옴 아모가 바이로차나… 헉!"

갑자기 염불이 중단되며 승려들은 경악성을 내질렀다. 저 멀리의 흙이 움찔거리더니 그 밑에서 한 인영이 솟구쳐 올랐던 것이다.

흙투성이의 그자는 죽은 줄로만 알았던 불사지체였다.

"흐악!"

"놈이다! 놈이 살아났다!"

저승에서 돌아온 귀신같은 불사지체 앞에서 라마승들은 저마다 퉁기듯 일어섰다.

목소리들이 덜덜 떨려 나온다.

"어, 어떻게 그런 대폭발 속에서……?"

"나는 불사지체라고 했잖느냐?!"

선우운철은 가소롭다는 어조로 말했다.

이어 그는 큰 소리로 엄포를 놨다.

"나를 죽이려고 했으니 이번엔 절대로 봐주지 않겠다! 다치고 싶지 않거든 당장 가서 우두머리를 데려오너라!"

선우운철은 지상에 나오기 전에 이미 땅속에서 잠까지 자며 충분한 휴식을 취했다.

당연히 만인이 넘벼도 다 무찌를 수 있을 만큼의 힘이 넘쳐흐른다.

전투 준비 완료다.

라마승들은 어제에 이은 무서운 사태에 허겁지겁 사라졌다.

이윽고 보고를 받은 활불과 라마십승들이 황급히 달려왔다.

그들의 발걸음은 천근만근 같았고, 안색은 하나같이 핏기라곤 없었다.

아닌 게 아니라 활불을 비롯한 라마십승의 마음은 태산처럼 무거웠다.

어제 갑자기 나타난 불청객은 진짜로 불사(不死) 같다.

놈은 바로 코앞에서 터진 폭약에도, 엄청난 양의 흙과 바위에 깔리고도 손가락 하나 안 다치고 생생하다.

그 꼴을 보니 '이제 저놈을 어떻게 죽여야 하나?' 하는 암담함만이 뇌리에 가득 찬다.

선우운철은 활불을 보자마자 대뜸 노성을 터뜨렸다.

"네가 승려 맞느냐? 나는 단지 비무를 원했을뿐더러 너희를 하나도 안 죽였건만, 어찌 살아 있는 사람을 생매장하는 그런 끔찍한 짓거리를 벌일 수 있단 말이냐? 그것도 폭약까지 써서!"

참으로 당당한 선우운철이었다.

그러나 활불도 할 말이 있었다.

"젊은이, 자네가 우리 입장이라면 국가 차원에서 행하는 큰제사에 느닷없이 들이닥쳐서 행패를 부리는 자를 가만히 두고만 보겠는가? 자네가 그토록 비무를 하고 싶었다면 사전에 비무첩부터 먼저 보내는 것이 예의지 않은가? 그리고 사실 폭약을 쓴 건 나쁜 짓이었지만 그건 자네의 무공을 당해낼 수 없었기에 우리도 어쩔 수 없이 생각해 낸 방편이라네."

활불이 비무첩과 예의범절을 들먹이자 명문가에서 자란 선우운철도 속으로 '아차!' 싶었다.

빨리 무공을 시험해 보고 싶은 생각에 천방지축으로 무작정 날뛰었던 자신이 부끄럽다.

그러나 젊은 호기는 잘못을 인정하기를 거부하며 자존심을 앞세웠다.

선우운철은 막무가내로 악을 썼다.

"닥치거라! 아무리 그러한들 부처를 모시는 승려가 중생을 제도할 생각은 않고 무조건 죽이려고 든 것이 잘못이다! 어쨌든 나는 이렇게 살아 돌아왔으니 그냥 넘어갈 꼼수라면 애초에 버려라!"

활불은 땅이 꺼져라 한숨을 쉬었다.

'내가 전생에 무슨 업을 지었기에 이런 일이 벌어지누.'

그는 답답한 마음으로 손을 내려다보았다.

손에는 투명한 선장이 하나 쥐어져 있다.

저 유명한 활불의 상징 금강선장이다.

마침내 활불이 앞으로 나섰다.

그는 두 손으로 금강선장을 단단히 쥐며 말했다.

"네가 그리도 강하다면 나를 꺾어보라!"

선우운철은 코웃음을 쳤다.

"흥! 개를 패야 주인이 나온다고, 이제야 윗대가리가 나서는군!"

그는 어제 여덟 명에 달하는 라마승의 합공도 받아냈으므로 활불이 전혀 두렵지 않았다.

하지만 그렇다고 방심할 수는 없었다. 활불이 들고 있는 막대기가 신경 쓰였던 것이다.

그것은 일견하기에도 보통 지팡이가 아니었다.

지금 활불이 들고 있는 건 다른 선장과는 틀리게 별다른 장식 하나 없이 그저 아래위로 기다란 작대기일 뿐이다.

하나 투명한 그것은 여느 선장과는 다른 엄청난 기세를 스스로 뿜어내고 있었다.

'뭔가 굉장한 무기다!'

선우운철은 호신강기를 크게 펼쳐서 몸을 감쌌다.

그러자 태양 빛을 무색케 할 만큼의 강한 서기가 휘황찬란하게 빛을 발한다.

호신강기의 반경은 근 삼 장(三丈:10m)에 달했다.

활불은 선우운철과 십오 장(十五丈:50m)의 거리를 두고 마주 섰다.

활불국을 대표하는 그는 전신 공력을 모두 끌어올렸다.

부우우우우우—

붉은색의 가사가 터질 듯이 빵빵하게 부풀어 올랐다.

그 여세를 견디지 못한 주위의 공기가 휘몰아친다.

그 압력에 두 사람의 사이는 거의 진공 상태가 되며 흙과 돌들이 마치 살아 있는 생명체라도 되는 것처럼 뒤로 물러간다.

활불이 기선을 제압하려는 양 매서운 눈초리로 노려본다.

"……"

"……!"

선우운철도 지지 않고 눈에 힘을 줬다.

문득 선우운철의 미간이 찡그려졌다.

두 귀로 이상한 소리가 들려왔기 때문이다.

"나는 분하고 억울하다—"

선우운철은 호기심이 생겼다.

'어제도 저 소리가 들렸었다. 도대체 누가 저렇게 억울해하는 걸까?'

그러나 어제와 마찬가지로 선우운철은 바빴다. 저런 소리에 신경을 쓸 여유가 전혀 없다.

대치 상태를 유지하던 활불의 입에서 불호성이 터졌다.

"불(佛)— 타(打)!"

쐐애애애애애애애액—

서장 밀교의 무공!

금강선장은 상상을 초월한 빠르기로 날아들었다.

거기에 그치지 않고, 그 기세는 곧 한 마리의 거대한 용으로 변했다.

용은 커다란 아가리를 벌려 무시무시한 괴음을 터뜨렸다.

그와 동시에 놈은 칼날 같은 발톱을 곧추세워 덮쳐들었다.

크와아아아아아앙~

"……!"

선우운철은 태어나서 이런 무공은 본 적도 들은 적도 없었다.

대경실색한 그는 두 팔을 앞으로 곧게 뻗었다.

그에 따라 호신강기가 거대한 활처럼 쏘아간다.

고오오오오오—

호신강기와 용이 어우러졌다.

번— 쩍!

두 개의 빛이 맞닥뜨리며 천지를 진동시키는 폭음이 터졌다.

콰 광!

지켜보던 중인들은 급히 눈을 가렸다.

순간적인 광채로 눈앞이 캄캄해졌다가 다시 비무의 광경을 본 라마 승들은 신형을 휘청였다.

선우운철과 활불은 언제 손속을 겨뤘는지 알 수 없을 정도로 서로의 자리를 그대로 유지하고 있었다.

그러나 선우운철은 멀쩡한 반면, 활불의 모습은 처참했다.

붉은 비단 가사는 갈가리 찢겨져 나갔고 온몸이 피투성이였다.

그리고 항상 자상한 미소를 머금던 입가에는 한줄기 선혈이 흐르고 있었다.

피를 닦을 생각도 잊은 채 활불이 망연히 중얼거렸다.

"금강선장이……?"

두 동강이가 났다.

정확히 중간 부분이 부러진 금강선장은 그 찬란한 자태를 잃고 땅에 처박혀 있다.

활불은 자신의 목이 댕강 잘려 나간 느낌이었다.

넋을 잃고 우두커니 선 활불.

그는 눈에 초점을 잃고 중얼거릴 뿐이다.

"금강선장… 금강선장……."

다리에서 힘이 빠진 그는 땅바닥에 주저앉았다.

풀썩!

"활불님!"

라마승들이 급히 달려들어 부축한다.

그러나 활불국의 상징이었던 금강선장이 부러짐으로 인해 그들도 큰 충격을 받았다.

이제 무슨 낯짝으로 조사들을 뵐 것이냐?

차라리 이 자리에서 그냥 죽어버리고 싶다.

제일 먼저 정신을 차린 라마일승이 선우운철에게 합장하며 정중히 말했다.

"우리 활불국 최고의 고수를 꺾었으니 이제 그만 가주시오."

그러나 선우운철은 마음이 바뀌었다.

뒷간에 갈 때와 올 때의 마음이 다르다고 이 활불국에 올 때까지만 해도 그의 뜻은 그저 무공을 시험해 보고 싶었을 뿐이었는데, 지금은 '앉으니 눕고 싶다'는 말처럼 생각지도 못했던 욕심이 무럭무럭 피어오른다.

잠시 망설이던 선우운철이 선포했다.

"제일 높은 수장을 꺾었으니 이제 이 활불국은 내가 지배하겠다!"

"……!"

라마일승은 입을 딱 벌렸다.

힘이 없다는 죄로 얼마나 더 많은 모욕을 받아야만 하나?

일승은 분노로 전신을 떨며 호통 쳤다.

"이놈! 네가 미쳤구나!"

"내가 미쳤다고? 너는 지옥 구경을 하고 싶은 거냐? 이제부터 덤비는 놈은 다 죽이겠다!"

선우운철이 벌컥 역정을 내며 쌍수를 들어 올렸다.

호신강기가 용트림을 한다.

고오오오오—

일승 역시 살벌한 기세로 맞섰다.

"좋다, 이놈! 너 죽고 나 죽자!"

이때 활불이 일승을 말렸다.

"그만 하거라."

일승이 울분에 겨워하며 물었다.

"활불님! 저자를 받아들이실 겁니까? 예?"

"……."

활불은 말이 없다.

힘이 없어서 당하는 그 속을 뉘라서 모를 것이냐.

사태를 지켜보던 라마승들은 처절한 심정으로 침묵을 지켰다.

"……."

일승이 활불에게 전음을 보냈다.

『우리는 이자를 제압할 힘이 없습니다. 그렇다면 명나라에 사신을 보내서 고수나 군대라도 보내달라고 하면 어떨까요?』

과거 원나라에서 활불국을 속국으로 삼고자 쳐들어왔을 때, 그때도 밀교의 라마승들은 존재했었다.

당연히 그들은 목숨을 걸고 대항했다.

그러나 대규모의 군대를 동원해서 국토를 짓밟는 원나라의 무력 앞에 결국 활불국은 무릎을 꿇을 수밖에 없었다.

활불은 망설였다.

불사지체! 자력으로 해결하자니 많은 수의 라마승들이 목숨을 잃어야 한다. 그럼에도 불구하고 불사지체를 죽일 수 있다는 보장이 전혀 없다. 잘못하면 애꿎은 라마승들만 희생시키는 꼴이다.

그렇다고 해서 명나라에 도움을 청하자니 그건 현명한 생각이 절대로 아니다.

'내 집에 든 침입자를 내쫓기 위해 명나라에 굽실거릴 수는 없다. 게다가 그들은 이것을 기회로 조공을 더 올려달라고 할지도 모른다.'

틈만 있으면 건수를 잡아 활불국을 족치는 명나라. 그들한테 또 약점을 잡힐 수는 없다.

활불은 고개를 저으며 처연히 말했다.

"됐다. 어차피 명나라에 종속되어 있는 마당에 누가 지배한들 그게 대수겠느냐."

"……!"

듣고 있던 라마승들의 얼굴이 참담하게 일그러졌다.

약자의 설움이 다시 한 번 가슴에 새겨진다.

"크흑!"

분노의 눈물이 피가 되어 흐른다.

일승이 급히 그들에게 힘을 주는 전음을 보냈다.

『아무리 불사지체라고는 하나, 분명히 어딘가 약점이 있을 걸세! 허니 시간을 두고 천천히 방도를 모색해 보도록 함세!』

그렇다! 이 원수 같은 불사지체 놈을 어떤 방법으로 죽일 것인가는 차후에 생각해도 될 일이다.

라마승들은 희망을 버리지 않았다.

*   *   *

선우운철은 활불국의 궁전 깊숙이 안내되었다.

중원과는 전혀 다른 양식의 건축물들.

아름다운 전각들이 여인네의 소맷자락 같은 처마를 치올리며 우아한 자태를 뽐낸다.

이 궁전은 욕계육천(欲界六天) 중 넷째 하늘이라는 도솔천의 내원궁(內院宮)을 본떠서 만들어진 터라, 미륵보살의 정토(淨土) 같은 환상적인 미(美)를 지니고 있었다.

인세가 아닌 극락의 풍경에 선우운철은 자기도 모르게 탄성을 올렸다.

"호오!"

"……."

라마승들은 전혀 우쭐해하는 기색 없이 묵묵히 안내를 했다.

그들은 커다란 연못 위에 놓인 구름다리를 건너 내궁(內宮)으로 가고 있는 중이다.

선우운철은 황홀한 표정으로 두리번거렸다.

둥근 연잎이 가득 널린 연못에는 비단 잉어가 헤엄치고, 이름 모를 수많은 기화요초가 앞을 다투어 아름다움을 자랑한다.

신선이 노니는 선계와도 같은 이곳에서 산다면 아무런 걱정도 근심도 없을 것만 같다.

한데 그중에 유난히 눈에 띄는 오색찬란한 전각이 있다.

선우운철은 그 전각이 마음에 들었다.

그는 손가락으로 그곳을 지목하며 말했다.

"나는 저기를 처소로 삼겠다."

"……!"

라마승들의 낯이 해쓱해졌다.

선우운철이 가리킨 곳은 활불이 거처하는 성지였던 것이다.

일승이 말을 더듬었다.

"그, 그, 그곳은!"

꽉 쥔 주먹이 부르르 떤다. 당장이라도 달려들어 이 젊은 놈의 멱살을 움켜잡고 싶은 걸 참는 것이다.

일승은 마구 악을 쓰고 싶었다.

'이놈아! 그곳은 너같이 미천한 놈이 발을 디딜 수 있는 곳이 아니다!'

심장이 벌렁이며 거친 호흡이 새 나온다. 오랜 세월 쌓은 수련은 다 어디로 도망가 버렸는지 인내심의 한계를 경험하는 일승이다.

활불이 눈짓으로 일승을 만류하며 말했다.

"곧 저곳을 청소하겠소이다."

일승은 입술을 깨물며 얼굴을 돌렸다.

선우운철은 이들의 반응이 심상치 않음을 보고 그제야 저 전각이 활불이 쓰는 곳임을 눈치챘다.

선우운철도 남의 방을 뺏고 싶지는 않았다.

그러나 이미 입 밖으로 뱉은 말.

다시 주워 담자니 체통이 안 선다.

선우운철은 모른 척하기로 했다.

이렇게 해서 활불은 다른 곳으로 내쫓겼다.

그리고 라마승들의 가슴에는 또 한 번 한이 맺혔다.

당장 이 불사지체 놈을 죽일 수만 있다면 내 한 몸 바쳐 팔열지옥(八熱地獄) 중 가장 무섭다는 무간지옥(無間地獄)이라도 뛰어들고 싶다.

라마승들은 활불보다 높아진 이 원수를 어떻게 불러야 할지 고민했다.

라마십승 중 이승(二僧)이 공손히 합장하며 물었다.

"저어… 불사지체시여. 허면 호칭은 어떻게……?"

일승이 대뜸 나서서 눈에 불을 켰다.

"미리 말씀드리지만, 활불이라고는 죽어도 못 부릅니다!"

다른 라마승들이 일제히 고개를 주억거려서 동의한다는 의사를 표한다.

선우운철은 사실 라마승들의 정신적 의지처인 활불을 폐하고 싶었다.

하지만 너무 짓밟으면 지렁이도 꿈틀하는 법이다.

그는 현명하게 처신하려고 신중을 기했다.

'이들이 나를 못 잡아먹어서 안달인데 여기에 활불을 폐했다는 원성까지 들으면 곤란하다. 그렇다고 내가 이 활불국을 지배하면서 활불보

다 낮을 수는 없으니 좌우지간 활불보다 한참 더 높은 호칭을 지어야
한다.'

선우운철은 새로운 호칭을 찾고자 염두를 굴렸다.

한참을 고민하던 선우운철이 말했다.

"나는 불사지체. 무(武)로는 최고로 높은 자. 그러니 무황(武皇)이라
불러라."

"……!"

다시 한 번 해쓱해지는 중인들이다.

황(皇)!

황이라는 글자는 중원의 황제를 제외하고는 아무도 쓸 수가 없는 게
명나라의 국법이었고, 그 법은 명나라에 종속된 주변 국가들에 다 적용
되었다.

만약 누가 '황'을 상호(商號)나 가문, 이름, 별호에 붙인다면 그자는
당장에 역모로 몰려서 구족(九族)이 참형을 당한다.

라마승들은 머리가 지끈거렸다.

무황? 저렇게 광오한 말은 들어본 적이 없다.

그러나 본인이 무(武)에 관한 한 황제라 자칭해도 그 말은 사실이었
고, 설령 거짓이라 한들 그것을 힘으로 뜯어말릴 수 있는 사람은 이 자
리에 없다.

나약한 자는 강자의 횡포를 그저 받아들일 수밖에 없었다.

그렇지만 라마승들은 심히 걱정이 됐다.

명나라에서 이 일을 알게 된다면?

활불국이 명나라에 반역을 꾀한다고 생각할지도 모른다.

일승이 선우운철에게 여쭈었다.

"저어… 무황이라는 별호의 뜻은 잘 알겠지만 만약 그리되면 명나라에서 가만있지 않을 겁니다. 황이라는 글자는 중원의 황제한테만 붙으니까요. 그러니 다른 별호를 만드심이 어떠시온지요?"

"……!"

선우운철은 당혹스러웠다.

그는 그런 것까지는 미처 생각지 못했다.

'제기랄! 무황은 마음에 쏙 드는 별호다. 그리고 이만큼 나를 잘 대변해 주는 별호도 없다. 그런데 황제밖에 '황' 자를 못 쓴다니 어찌해야 하나?'

선우운철은 심히 짜증스러웠다.

중원 땅이 아닌 이런 변방에서까지 중원 황제의 명을 받들어야만 한다니!

불사지체가 된 지금, 아무도 자신을 죽일 수 없는 막강한 위치에 올랐는데 황제의 눈치를 보면서 평생을 살아야 한다고 생각하자 분노가 치민다.

잠시 궁리를 하던 선우운철이 선포했다.

"난 누가 뭐래도 무(武)로는 황제다! 나는 강호 역사상 가장 처음으로 금강불괴를 이룬 사람이며 또한 불사지체다! 나는 내 별호를 지키기 위해서라면 누구하고도 싸우겠다!"

"……!"

듣고 있던 라마승들은 새파랗게 질렸다.

명나라가 펄펄 뛰는 모습이 눈에 선하다.

하니 그전에 최대한 빨리 이 무황 놈을 제거해야만 한다.

　　　　　＊　　　　　＊　　　　　＊

　활불이 묵던 장소가 새로이 정리될 동안 선우운철은 목욕탕으로 안내되었다.

　선우운철의 눈이 휘둥그레졌다.

　욕실은 스무 명이 거주해도 될 만큼 넓었으며 기둥과 바닥이 모두 대리석이었던 것이다.

　뿐이랴? 호화스러운 황금 욕조에는 장미 꽃잎이 뿌려져 있다.

　선우운철이 이처럼 어마어마하게 치장된 장식에 기가 질려서 있는데 뒤에서 고하는 소리가 들려왔다.

　"무황이시여, 잠시 들어가겠나이다."

　앞으로 무황을 모실 시종장이다.

　한데 그는 혼자가 아니었다. 스무 명의 젊은 처녀들을 동반했던 것이다.

　꽃다운 아가씨들이 줄지어 들어서자 선우운철이 의아해서 물었다.

　"이 여자들은 다 뭐냐?"

　"무황이시여, 이 애들은 앞으로 무황을 모실 시녀들로서, 이곳엔 목욕 시중을 들러 왔습니다."

　시종장이 손짓을 하자 어여쁜 아가씨들은 날아갈 듯이 큰절을 올린다.

　"천녀(賤女)들이 무황을 뵙습니다~"

　여인들은 꾀꼬리 같은 목소리로 합창했다.

　이어 시비들은 살그머니 눈을 들어 무황을 바라보았다.

　그리고 그 눈망울들은 기대감에 반짝이기 시작했다.

그녀들은 무황을 활불국을 망치는 괴물로 들었는데 실제로 보니 잘생기고 멋진 남자였다.

이제 그녀들은 무황이 전혀 두렵지 않았다.

오히려 시비들은 볼을 발갛게 물들이며 들떴다.

젊고 헌칠한 무황!

여인들의 눈빛이 몽롱하게 풀리기 시작했다.

그러나 이때 선우운철은 정혼녀였던 천명희를 떠올렸다.

묘령의 아가씨들을 보자 그녀가 연상되며… 가슴이 아프다.

선우운철은 시선을 돌리고 나직이 명했다.

"모두 물리고 사내 시종을 들여라."

"예? …예."

시종장은 공손히 대꾸했지만, 속으로는 딴생각이다.

'여자가 아닌 사내? 무황께서는 혹시 남색을 좋아하시나?'

시비들의 환하던 얼굴은 즉각 똥 빛이 되었다.

그녀들은 못마땅해서 입을 삐죽였다.

하지만 불평을 소리 내서 말할 멍청이는 아무도 없다.

선우운철은 귀찮다는 손짓을 했다.

"당장 물러가라!"

"옛! 얘들아! 다 나가라!"

시종장이 서둘러 몰아내자 시녀들은 못내 아쉬운 발걸음으로 썰물 빠지듯 우르르 나갔다.

그중엔 스스로의 미모에 자신이 있어 혹시나 무황이 자기를 불러주지 않을까 하며 뒤를 돌아보는 여인도 있었다.

그러나 시녀들은 모두 똑같이 내쫓겼다.

혼자 남은 선우운철은 기분이 언짢아졌다. 사랑했던 천명희와의 쓰디쓴 과거가 다시금 회상됐기 때문이다.

선우운철은 일부러 북북 힘주어 문지르며 목욕을 했다. 마치 이렇게 하면 자신의 죄업이 씻겨 나가기라도 하듯이.

목욕 후 선우운철은 호화스러운 금포를 걸쳤다.

선우운철은 조금 나아진 기분으로 동경에 자신의 모습을 비춰보았다.

자기가 보아도 멋져 보인다.

그리고 새 옷을 입은 무황을 본 라마승들의 눈 또한 커졌다.

은은한 후광이 무황의 전신을 감싸고 절대자의 위용을 내뿜는다.

천신(天神)과도 같은 그 모습에, 침입자만 아니라면 경배라도 드리고 싶은 심정이다.

"오!"

이승이 자기도 모르게 감탄사를 터뜨리자 못마땅해진 일승이 즉각 눈치를 준다.

"흠흠."

헛기침을 한 이승이 말했다.

"이제 방으로 안내해 드리겠습니다."

무황은 활불의 방으로 갔다.

욕실과는 비교도 안 될 만큼 호화찬란한 방이었다.

열 명이 뒹굴어도 되는 크기의 침상과 가구 하나하나가 금박에 보석이 박혀 있고, 방 안의 세세한 곳까지도 다 돈으로 처발라났다.

천왕문에서 잘 먹고 잘살았지만, 이 정도의 화려한 방을 처음 보는 선우운철로서는 놀랄 수밖에 없었다. 하기야 일개 문파와 일국의 왕의 방이 어찌 같을 수가 있으리.

넋이 나가 멍하니 있던 선우운철이 입을 열었다.

"중들이 이렇게 사치스럽게 살아도 되는 거냐?"

이승이 말을 받았다.

"우리 활불국에서는 백성들이 살아 있는 부처님인 활불님께 보시를 하여 그분이 최고로 화려한 옷에 최고로 좋은 음식을 드시는 것을 최상의 기쁨으로 알고 살아갑니다. 그리고 아무리 승려가 불법을 숭상하며 근검절약을 한다고는 하나, 일국의 왕이 거지 옷을 입고 싸구려 음식을 먹는다면 타국에서 비웃을뿐더러 국왕의 면모가 서질 않지 않습니까?"

"그도 그렇군."

고개를 끄덕인 선우운철은 무황으로서의 생활을 즐기기 시작했다.

그런데 권력의 힘은 실로 지대했다.

모든 것을 마음대로 해도 좋았다.

입 밖으로 내는 말이 곧 국법이었다.

선우운철은 천왕문에서 사형과 문주한테 머리를 숙였어야 했다.

그러나 이제는… 만인이 발 아래다!

그 누구한테도 고개를 조아릴 일이 없다!

"천상천하유아독존(天上天下唯我獨尊)이란 게 바로 이런 거였구나! 크하하하하하~"

무황이 된 선우운철은 호탕하게 대소를 터뜨렸다.

몸속 깊은 곳에서 환희심이 용솟음친다.

절대자(絶對者)! 직위가 사람을 만든다고, 선우운철은 힘을 가지자 권력을 즐기기 시작했다.

한편 선우운철 앞을 물러 나온 시종장은 시종들한테 색다른 명령을 내려야만 했다.

"무황을 모실 예쁘장한 소년들을 준비해라."

"네?"

"못 들었느냐? 소녀가 아닌, 고추 달린 소년을 대령해라!"

이어 시종장은 무황에 대해서 입단속을 시켰다.

금강선장이 부러지고, 활불의 거처를 무황이 쓰는 등의 여러 가지 사실을 백성들이 알아서 좋을 게 없었기 때문이다.

그러나 발 없는 말이 천 리 간다고, 소문은 궁전에만 머무르지 않고 불길처럼 번져 나갔다. 그것은 이미 많은 사람들이 중양절 때 선우운 철을 목격했으므로 당연한 일이었다.

그래서 이제 틈만 있으면 활불국의 백성들은 삼삼오오 모여 앉아 무황에 대한 얘기로 목청을 돋우었다.

"우리 활불국의 상징인 금강선장을 분질러? 저런 쳐 죽일 놈!"

"활불님의 성지를 그놈이 차지한 게 진짜야? 정말 그렇다면 그놈은 언제고 천벌을 받을 거야!"

대부분의 사람들이 이렇게 분노하는 가운데 호색가들은 다른 화제로 입담을 벌였다.

"그 얘기 들었어? 무황이 남색가라는구만!"

"세상에! 역시 사람은 겉으로 봐서는 몰라. 근데 남색을 하면 무공이 높아지는 겨?"

"에이~ 설마? 설혹 그렇다 치더라도 난 무공 높아지는 거보다는 여자가 더 좋아. 흐흐흐."

"아, 내 말이 그 말이라니께! 시방 궁전 근처에는 남색가들이 몰려들어 난리도 아니라고 하던데? 무황의 눈에 어떻게 한번 들어볼까 하고 시종들한테 뇌물을 건네는 놈들이 부지기수래!"

…이렇게 하여 선우운철은 자기도 모르는 사이에 남색가로 오해받게 되었다.

그리고 활불국 여인들은 남색가인 무황을 경멸의 눈초리로 보게 되었다.

第七章

칠보동보(七寶動寶)

중원과 활불국 경계에 위치한 천왕문.

지금 이곳에서는 모든 각주가 참석한 큰 회의가 벌어지고 있었다.

그간 천왕문주는 자기 아들인 천명기를 죽인 선우운철을 찾아서 문도들을 강행군시켰다.

그러나 설산의 흔적을 마지막으로 선우운철의 종적은 오리무중이다.

더 추격하려면 국경을 넘어야 했다.

하지만 상인(商人)이 아닌 무인(武人)이 국경을 넘는 건 쉬운 일이 아니었다. 그것은 남의 나라, 다른 문파의 영역을 침범하는 일이니 삼류무사를 보내면 시비가 붙어 두들겨 맞기 십상이었고, 특히 북방의 유목민. 다시 말하면 거친 기마 민족이 사는 신강(新疆)에 발을 디디려면 삼류무사는 목숨을 내걸어야만 했다.

천왕문주는 심각했다.

'아무리 따져 봐도 놈은 신강으로 도망간 게 틀림없다!'

그는 부리부리한 눈빛으로 좌중을 둘러보았다.

자리에 모인 각주들 모두가 냉랭한 표정으로 앉아 있다.

특히 그중에서도 회의라고는 생판 참석 않던 독고마왕 독고강은 '오늘 회의에 반드시 참석해 달라!' 는 문주의 요청으로 억지로 온 때문인지 돌처럼 굳어 있었다. 더욱이 독고강은 여동생 독고미향의 일로 요 며칠 내내 기분이 언짢던 참이었다.

천왕문주가 목청을 높였다.

"문도들만으론 놈을 쫓기에 역부족이오! 허니 각주 이상의 고수가 힘을 써주셔야겠소!"

이에 입법을 담당하는 법각주가 즉각 반론을 제기하고 나섰다.

"선우운철은 문주의 제자였는지라 남보다 수준 높은 무공을 배웠고, 원래가 타고난 재주도 각별하던 놈이었소. 다시 말하면 팔찌의 무공을 얻기 전에도 놈은 이미 일류고수였단 말이오. 그러니 솔직히 창피한 얘기지만 우리 각주라고 해서 놈의 무공을 능가하겠소이까?"

"옳소이다! 놈이 팔찌까지 얻은 이상, 우리 각주들로서는 놈을 잡을 능력이 없소이다!"

정보를 담당하는 비신각주가 법각주를 지지했다.

그러자 다른 각주들도 같은 마음인 양 고개를 끄덕인다.

그들은 자기 아들이 죽은 것도 아니니 남의 보복에 휘말려 귀찮은 추격 따위는 하고 싶지 않았다. 게다가 선우운철과 맞닥뜨렸을 때 싸움에서 지기라도 하면 그게 무슨 개망신인가?

이들은 설혹 선우운철이 팔찌의 무공을 대성하고 돌아와 문주 직위

쟁탈전을 벌여도, 어차피 자신들이 무공이 달려서 문주가 못 될 바에야 누가 문주가 되던 상관없었다.

하니 괜히 나서지 말고 이럴 땐 집에 처박혀 자기 밥그릇이나 지키고 있는 게 상책이다.

각주들은 이 회의에 참석하기 전에 이미 모두 다 머리를 굴릴 만큼 굴렸던 것이다.

법각주는 다른 각주들을 보면서 생각했다.

'만일 선우운철이 팔찌의 무공을 대성하고 돌아와서 새로운 문주가 된다면 놈의 추격에 앞장섰던 각주들은 설자리를 잃게 될 게야. 가만히 있으면 중간이나 간다고, 이럴 땐 그저 가만히 있는 게 최고지. 암!'

각주들이 반기를 들고 나서자 천왕문주는 노여움으로 얼굴이 굳어졌다.

그러나 천왕문을 자기네 천씨 가문이 홀로 건립한 게 아니고 여러 각주들의 선조들과 힘을 모아 세운 것이니만큼, 뚜렷한 잘못 없이 각주들을 몰아세울 수는 없었다.

천왕문주는 거칠게 소리쳤다.

"그러면 어쩌자는 거요? 이대로 두고만 보자는 거요, 아니면 나라도 추격에 나서야 한다는 거요? 나도 내가 가고 싶지만 문주 자리를 비워둘 수는 없지 않소?!"

"굳이 꼭 문주가 아니더라도 우리보다 고수라면 충분히 놈을 추격할 수가 있겠지요."

법각주가 속으로 생각하던 바를 넌지시 비춘다.

그러면서 그의 눈은 꾸어다놓은 보릿자루처럼 앉아 있는 독고마왕 독고강에게로 향했다.

동시에 다른 각주들의 시선도 천왕문 최고고수인 독고강한테 못 박혔다.

사실 그들은 독고마왕 독고강의 무공을 단 한 번도 본 적이 없었다.

다만 그들은 자신들의 아버지로부터 '독고강을 절대 건들지 말아라!' 라는 경고만을 늘상 들으며 자랐을 뿐이다.

각주들은 아버지의 말을 의심치 않았다. 선대가 거짓말을 했을 리도 없고, 아닌게 아니라 저만큼 오래 산 독고강이라면 일단 내공만이라도 꽤 높을 것이다.

법각주의 말에 천왕문주의 관심도 독고강한테 쏠렸다.

주목을 받은 독고강은 단정적으로 한마디 했다.

"난 못 가!"

"사백님! 사백님만한 고수가 여기에 누가 있습니까? 제발 생각을 달리해 주십시오."

애원조의 천왕문주.

그러나 독고강은 들은 체도 하지 않았다.

하다못해 콧방귀조차도 뀌지 않는다.

천왕문주의 얼굴이 붉어졌다. 각주들 앞에서 애원까지 해보았는데 쪽팔림을 당한 것이다.

"으으음……!"

천왕문주는 부글부글 끓어오르는 분노를 참으며 각주들의 반응을 살펴보았다.

그의 편을 드는 사람은 단 한 명도 없이 그저 강 건너 불 구경으로 '너희 둘이서 머리 잡고 싸우든 말든 알아서 해라' 하는 표정으로 팔짱만 끼고 있다.

천왕문주는 잠시 갈등했다.

그가 알기론 독고마왕을 움직일 방법은 딱 한 가지뿐이다.

문주는 품에서 천왕문주의 상징인 천왕패를 꺼내 들었다.

'이 천왕패는 천왕문도라면 누구나 그 명을 받들어야 한다!'

천왕문주는 자신만만하게 천왕패를 치켜 올리며 입을 열었다.

"사백……."

쿠앙—!

문주가 채 말을 끝내기도 전에 엄청난 굉음이 터졌다.

독고강이 손바닥으로 회의실의 탁자를 내려친 것이다.

자단목으로 만들어진 탁자가 산산조각으로 빠개졌다.

그런데 거기서 그치지 않고, 나뭇조각들은 막강한 힘의 여파로 돌바닥을 뚫고 그대로 박혀 버렸다!

진동으로 전각이 우르르 울리며 천장에서 먼지가 진눈깨비마냥 떨어졌다.

깜짝 놀란 비신각주가 비명을 질렀다.

"흐악!"

다른 각주들은 제각각 의자에서 퉁겨 일어난 채, 단단한 돌 바닥에 박힌 탁자 조각들을 두려움이 깃든 눈으로 내려다보았다.

"……!"

나무에 돌이 박힌다면 모를까, 돌에 나무가 박히다니!

그뿐만이 아니었다. 스무 명이 올라가 누워도 될 만큼 큰 탁자는 끝에서 다른 끝까지 균등하게 조각들이 나 있었다.

각주들은 숨을 죽였다.

'나라면 내 바로 앞부분을 박살 낼 수는 있지만, 저렇게 큰 탁자의 전체를 똑같이 조각낼 수는 없다!'

말로만 들었던 독고마왕의 무시무시한 무공을 몸으로 실감하는 각주들.

독고강은 무시무시한 눈초리로 법각주를 노려보았다.

"……"

"……!"

법각주는 급급히 눈을 내리깔았다.

그의 가슴은 참새처럼 콩닥거렸다.

자기가 어쩌자고 독고강을 지목했는지 후회가 막급하다.

바늘 하나 떨어지는 소리까지 들릴 정도로 고요한 가운데 누군가가 침을 삼키는 소리가 들린다.

꿀꺽!

각주들은 독고강의 눈치를 보며 의자에 슬금슬금 걸터앉았다.

그러나 궁둥이가 의자에 닿는 순간!

그들은 화닥닥 일어섰다. 독고강이 자리에서 벌떡 일어나는 바람에 깜짝 놀랐기 때문이다.

커다란 몸집을 꼿꼿이 세운 독고강은 잡아먹을 듯한 눈길로 문주를 노려보았다.

문주의 안색이 해쓱해졌다.

움찔해하는 그의 귀로 독고강의 전음이 들렸다.

『귓구멍 씻고 지금부터 내가 하는 말 똑똑히 들어라! 이놈아! 네 아비도 내 앞에선 고개를 못 들었다! 헌데 보자 보자 하니까 네놈이 이젠 내 수염까지 기어오르는데, 지금이라도 당장 내가 네놈을 무공으로 누르고 문주 직위를 내놓으라면 어쩔 테냐? 까불지 말고 말로 할 때 얌전히 찌그러져 있어라!』

화가 잔뜩 난 독고강은 빠른 말로 마구 해댔다.

사제한테 문주의 직위를 양보했다는 사실을 빌미로 평생 그것을 생색내며 두고두고 울궈먹는 독고강.

펄펄 뛰는 독고강 때문에 천왕문주는 대경실색했다.

문주는 태사의에 빳빳이 얼어붙었다.

씩씩대는 전음은 계속 이어졌다.

『내가 이 천왕문 아니면 어디 밥 얻어먹을 곳이 없다더냐?! 네놈은 내가 그런 애송이 놈의 뒤꽁무니나 쫓아다녀야 할 나이라고 본단 말이지? 이 나이에 그따위 꼴 같지 않은 일을 하려면 난 당장 천왕문에서 나가던지, 아니면 지금이라도 문주 직위 쟁탈에 도전하겠다! 그러니 알아서 기어라, 이 발칙한 놈아!』

"……!"

천왕문주의 낯빛은 핏기가 사라져서 아예 백지장처럼 되었다.

문주가 되고 난 후부터 누구한테서 '놈'이라는 소리는 들은 적이 없었지만 그 정도는 충격도 아니었다. 그는 천왕패가 안 먹혀들리라고는 전혀 예상치 못했던 것이다.

독고강은 뱀 앞에 개구리처럼 꼼짝 못하는 문주를 보며 속으로 혀를 찼다.

'끌끌. 천왕패면 다냐? 치사한 새끼! 내가 언제고 이런 더러운 날이 올 것 같아서 미리 노후 대책을 세워두었지!'

각주들은 독고강이 전음을 하는 걸 지켜보았기에 문주가 뭔가 아주 심한 소리를 들었다는 사실을 쉽게 짐작할 수가 있었다.

각주들은 속으로 일제히 문주를 비난했다.

'그러길래 왜 천왕패를 가지고 독고마왕을 건드려? 저런 밥통 같은 문주!'

이때 독고강의 따가운 눈총을 받았던 법각주가 다짜고짜 문주한테 화풀이를 했다.

"문주! 무엇보다도 조사동 따위를 만들어서 문주만 들어갈 수 있게 만든 게 잘못이오! 게다가 나중에는 문주인 아비의 눈치를 보며 그 자식들까지 슬금슬금 들어가다 보니 이런 문제가 생긴 게 아니오?! 내 이제야 말하지만, 천명희가 인피지서를 훔쳐 낸 건 당연한 일이오!"

이 말에 천왕문주는 법각주한테 벌컥 성을 냈다.

"내 딸이 인피지서를 훔쳐 냈다고 누가 그럽디까?"

"조사동 입동 기록에 보면 선우운철은 조사동에 들어간 일이 전혀 없었소! 허니 그걸 누가 갖다주었겠소? 쩝 하면 입맛이요 뿡 하면 방귀 소리라고, 당연히 놈의 약혼녀인 천명희밖에 더 있겠소?!"

"……."

조목조목 들이대는 반박에 천왕문주는 할 말이 없었다.

그때를 놓치지 않고 각주들이 아우성을 쳤다.

"맞소이다! 말이 나왔으니, 이 김에 조사동을 없애든지 우리도 다 들어갈 수 있게 하시오! 똑같은 개파 조사들의 후예인데 누구는 들어가고 누구는 못 들어가니 이건 전혀 공평치가 못하지 않소이까?"

각주들의 불만에 천왕문주는 역정을 냈다.

"그렇다고 조사동 안에 개나 소나 다 들어가게 할 수는 없지 않소?"

이에 법각주가 펄쩍 뛰었다.

"그 말은 내가 개나 소라는 말이오? 이것 보시오, 문주! 아무리 문주라지만, 뚫린 입이라고 아무렇게나 지껄이는 게 아니오!"

"뭣이라? 지껄여? 지금 내게 지껄인다고 하셨소?"

이렇게 천왕문주가 입에 거품을 물 때…….

쾅!

독고강이 발로 바닥을 굴렀다.

"시끄럽다! 이게 회의냐, 싸움질이냐? 싸우려거든 그렇게 주둥이만 놀리지 말고 주먹으로 싸워라!"

"……."

문주와 각주들이 삽시간에 조용해졌다.

그들의 눈은 독고강 주변의 움푹 꺼진 돌 바닥에 고정되었다.

내려앉은 돌 바닥은 반경이 불과 일 장(一丈:3m)도 안 되지만, 문제는 그 위에 고운 돌 가루가 소복이 올라앉아 있다는 점이다.

'헉! 가루가 튀지도, 날리지도 않았다!'

독고강의 엄청난 무공에 다시 한 번 식은땀이 흐르는 좌중이다.

이때 각주들은 모두 하나같이 똑같은 생각을 했다.

'도대체 저 노친네의 내공은 얼마나 되는 걸까? 2갑자? 3갑자? 설마 더?'

서늘해진 간담을 다스리며 각주들은 침착해 보이려고 애썼다.

"험험."

괜히 헛기침을 하는 사람에, 아무것도 안 든 소매 속을 뒤지는 척하는 사람에 가지각색이다.

정신을 차린 천왕문주가 정보 담당 비신각주한테 물었다.

"선우운철의 아비인 선우이인이 자살하고 난 후 선우 가문의 생존자 모두를 죽거나 반병신이 되도록 고문했는데, 팔찌에 대해선 아무도 모른다고 하오이다. 그러니까 내가 궁금한 점은 황금장주의 팔에 있던 팔찌가 대체 어떻게 해서 선우 가문의 귀에 들어간 거요?"

비신각주는 시큰둥하게 대답했다.

"아마 하남이나 중원에 선우가와 결탁한 모종의 세력이 있나 보지요. 혹은 인피지서를 본 후 팔찌에 대해서 알고 그걸 찾느라 선우운철이 기를 쓴 걸 테지요."

"하지만 황금장주가 죽은 날 전후로 하남의 우리 조직 중 살해당하거나 실종된 문도가 한둘이 아니오. 그들이 만약 전서구로 팔찌에 대해서 알렸다면 비신각의 누군가가 선우가와 내통했다는 뜻이오."

문주의 추궁에 비신각주가 발칵 대든다.

"우리 비신각이 무에 어쨌다고 걸고넘어지는 거요?! 그간 우리 비신각에는 전서구나 전서들 모두가 완벽했소이다!"

"그런 거야 얼마든지 조작할 수 있지 않소?"

사실 조작된 건지 아닌지 비신각주는 확실하게 자신이 없었다. 비신각의 모든 일 처리는 공탁수한테 맡겨두고 있지 않은가?

그러나 비신각주는 자기가 놀고먹고 있다는 사실을 자기 입으로 까발릴 수는 절대로 없었다.

그는 구린 부분을 숨기려고 오히려 목청을 더 높여 소리쳤다.

"조작이라니요? 우리 비신각을 뭘로 보고 그런 소리를 하시오이까?! 모든 것은 일단 조사동에서부터 파생된 것! 이 기회에 조사동 일부터 마무리 짓도록 합시다!"

비신각주는 조사동으로 화제를 돌렸다.

그리고 또다시 옥신각신하는 말싸움이 시작되었다.

그래도 이번엔 독고강의 눈치를 봐가며 조용히 언쟁을 한다.

각주들은 이번 일로 심히 불쾌했다.

다수결로 일을 처리하던 예전과는 달리 각주들의 의견도 묻지 않고 자신의 의사를 강행하는 문주가 보기 싫어졌다.

거기에 보태어 아무리 대죄를 지었다고는 하지만, 각주 중 하나였던 선우가의 씨가 마르는 꼴을 직접 보자, 같은 각주의 입장으로서 문주의 독단 넘치는 행동이 내심 불안하기도 했다.

"난 간다!"

마침내 독고강이 먼저 자리를 떴다.

그는 싸움질을 하는 각주들도 못마땅했고, 천왕패를 들이대며 협박한 문주도 괘씸했다.

독고강은 씨근덕거리며 여동생 독고미향의 거처로 향했다.

대나무로 둘러싼 아름다운 소축.

이곳을 찾은 지가 벌써 삼 년도 더 된 거 같다.

당연히 시비가 깜짝 놀란다.

"앗! 곧 아가씨께 독고마왕님께서 행차하신 것을……."

"됐다!"

안에 알리려는 시비를 제지하고 독고강은 여동생의 방문에 대고 우렁차게 소리쳤다.

"나다! 들어가겠다!"

독고강은 안에서의 허락도 기다리지 않고 방 안으로 들어섰다.

여동생은 탁자에 앉아 묵묵히 술을 마시고 있는 중이다.

주안과를 복용한 덕에 아직도 이십대로만 보이는 아름다운 동생.

그런데 술잔을 잡은 손의 피부가 무지갯빛으로 빛난다.

예전에 못 보던 그 희한한 것을 눈여겨보며 독고강은 머리를 굴렸다.

'혼자 낮술을 마시는 미향이의 모습은 실로 오래간만이구먼. 50년 만인가? 더 됐나?'

어째 동생이 강호에 나갔다가 천왕문에 돌아온 후 코빼기도 안 보인다 했더니 역시 강호에서 무슨 일이 있었던 모양이다. 그러니 저렇게 공력도 풀어버리고 무방비 상태로 술잔을 기울이는 것이리라.

동생이 천면환혼술을 운공 안 하는 탓에 기대했던 어머니의 모습을 못 보자 조금 실망하는 독고강.

그는 걱정스럽게 물었다.

"얘야, 왜 그러느냐? 설마 청부단 애들이 네 말을 안 들을 리도 없고… 강호에서 누가 너를 괴롭히기라도 하더냐? 이 오라비한테 말을 해보려무나. 어떤 새끼인지 내가 가서 등뼈를 발라놓으마!"

"……."

동생은 아무 말이 없다.

그녀의 앞에는 검은 단도가 한 개 탁자 위에 있다.

독고강은 동생한테 계속 말을 시켰다.

"그건 뭐냐? 못 보던 단도인데?"

마침내 독고미향은 입을 열었다.

"이 단도는 제가 이번에 강호에 나갔을 때 만났던 청년의 것이에요."

"……!"

옛날부터 동생의 청춘 사업을 죄다 쫓아다니며 방해를 일삼던 독고강.

그는 그 이유를 '금싸라기 같은 내 여동생을 맡겨도 될 만큼의 내 눈에 차는 청년이 없기 때문'이라고 주장했다.

그러나 사실은 하나밖에 없는 동생에 대해서 강한 소유욕과 애착을 가지고 있었던 게 주된 연유였으며, 거기에 하나 더 보탠다면 천면환혼술을 익힌 동생을 곁에 두어 늘 어머니의 얼굴을 보고 싶었던 까닭이다.

한데 수십 년이 지난 지금, 여동생이 사내를 만나고 왔다고 하자 다시금 심술이 발동한다.

그와 더불어 독고미향의 나이가 실제로 젊었던 시절, 그녀를 쫓아다니던 당대의 잘난 젊은이들을 개 패듯 두들겼던 주먹이 불끈 쥐어졌다.

독고강은 퉁명스럽게 물었다.

"이 단도를 정표로 받았단 말이냐?"

"그게 아니고, 이번에 들어왔던 당문의 청부건 아시죠?"

"알지."

"그 청부 때……."

독고미향은 차분히 설명했다.

그러나 점차 그녀의 목소리에는 물기가 젖어들었다.

"그 애를 당문에 넘겨준 지도 벌써 한 달이 넘었어요."

"……."

워낙 수많은 여자들과 놀아본 터라 여성 심리에 대해서 꽉 잡고 있는 독고강.

그는 예리한 눈초리로 동생을 관찰했다.

혼자 술까지 마시고 있는 꼴로 보아 동생은 그 젊은 놈한테 깊은 연

민의 정을 느끼는 듯하다.

독고강은 동생한테 '나이 70이 넘어서 손자 같은 어린애랑 그러고 싶더냐?' 하고 울컥 소리를 지를 뻔했으나 꾹 참았다.

'미향이가 지금 느끼는 감정은 모성애다. 아마도 놈이 무척 불쌍하게 보였던 모양이지. 허나 저 모성애란 감정이 사랑이라는 괴물로 바뀌는 건 시간문제다.'

불편한 심기를 누르며 독고강은 동생의 손을 장식하고 있는 무지개 색채를 가리켰다.

"그건 또 뭐냐?"

"이건 자기가 스스로 움직이는 가루예요. 공력을 높여준대요."

말과 함께 독고미향은 가루가 붙은 손으로 오라비의 손을 덥석 잡았다.

"자아, 보세요."

"……!"

솜에 물 빨리듯 자신의 손으로 옮겨오는 칠채색.

독고강은 순간 움찔했다.

그러나 여동생을 신뢰하는 그는 동생이 실수를 펼치지는 않으리라 믿고 침착성을 유지했다.

무지갯빛 가루는 새로운 인간에게 옮겨오자 새집을 확인이라도 하듯 눈부신 빛을 발한다.

번쩍―

"으응……?"

독고강은 안력을 돋우어 자신의 손등을 살폈다.

가루들은 일정한 기하학적 문양을 형성하고 있었다.

그것은 어떻게 보면 무슨 지도 같기도 하고, 고대 문명의 글자 같기도 했다.

이 희한한 가루의 정체를 밝히기 위해서 한참 동안 머리 속을 다 뒤지는 독고강.

그는 고개를 들며 말했다.

"얘야, 이 가루는 살아 있는 무슨 벌레들이로구나."

"그렇죠? 참 신기하죠?"

독고미향은 섬섬옥수를 뻗어 오라비로부터 가루를 회수했다.

그녀는 다시금 무지개 색이 된 예쁜 손을 보며 수줍은 듯 말했다.

"이 가루는 그 애 가문에서 대대로 첫 여인한테 주는 거래요."

독고강은 속으로 콧방귀를 뀌었다.

'흥! 저까짓 걸 받고 저렇게 좋아하다니! 하긴 여자는 나이를 먹어도 언제나 소녀지.'

내심 투덜대던 독고강은 동생한테 물었다.

"그 도둑놈이 당문에서 뭘 훔쳤다더냐?"

심통 사납게 일부러 '도둑놈' 이라 부르는 독고강이다.

동생은 그런 오라비를 잘 알기에 별 반응 없이 선선히 대꾸한다.

"인삼 한 뿌리랑 작은 병에 든 물 한 방울을 먹은 것뿐이래요. 근데 오라버니, 물 한 방울이라니 그게 대체 뭘까요?"

"……."

곰곰히 생각하는 독고강.

잠시 후 그는 확신을 가지고 말했다.

"그 도둑놈이 먹은 액체는 공청석유가 분명하다!"

"공청석유? 그런 게 실제로 존재한단 말예요?"

"호호호~ 남들은 몰라도 수백 년 전에 당문이 공청석유 한 방울을 얻었다는 사실을 나만은 알지. 허나 내가 보기엔 그 도둑놈의 무공 꼬라지로 보아 공청석유의 효능을 제대로 섭취 못한 듯싶구나. 돼지 목에 진주랄까? 흠흠."

틈이 있을 때마다 동생이 호감을 가진 청년을 깎아내리는 못된 성격의 오라비.

독고미향의 영롱한 두 눈이 흐려지더니 걱정스럽게 물었다.

"그 애는 어떻게 되었을까요? 그런 굉장한 영약을 복용했으니 아마도 좋은 인체 실험 거리가 됐을 테지요?"

독고강은 팔짱을 끼며 고개를 저었다.

"흥! 당문에서 인체 실험만 했으면 다행이게? 만약 내가 당문주라면 난 어떻게 해서든지 공청석유를 회수하려고 할 게야. 그럼! 그게 어떤 물건인데!"

오라비의 말에 독고미향은 눈을 동그랗게 떴다.

"이미 먹어버린 걸 어떻게 회수해요?"

"간단하지! 도둑놈을 커다란 맷돌에 넣고 가는 거야. 그리고 그 건더기를 베 포대기에 싸서 쥐어짜면 즙이 나오겠지. 크하하하~"

"……!"

독고강은 자신의 상상력이 너무도 멋진지 혼자서 흡족한 대소를 터뜨렸다.

그러나 독고미향은 새파랗게 질렸다.

그녀는 당문이 그런 무서운 짓을 하리라고는 상상도 안 해봤다.

오라비 독고강이 싱글벙글 웃으며 한술 더 떴다.

"얘, 네가 당문주를 잘 몰라서 그러는 모양인데, 난 그놈이 어릴 때 만나본 적이 있단다. 아, 근데 이놈이 누가 독을 다루는 당씨 핏줄이 아니랄까 봐, 꼬마인데도 아주 지독한 독종이더라구! 그런 놈이라면 맷돌보다 더한 짓이라도 할 수 있을 거야. 암! 그렇고말고! 흐흐흐~"

"으음……!"

독고미향은 어지러운지 손으로 이마를 짚었다.

"애야, 괜찮으냐?"

깜짝 놀라는 독고강.

독고미향은 오라비의 손길을 뿌리치고 탄식했다.

"아아~ 청부를 받은 거기 때문에 약속은 약속이라서 그 애를 당문에 넘겨주었는데… 후회가 되요."

"그까짓 약속이야 잡아서 준다는 걸 이미 지켰으니, 다시 빼오는 건 약속을 어기는 게 아니지."

독고강은 자기 입으로 말하면서 아차! 싶었다.

'아이고! 요놈의 입이 방정이지! 혹시 얘가 그놈을 구출하자고 하면 어쩐다?'

독고강은 바늘방석에 앉은 기분으로 동생을 바라보았다.

그러나 다행히 동생은 구출 따위엔 흥미가 없는지 오빠한테 도와달라고 조르지 않았다.

다만 그녀는 핏기가 가신 얼굴로 나직이 말했다.

"…혼자 있고 싶으니 나가주세요."

독고강은 속으로 적이 안심했다.

'하긴 얘 나이가 몇인데 그런 어린애한테 빠지겠어? 뭐 잠깐 이러다 말겠지.'

독고강은 만족스러운 웃음을 지으며 밝게 말했다.

"그래도 이번에 당문으로부터 받은 은자가 제법 되니, 한동안 손 놓고 놀아도 되겠어. 역시 내가 노후 대책은 확실하게 해둔 거야. 허허허~"

그러나 그런 말이 듣기 싫은지 동생은 소리를 빽 질렀다.

"나가! 나가라고 하잖아?!"

독고미향이 반말을 하자 독고강은 얼른 일어났다.

동생이 저렇게 나올 때는 피하는 게 상책이다.

그래도 방을 나오면서 한마디 더해주는 독고강이다.

"어쨌거나 남의 물건을 훔치는 놈은 죽어도 싸다. 그러니 싸구려 동정심 따위는 행여라도 가지지 말아라!"

독고강은 '남의 물건 훔치는 놈' 운운하면서 양심이 찔렸다.

그 자신도 평생에 단 한 번 남의 물건에 손을 댄 적이 있기 때문이다.

깊이 묻어두었던 어두운 기억이 부상하려 하자 독고강은 급히 꾹꾹 눌렀다.

잊고 싶다. 생각하고 싶지 않다.

*　　　　*　　　　*

독고강은 경공을 펼치지 않고 성큼성큼 걸어서 자신의 전각으로 돌아오며 생각에 잠겼다.

'미향이한테 저런 일이 또 발생할지 모르니 앞으론 그 애가 청부단에 아예 가지 못하도록 하는 게 낫지 않을까?'

청부단.

독고강은 사제한테 문주 직위를 양보한 후 여기저기로 놀러 다녔다. 괜히 사제 앞에서 얼쩡거리면 문주 직위에 미련이라도 남아 있는 것처럼 보일까 봐 그게 싫었기 때문이다.

그는 밖으로 돌면서 훤칠한 키에 잘생긴 외모로 수많은 여인들과 정분을 맺었다.

그러나 젊었을 땐 떼지어 몰려드는 여자들을 피해 다니기 바쁠 정도였지만, 점차 나이가 드니 젊은 여성들이 상대를 해주지 않았다.

"저도 아저씨랑 놀고 싶지만⋯ 그러면 남들이 저를 아저씨 첩으로 봐요. 같이 다니기 창피해요."

"흥! 늙은이 만나서 정기 빨릴 일 있어요? 노친네랑 다니면 나도 늙는다구요!"

"저어⋯ 한 이십 년 동안 거울을 전혀 안 보신 거 같아요? 젊은 여자를 찝쩍거리려면 먼저 거울하고 상의부터 해보심이⋯⋯."

이렇게 예전엔 못 들어봤던 충격적인 소리들을 나이가 든 후엔 거의 매일 듣게 되었다. 그렇다고 자기 연배에 맞는 중년 아주머니와 사귀자니 젊고 탱탱한 피부가 그립다. 그래서 독고강은 곧 죽어도 젊은 여인들하고만 놀았다.

그런데 중년의 사내가 젊은 처녀들을 만나려니 돈이 많이 들었다. 밥을 한번 사 먹어도 비싸고 좋은 음식점으로 데려가야 했고, 환심을 끌기 위해 그녀들에게 사줄 선물 등, 아가씨들과 사귀기 위한 부대 비용이 젊었을 때보다 몇 배로 더 들어갔다.

결국 얼굴에 피는 검버섯의 숫자와 비례해서 더 큰돈이 필요한 건 자명한 사실. 독고강은 용돈이나 좀 벌어보자는 취지로 청부단을 설립했다. 천왕문에서 받는 월급만으로는 그의 향락의 비용을 대기가 불가능했던 것이다.

그러한 연유로 독고강이 청부단을 만든 것은 그의 나이 사십대 때였다.

사제인 천왕문주는 독고강이 강호에 사조직을 만든 사실을 알고는 독고강이 그쪽으로 아예 이사 가기를 바라는 눈치다. 그런 사제가 얄미워서 독고강은 일부러도 더 독립을 안 하고 천왕문에서 버텼다.

한데 독고강은 고아들만으로 청부단을 구성했다.

그러나 그건 독고강이 인정이 많아서 고아를 선택한 것은 절대 아니었고, 그는 고아라면 애들을 찾을 가족이 없기 때문에 청부단에 대한 소문이 안 나리라 판단했을 뿐이다.

결과는 아주 성공적이었다.

어릴 때부터 무공을 가르쳐 놓으니 사십 년이 흐른 지금은 청부금을 긁어모은다. 독고강은 심심하면 한 번씩 나가서 수하들이 벌어놓은 돈을 수금해 오면 되는 것이다. 물론 청부단원들이 자신들의 불우했던 시절을 못 잊고 수많은 고아원을 개관, 증축하느라 많은 금자를 써서 독고강이 눈살을 찌푸리는 일이 종종 있지만 말이다.

그런네 여동생인 독고미향은 오빠가 만든 고아원, 즉 청부단을 무척 좋아했다. 속정이 깊은 그녀는 부모 없는 불쌍한 애들을 돌보며 생의 낙을 찾았던 것이다.

하지만 이젠 그녀도 청부단원들이 오뉴월 병아리처럼 자라 징글징글한 중년이 되자 그들에게 고아원을 맡기고 어쩌다가 가끔씩 강호에 나간다.

독고강은 화풀이라도 하듯 흙을 퍽퍽 밟아대며 걸었다.

'이런 젠장! 용돈이나 좀 벌어보려고 세운 청부단인데, 미향이가 풀방구리에 쥐 드나들 듯 드나드니 그 꼴을 못 봐주겠군!'

사실 독고미향은 강호에 자주 나가지 않았지만, 독고강에겐 동생이 허구한 날 가서 사는 것처럼 느껴졌다.

자신의 거처에 도착한 독고강.

그는 언짢은 기분으로 호수 옆 누각에 올랐다.

독고강은 턱수염을 쓰다듬으며 말했다.

"어험! 이럴 땐 기분 전환을 해야지."

그의 두 팔이 앞으로 뻗어졌다.

쑤아아아~

두 손에서 무형의 강기가 쏘아져 나가 깊은 물속을 이 잡듯이 뒤진다.

이윽고 시퍼런 물결을 가르며 하나의 거대한 물체가 떠올랐다.

"잡았다!"

희희낙락하는 독고강에 의해 호수 밖으로 몸집을 드러낸 이놈은 정녕 괴물이었다.

분명히 잉어의 생김새를 하고 있기는 한데, 그 체구는 민물에 사는 물고기가 아니라 바다에 사는 고래다. 잉어는 머리에서 꼬리까지의 길이가 이 장(二丈:6m)이 넘고, 수염 하나가 팔뚝만했던 것이다.

그러나 번쩍이는 황금비늘과는 달리, 아쉽게도 잉어는 처참할 정도로 말라비틀어져 있었다.

옆구리 살가죽 위로 울룩불룩 드러난 형태는 생선 뼈다귀란 게 어떻게 생겼는지를 여실히 보여주고 있다.

"어이~ 오래간만이야, 잉어대왕?"

오랜만은커녕, 어제도 이 대왕잉어를 물 밖으로 끌어냈던 독고강은 너스레를 떨었다.

대왕잉어는 강제로 끌려 나왔음에도 불구하고 전혀 요동을 치지 않았다.

녀석은 그저 독고강을 물끄러미 응시했다.

생사를 초월한, 세상을 관조하는 눈빛이다.

수백 년 도를 닦은 도인의 눈빛이 이러할까?

"허허… 조금 있으면 승천이라도 하겠구먼!"

치기 어린 꼬마의 짓궂은 장난을 보는 듯한 잉어의 고승과도 같은 태도.

독고강은 기분이 더러워졌다.

약이 오른 그는 대왕잉어를 물에 던져 버렸다.

풍덩~

"저놈이 어제만 해도 안 그랬는데, 그새 기연이라도 얻었나?"

자신이 기억하기로 대왕잉어는 어제도 물 밖에 끌려 나와 여느 때처럼 지랄 급의 발광을 했다.

"으음. 생명에 위협을 받더니 괄목상대(刮目相對)라고 하루가 다르게 도를 트는군. 저놈이 용이 되기 전에 잡아먹어야겠지?"

독고강은 입맛을 다셨다.

저렇게 굵은 수염은 하루 종일 씹어도 다 못 먹을 것 같다.

그러나 지금은 무엇을 먹을 기분이 전혀 아니다.

그는 대왕잉어에 대한 신경을 끊고 동생한테로 관심을 옮겼다.

"그 도둑놈이 주둥이만 산 떠버리 놈이라고 했겠다?"

동생은 그놈에 대해 말하면서 무척 즐거워했다.

그걸로 보아 '수다가 주특기'라는 그 도둑놈은 제놈이 살기 위해 온갖 감언이설로 착한 동생을 꼬드긴 거 같다.

아무래도 생각할수록 괘씸했다.

당문에서 그놈을 아직 안 죽였다면 자기가 쫓아가서 죽여 버리고 싶을 정도다.

독고강은 인상을 북북 그었다.

무지갯빛 손을 들여다보며 도둑청년을 떠올리던 동생.

"흥! 그까짓 유치찬란한 가루를 손에 처바르고 좋아하는 꼴이라니! 그 나이에 그러고 싶으냐구? 에잉~ 쯧쯧!"

투덜대던 독고강은 슬그머니 자신의 손을 내려다보았다.

"설마 그 가루가 조금이라도 남아 있는 건 아니겠지?"

동생한테 말은 안 했지만, 뭔가 아주 찝찝하다.

자기라면 그런 수상쩍은 가루를 다시는 피부에 지니고 싶지 않다.

"뭐? 내공을 올려줘? 살아 숨 쉬는 그런 가루가 영약이라니 듣느니 처음이다! 영약 다 말라 뒈졌네!"

연신 욕을 하면서 독고강은 머리 속을 뒤졌다.

아무리 생각을 해봐도 그런 가루는 금시초문이다.

만약 그게 해로운 거라면 동생한테서 서둘러 떼어내야 한다.

"가루… 일곱 빛깔로 빛나면서 움직이는 가루……."

있는 지식, 없는 지식을 다 떠올리던 독고강.

그는 갑자기 자리에서 퉁기듯 일어났다.

"치, 치, 치, 치, 칠보동보(七寶動寶)!"

어찌나 흥분을 했던지 독고강은 마구 더듬었다.

"칠보동보! 진시황제의 칠보동보!"

전 중원을 통일한 첫 번째 황제였던 진나라의 시황제는 자신의 무덤으로 땅 밑에 거대한 왕궁을 건설했다.

진시황본기(秦始皇本紀)에 따르면 진시황제 즉위 초부터 착공되어 무려 삼십육 년간이나 걸린 이 궁전은 칠십여 만 명이 동원되어 완공되었다고 한다.

이 지하 황릉 내부에는 수은으로 강과 바다를 만들었고, 도굴자가 접근하면 화살이 자동 발사하는 시설도 갖추었다고 한다. 뿐이랴? 만 명이 넘는 병정 하나하나의 모습을 진흙으로 실물 모형을 만들어 묘를 지키게 하는 등, 무덤은 실로 어마어마한 규모의 궁전이었다.

여기에는 물론 보물도 함께 묻혀져 있다.

그런데 진시황제는 막대한 보물 외의 특별한 부장품들은 이 지하 궁전이 아닌 전혀 동떨어진 곳에 따로 창고를 만들어 감춰두었다고 한다. 황제는 그 창고를 지은 노역자와 장인들을 모두 죽였기 때문에 그 위치는 철저히 비밀로 붙여졌다.

그러나 풍수지리로 그 창고의 위치를 잡아준 도사가 장보도를 한 개 만들었고, 도사는 그 지도를 '칠보동보' 라 칭했다.

나중에 그 사실을 알게 된 진시황제가 분노했음은 당연한 일.

화가 난 진시황제의 친위대로부터 쫓겨서 행적을 감추기 전, 도사가 내뱉은 말에 의하면… 그 창고엔 보물 이상의 가치를 지닌 무엇. 인간의 상상을 초월하는 그 어떤 것이 존재한다고 했다.

그게 대체 무엇일까 궁금해진 사람들의 추측은 난무했다. 지상 최고의 영약이라는 말도 있고, 엄청난 힘을 가진 신병이기라는 주장도 있었다. 혹자는 둘 다 아니라는 설도 있었지만, 어쨌거나 사람들은 칠보동보 때문에 난리가 났다. 무림인들은 신의 무기를, 그리고 집에 환자가 있는 자들은 영약을 얻기 위해서 눈에 불을 켜고 칠보동보를 찾아 헤맸다.

칠보동보(七寶動寶)! 일곱 개의 보석으로 된 움직이는 보물!

시황제가 죽은 후 백여 년 동안 칠보동보라는 그 이름 때문에 일곱 개의 보석이 붙은 물건은 수난을 당하던 시대였다. 검이나 여인네의 장식품 등, 부동산이 아닌 움직일 수 있는 물건이면서 동시에 보석이 일곱 개 장식된 물품들은 모두가 약탈의 대상이 되었던 것이다. 그리고 그것들은 보물 창고의 위치 확인을 위해서 보석들이 비틀어지고 빠지고 박살이 났다.

그러나 일곱 개의 보석들을 아무리 조작해도 지도는 나타나지 않았다.

이제 천 년도 넘은 세월이 흐른 지금, 칠보동보는 그저 하나의 전설에 불과했다.

독고강은 크게 부르짖었다.

"그래! 칠보동보가 맞다! 칠보(七寶)처럼 빛나는 일곱 빛깔 벌레! 그리고 그 벌레가 실제로 움직이기 때문에 움직이는 보물, 즉 동보(動寶)라 이름 붙인 것이다! 칠보동보(七寶動寶)! 그 도사가 어떤 놈인지는 모르지만 하여튼 이름 한번 귀신같이 잘 지었군!"

칠보동보!

거대한 보물의 산이 앞을 가로막는다.

독고강은 바로 눈앞에 보물이 있기라도 하는 양, 하늘을 우러르며 두 팔을 펼쳤다.

"오오~ 칠보동보! 무지개 색 벌레가 형성하던 그 기묘한 문양! 그것은 지도임에 분명하다! 보물지도! 크하하하하~"

미친놈같이 설쳐 대던 그는 번득 정신을 차렸다.

"이럴 때가 아니지!"

독고강은 동생의 처소로 발바닥에 불이 나게 달렸다.

기대감으로 심장이 터질 듯이 두근거린다.

"칠보동보가 가리키는 곳엔 인간의 상상을 초월하는 뭔가가 있다니, 그게 대체 뭘까? 상상을 초월? 상상을 초월한다라? 흐흐흐~"

독고강은 무럭무럭 피어오르는 궁금증으로 피가 마르는 것만 같았다.

"어서 빨리 그 상상을 초월한다는 보물을 파내러 가자!"

여동생의 전각에 도착한 독고강은 문을 왈칵 밀치며 안으로 뛰어들었다.

"미향아! 애, 미향아! …엥?"

방 안은 텅 비어 있었다.

청소를 하던 시비가 깜짝 놀라서 시립한다.

방 전체를 빠르게 훑어본 독고강은 다급히 물었다.

"아가씨는 어디 가셨느냐?"

시비가 겁에 질려 벌벌 떨며 겨우 대답한다.

"독고마왕님께서 아침나절에 다녀가시고 난 후 곧바로 외출하셨습니다."

"행선지는?"

"여쭤봤지만 아무 대답도 안 하셨습니다. 근데 새파랗게 질리신 얼굴로 무척 서두르셨습니다."

"……!"

독고강의 얼굴은 순식간에 사색이 되었다.

'이 애가 당문엘 갔구나!'

당문의 독암기에 고슴도치같이 명중된 채 전신이 썩어가는 동생의 모습이 눈앞에 아른거린다.

자신의 목숨과도 같은 동생이 위험에 처했다는 충격으로 독고강의 꼿꼿하던 신형이 휘청였다.

"으으으!"

머리가 핑 도는 바람에 그는 두 눈을 질끈 감았다.

'미향이가 제발 청부단원들을 데려갔기를!'

그러나 동생의 성격으로 볼 때 그녀가 자기 개인적인 일에 단원들을 끌어들였을 리는 절대 없다.

독고강은 땅을 박찼다.

그는 쏜살같이 달렸다. 여동생보다 출발이 반나절도 넘게 늦은 터라 전력을 다해 쫓아가야 한다.

전신 내공을 다 끌어올리면서 독고강은 이를 악물었다.

"만약 당문 놈들이 미향이의 털끝 하나라도 건드렸다면, 내 이놈들을 갈가리 찢어 죽이고 말리라!"

동생이 다쳤다는 상상만으로도 눈에 핏발이 선다.

*   *   *

이렇게 독고 남매가 앞서거니 뒤서거니 당문을 향해 내달릴 때, 당문주는 문도로부터 보고를 받고 있었다.

"문주님! 우리 당문 근처에 무림인들이 모여들고 있습니다!"

"뭣이? 무림인?"

"예! 처음엔 거지 같은 하오문도들이 얼쩡거리더니만 이제는 고수급의 무림인들이 수십 명이나 우글거리고 있습니다! 근데 시간이 갈수록 점점 더 많아지고 있습니다!"

"……!"

당문주는 심장이 철렁 내려앉았다.

'내가 영약 먹은 인간을 삶고 있다는 사실이 들통났단 말인가?'

강호에서 금기하는 무서운 일을 저지르고 있는 터라 찔리는 게 많은 당문주다.

한데 지금 문밖에 '무림의 공적을 징벌하기 위해' 고수들이 몰려들었다고 생각하니 눈앞이 아찔해진다.

당문주는 급히 정신을 차렸다.

'인간 곰국을 끓이고 있다는 사실은 조제실주와 나밖에 모른다. 조제실주가 발설했을 리는 절대로 없다! 그렇다면 혹시 청부단이 배신을? 아니야. 그랬을 리가 없다. 그놈들은 신용으로 먹고산다. 그리고 놈들은 내가 도둑놈을 어떻게 처리했는지 모른다. 그렇다면 무림인들이 몰려든 까닭이 뭘까?'

침착성을 되찾은 당문주는 수하한테 물었다.

"놈들이 꼬인 이유가 뭐라더냐?"

"그것이… 우리가 황금장의 도둑을 잡고 있다고 하더군요?"

문도는 고개를 갸우뚱거리며 대답했다.

당문주 역시 아리송하기는 마찬가지다.

'황금장 도둑? 이 무슨 자다가 봉창 두드리는 소리란 말인가?'

당문주는 당최 이해가 안 갔다.

당문의 도둑이 대체 언제 황금장의 도둑으로 둔갑했는지 알 수가 없었던 것이다.

그러나 설사 도둑놈이 황금장의 도둑과 동일 인물이라고 쳐도, 아버지의 목숨이 걸린 일이니만큼 효자 당문주로서는 세상에 단 한 방울밖에 없는 공청석유를 그까짓 황금 따위와는 절대로 바꿀 수 없었다.

어쨌거나 켕기는 게 많은 당문주는 당연히 경각심이 들었다.

'황금장이고 뭐고 간에 곰국을 들키면 큰일이다!'

당문주는 수하에게 급히 명했다.

"지금부터 경비를 다섯 배로 강화해라! 아니, 모든 문도가 하루 3교대로 경비를 서라!"

第八章

나는 분하고 억울하다!

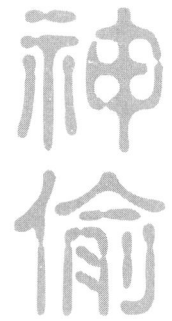

활불국의 회의장.

활불과 라마승들의 안색은 몹시 어두웠다.

그들은 불사지체를 제거할 방도를 강구하느라 머리를 짜내고 있는 중이다.

그런데 활불과 라마십승들을 위한 11개의 의자가 비치된 긴 탁자에는 결과없는 살신성인을 한 십승의 자리가 덩그러니 비어 있다.

그 빈자리를 보는 중인들은 억장이 무너져 내렸다.

그들은 시종일관 침울한 표정으로 의견을 나누었다.

혹시나 불사지체가 엿들을까 봐 전음으로 속닥이는 라마승들이다.

『만년묵철로 만든 철창에 끌어들여서 깊은 바다에 던져 버리면 어떨까요? 놈도 사람인 이상, 설마 물속에서 살 수는 없겠지요.』

『이번엔 화공(火攻)을 하는 겁니다. 제아무리 불사지체라 해도 불에는 타지 않겠습니까? 허니 만년묵철로 만든 방에 가두고 불을 놓는 겁니다.』

두 라마승이 그럴듯한 생각을 짜냈다.

일승은 전음을 들으며 그 방법의 성공 가능성을 타진했다.

『음… 바다 속이나 화공이라? 둘 다 일리가 있군. 그렇지만 불사지체가 만년묵철을 자르지 못하리라는 보장이 없구먼. 어떻게들 생각하는가? 일단 그자가 만년묵철을 깨뜨릴 수 있는지부터 시험을 해보아야 할 듯싶은데?』

『아무래도 그것부터 먼저 짚고 넘어가는 게 순서입니다.』

라마승들이 고개를 끄덕인다.

그러나 생각이 깊은 이승은 다른 소신을 피력했다.

『제 생각엔 말이지요… 여러분 같으면 흙 속에서 살아날 수 있겠습니까? 사람이라면 흙의 무게도 무게지만, 일단 숨을 쉴 공기가 없어서 죽고 맙니다. 헌데 놈이 살아난 이유로는 저 호신강기가 놈을 보호하며 그 안에 공기가 있었기 때문이라 사료됩니다. 그러니 물에 던지든 불에 던지든 호신강기가 있는 한 놈을 어쩔 수는 없습니다.』

일승이 무릎을 치며 맞장구쳤다.

『맞아! 그놈의 호신강기! 그것만 없다면 쉽게 승부를 낼 수가 있음이야!』

『그런데 문제는 호신강기를 어떻게 없애느냐 하는 거지요. 놈은 심지어 잠을 자는 동안에도 호신강기로 몸을 보호하고 있습니다. 호신강기는 강기의 차원이 아니라 그놈 몸의 일부로 보입니다.』

이승이 심각한 얼굴로 말했다.

좌중엔 침묵만이 흘렀다.

"……."

모두 다 꿀 먹은 벙어리마냥 말이 없다.

어떤 방법을 써야 호신강기를 격파할 수 있느냐?

아무리 머리를 굴려봐도 뚜렷한 방책(方策)이 안 나온다.

그래도 열 명의 라마승은 포기하지 않고 계책을 짜내는 데 골몰했다.

그러나 부처님을 모시는 승려로서 사람을 살리는 일이 아니라 죽이는 방도를 모색하려니 심중이 마냥 무겁기만 하다.

이때 어디선가 악을 쓰는 소리가 들려왔다.

"나는 분하고 억울하다아아—"

외침은 똑똑히 들렸지만, 그럼에도 불구하고 좌중에는 이 소리에 귀를 기울이는 이가 단 한 명도 없었다. 지난 수십 년간 매일 한 차례씩 들려오는 이 분하다는 소리에 익숙해진 승려들은 언제나처럼 한 귀로 듣고 한 귀로 흘려 버렸기 때문이다.

라마승들은 논의를 계속했다.

『그러니까 일의 실마리는 그 호신강기인데…….』

『쉿! 누가 오고 있네!』

일승이 눈짓으로 문을 가리킨다.

라마승들은 의아해진 시선으로 문을 주시했다.

"……?"

조용히 문이 열리면서 무황의 시종장이 들어왔다.

그는 공손히 절을 한 후 말했다.

"무황께서 부르십니다."

"……!"

라마승들은 삽시간에 얼굴이 굳어졌다.

'무황이 이번엔 또 무슨 요구를 할까?' 하는 걱정이 앞선다.

일승이 가라앉은 목소리로 활불한테 아뢰었다.

"제가 이승, 삼승과 함께 다녀오겠습니다."

일, 이, 삼승은 별수없이 자리에서 일어나 무황의 거처로 터덜터덜 갔다.

도살장에 끌려가는 소마냥, 그들의 걸음은 천근만근 무거웠다.

세 명의 라마승은 무황 앞에 머리를 조아렸다.

"부르셨습니까?"

무황이 된 선우운철이 호기심 가득한 얼굴로 물었다.

"내가 이곳에 온 첫날부터 들었네만, 하루에 한번씩 들려오는 '나는 억울하다'라는 저 소리는 대체 뭔가?"

무황의 질문은 대답하기 어려운 게 아닌, 활불국의 백성이라면 누구나 다 아는 일을 묻는 것이었다.

별다른 요구 사항 없이 질문만 하는 무황인지라 라마승들은 적이 안심이 되었다.

일승은 속으로 안도의 한숨을 내쉬었다.

'저게 진으로 만들어진 감옥에 갇힌 죄인이 발악하는 소리라는 건 우리 활불국의 어린애도 아는 사실이지.'

일승은 차분히 입을 열었다.

"무황이시여, 그 소리는… 음!"

설명을 하던 일승은 갑자기 무슨 생각이 든 까닭인지 말을 멈추었다. 그의 뇌리로 번개같이 스쳐 가는 묘책이 있었던 것이다.

'그렇다! 진! 진으로 만든 감방!'

일승은 이, 삼승한테 급히 전음을 보냈다.

『저 불사지체를 진 속에 가두면 된다!』

전음을 들은 이승과 삼승의 얼굴이 환해졌다.

『앗! 일승님! 그런 방법이 있었군요!』

『그렇습니다! 우리는 지금껏 저놈을 죽이려고만 했지, 산 채로 가둬둘 생각은 못했습니다!』

흥분한 라마승들은 마구 떠들었다.

그러나 문제는 또 있었다. 이번에도 '누가 고양이 목에 방울을 달 것이냐?' 하는 점이다.

일승이 걱정스러운 어조로 말했다.

『힘으로 제압해서 진 속에 던지지 못하는 이상, 놈을 진 속에 들여보내려면 아무래도 누군가가 꼬드겨서 같이 들어가는 게 놈을 안심시키는 방도다. 그러자면 지난번의 십승 때와 같은 살신성인이 다시 한 번 필요한데…….』

무거운 심정이 된 일승은 말을 흐릴 수밖에 없었다.

한번 들어가면 밖에서 진 자체를 아예 해체하기 전까지는 절대로 못 나오는 천고의 감옥. 진입 순간 다시는 되돌아올 수 없는 길임을 아는데, 그 누가 있어 그 안에 제 발로 들어가고 싶을까?

그러나 '나라의 안녕을 위해서 내 한 몸 바치겠다'는 사람은 존재했다.

『제가 가겠습니다!』

이승이 자진해서 나선다.

일승은 그저 한숨을 쉴 뿐이다.

『휴우······.』

라마십승 중 벌써 두 번째 희생이다.

태사의에 높이 올라앉은 선우운철은 이들의 행동을 가만히 주시했다.

무슨 연유인진 몰라도 좌우지간 호떡집에 불났다.

선우운철의 양미간에 주름이 잡혔다.

라마승들이 무엇인가를 도모하며 자기들끼리 쑥덕거리는 꼴에 기분이 언짢아진다.

선우운철은 조금 짜증을 내며 언성을 높였다.

"대체 누가 소리 지르냐는 걸 물었는데, 왜 대답이 없느냐?"

이승이 무황의 의심을 살까 봐 서둘러 고한다.

"무황이시여, 그 소리는 북쪽 계곡에서 들려오는 것입니다. 그곳엔 마귀가 한 마리 사는데, 그는 무엇이 그리도 분하고 억울한지 매일 저렇게 부르짖고 있습니다. 우리도 그 연유를 캐려고 했으나 번번이 실패를 했습니다. 만약 무황께서 궁금하시다면 직접 그곳으로 가보심이 어떻겠습니까?"

"···왜 연유를 캘 수 없었다는 거냐?"

"마귀한테 물어보았으나 가르쳐 주지를 않습니다. 그는 그저 '나와 인연이 있는 사람이 오면 자연히 알게 될 것'이라고만 할 뿐입니다. 혹시 무황께서 그가 기다리던 인물일지도 모르지요."

이승은 거짓말을 했다.

그는 소리 지르는 자를 만나보기는커녕, 그자가 누구인지도 몰랐다. 비단 이승뿐 아니라 활불국의 다른 사람들도 진 속의 죄인들과 대화를 나눠본 적이 전무했다. 그러니 그들은 누가 왜 무슨 이유로 '억울하다'는 소리를 지르는지 알 수가 없었다.

그러나 그들은 그 까닭이 전혀 궁금하지 않았다. 처녀가 애를 배도 할 말이 있다고, 스스로 죄지었다고 인정하는 죄인은 눈 씻고 찾아보기 힘든 법이다. 더욱이 불법을 숭상하는 활불국에서는 아주 극악한 죄를 지은 자만을 진 속에 처넣었을 뿐이니, 진 속의 죄인이 아무리 억울하다고 주장한들, 그는 무언가 엄청난 대죄를 지은 것이 확실했기 때문이다.

선우운철의 눈에 호기심이 깃들었다.

"흐음. 무엇이 억울한지 연자(緣者)한테만 말하겠다고?"

무황이 관심을 보이자 라마승들은 속으로 회심의 미소를 지었다.

그들은 만세 삼창이라도 부르고 싶은 기분이었다.

'됐다! 이젠 저 불사지체를 진 속에 가두는 일만 남았다!'

＊   ＊   ＊

마귀가 산다는 북쪽 계곡이 눈앞에 다가온다.

이곳의 지형은 폭약으로 무너졌던 아수라 계곡과는 달리, 거대한 절벽의 한가운데를 마치 키가 하늘까지 닿는 거인이 왕도끼로 찍어놓은 모양새다.

선우운철은 그다지 빠르지 않은 경공으로 라마승들과 함께 달렸다.

그는 북쪽 계곡을 보자 자기도 모르게 인상을 쓰며 중얼거렸다.

"으음. 느낌이 심상치 않은 곳이군!"

아닌 게 아니라 깎아지른 듯이 깊은 계곡 안에는 뿌연 안개가 자욱하게 끼어 있었다.

선우운철은 옆을 바라보았다.

그와 라마승들은 돌기둥 숲을 지나는 중이다.

돌로 만든 거대한 기둥들이 수백 개나 줄줄이 늘어서 있는 숲.

돌기둥들의 몸통은 개개가 자로 잰 듯이 똑같고 장정 열 사람이 팔을 늘여 잡아야 할 정도로 굵었으며, 한 개의 높이가 자그마치 삼십 장(三十丈:약 100m)에 달했다.

라마승들은 태연한 기색으로 돌기둥 숲을 지났다. 이 기둥들은 계곡 속의 진을 유지하는 모태였기 때문에 그들은 선우운철의 주의를 끌지 않으려고 일부러 더욱 자연스럽게 행동하는 것이다.

그러나 선우운철은 이 돌기둥들이 무엇에 쓰는 것인지 궁금했다.

그는 이승을 돌아보며 물었다.

"이 기둥들은 뭐냐?"

이승은 선우운철이 이런 질문을 할 것에 미리 대비하고 있었기 때문에 당황해하지 않았다.

그는 스스럼없는 태도로 공손히 대답했다.

"무황이시여, 이 돌기둥들은 우리 활불국이 수백 년 전에 세운 것으로서, 북쪽에 계시는 부처님의 세계를 상징하는 조형물입니다."

"흐음. 그렇군."

이승의 설명에 선우운철이 고개를 끄덕이자 일승과 다른 라마승들은 속으로 안도의 한숨을 쉬었다.

그런데 갑자기 선우운철이 돌기둥 위로 뛰어올랐다.

휘익~

물 찬 제비같이 날아오르는 선우운철.

그 느닷없는 돌발 행동에 라마승들은 깜짝 놀랐다.

"……!"

하나 연륜이 깊은 그들은 당혹스런 마음을 드러내지 않았다.

그들은 다만 삼십 장이나 되는 높이를 단숨에 뛰어오르는 무황의 무공에 속이 쓰릴 뿐이다.

선우운철은 아득히 높은 기둥 위에서 사방을 둘러보았다.

그의 눈에 이채의 빛이 떠올랐다.

"흠……?"

위에서 보니 돌기둥들은 그냥 마구잡이로 세워져 있는 게 아니었다. 그것들은 거대한 화살 모형을 형성하며 땅에 박혀 있었던 것이다.

그런데 그 화살의 뾰족한 끝 부분이 계곡을 향하고 있다.

마치 거대한 화살이나 창으로 계곡의 안개 낀 부분을 겨냥하는 모습이다.

자연히 의심이 간다.

'왜 하필 저 계곡을 향해서 이 화살표 기둥을 세웠을까?'

선우운철이 내심 수상쩍어하고 있자니, 밑에서 이승이 큰 소리로 묻는다.

"허허허~ 무황이시여, 경치가 좋습니까?"

호기심 많은 아이에게 어른이 조롱하는 말투다.

조금 창피해진 선우운철은 큰기침을 하며 밑으로 내려왔다.

"크흠."

이승은 선우운철한테 허리를 굽히며 말했다.

"무황이시여, 마귀가 뭐라고 할지 궁금하니 어서 가시지요."

이승은 말을 마치기가 무섭게 앞서서 달렸다.

그를 따라 일행은 계곡으로 다가섰다.

그러나 계곡이 가까워질수록 선우운철의 얼굴은 굳어져 갔다.

'저 안개는 자연현상이 아닌 인위적으로 조성된 거 같다. 아무래도 저 계곡 안의 풍경은 진이다!'

손에 잡힐 듯 안개가 뚜렷해지자 '진'이라는 확신이 선다.

선우운철은 은연중에 긴장했다. 얼마 전 라마승들에 의해 흙 밑에 깔린 기억이 떠올랐기 때문이다.

그는 속으로 곰곰이 염두를 굴렸다.

'이자들은 지난번에도 나를 속여서 아수라 계곡에 끌어들여 폭사시키려고 했다. 혹시 이게 나를 진에 가두기 위한 수작이라면?'

선우운철의 안색으로 그가 의심하고 있음을 파악한 이승이 설명을 한다.

"무황이시여, 저 안에 사는 마귀는 외부인한테 자신의 모습을 보이기 싫어해서 일부러 저렇게 안개 진을 설치해 놓았습니다. 그러므로 저 안개 진은 전혀 해를 끼치는 진도 아니고, 파훼법 따위도 필요없는 간단한 안개입니다. 제가 앞장설 테니 무황께서는 저를 따라오십시오."

"앞장서라."

생각이 다른 데 가 있는 선우운철은 건성으로 말했다.

이승이 안개 속으로 한 발자국 내디디며 선우운철을 돌아보았다.

"그럼 무황이시여, 이쪽으로."

이승은 안개 속으로 홀연히 사라졌다.

그러나 선우운철은 선뜻 따라가지 않고 머뭇거렸다.

보다 못한 일승이 앞으로 나섰다.

"무황이시여, 왜 그러십니까? 제가 안내할까요?"

일승은 선우운철이 채 대답하기도 전에 안개 속으로 들어갔다.

두 명의 라마승이 안개 속으로 사라진 것이다.

이쯤 됐으면 군중 심리로라도 안으로 들어갈 법하지만, 선우운철은 계속 미적거렸다.

곁에서 지켜보던 삼승이 답답한 마음에 독촉했다.

"무황이시여, 어서 안으로…… 헉!"

삼승의 눈이 휘둥그레졌다.

선우운철이 갑자기 홱 돌아서더니만 돌기둥들을 향해서 득달같이 달렸기 때문이다.

라마승들도 바보가 아닌지라, 무황이 무슨 짓을 하려는지 알아챈 순간 그들의 입에서는 경악성이 터져 나왔다.

"자, 잠깐만!"

"안 돼~!"

라마승들의 애원에 가득 찬 외침을 무시하고 선우운철은 호신강기를 강하게 끌어올렸다.

"으라차!"

무황의 몸 주변으로 급박히 뻗어나는 호신강기.

그것은 곧 커다란 빛무리가 되어 둥근 공처럼 돌기둥 숲을 향해 쏘아져 갔다.

라마승들은 발을 동동 굴렀다.

"으악! 안 돼!"

콰과과과과과과~

빛의 공은 돌기둥들의 밑 부분을 강타하면서 마구 굴러갔다.

엄청나게 굵은 기둥들이 수수깡처럼 맥없이 부러졌다.

풍상에 시달리며 수백 년을 우뚝 서 있던 돌기둥들은 떼거지로 와르르 무너져 내리며 지축을 때렸다.

쿠다다다 우르릉~ 쿵쿵~ 쿠과광~ 쾅~

호신강기의 공이 몇 번 왔다 갔다 하며 구르자, 기둥의 숲은 삽시간에 초토화되었다.

라마승들은 망연자실해서 입만 뻐끔거릴 뿐이다.

"저 기둥들은……!"

지난 수백 년 동안 진을 지탱해 주던 돌기둥들이 허무하게 파괴되었다.

라마승들은 계곡으로 시선을 돌렸다.

그들의 입에서 곤혹과 실망 어린 신음이 새어 나왔다.

"으음……!"

삽시간에 안개가 걷혀진 계곡.

그 안의 풍경이 적나라하게 드러났다.

계곡 입구 부분에 일승과 이승의 기절초풍한 모습이 보인다.

두 라마승은 안개가 사라지자 모처럼 짜낸 계획이 간파되었다는 사실에 기가 막혀하고 있다.

선우운철이 빈정거렸다.

"나를 이 진 속에 가두려고 한 것이렷다? 흥!"

"……."

라마승들은 얼굴을 붉히며 대꾸할 말을 잊었다.

선우운철은 계곡으로 천천히 걸어 들어갔다.

계곡 안은 제법 많은 나무가 있는 것치고는 몹시 삭막한 풍경이다.

잎사귀라고는 단 한 잎도 안 붙은 가지를 앙상하게 드러낸 고목들. 땅바닥에는 갈색 낙엽이 수북이 깔려 있다.

그 속에 한 명의 늙은이가 주저앉아 있다.

노인은 무슨 일이 벌어졌는지 영문을 모르겠다는 듯 입을 헤벌리고 있다.

선우운철은 신형을 멈칫했다. 아니, 비단 선우운철뿐 아니라 라마승 모두가 자리에 멈추어 섰다.

그들은 서로 짜기라도 한 모양, 우뚝 서서 노인을 주시했다.

선우운철을 포함한 라마승들의 표정은 똑같았다.

그들의 얼굴은 잔뜩 일그러져 있었다.

선우운철은 자기도 모르게 중얼거렸다.

"…저게 사람이야?"

맹세코 이렇게 추하게 생긴 인간은 처음 보았다.

노인의 입은 쭉 째진 언청이였고, 주름진 피부는 심하게 얽은 곰보였다.

그러나 그것들은 노인의 외모 중에서 차라리 나은 부분에 속했다.

노인의 찢어진 입술을 비집고 튀어나온 누런 이빨. 찌그러진 한쪽 눈. 다리보다 긴 두 팔. 거기에 그치지 않고 늙은이의 말라빠진 등에는 이게 인간일까 낙타일까 싶을 정도로 큼직한 혹이 무겁게 얹혀져 있었다.

오랜 세월 갇혀 있은 탓에 너덜너덜해진 천 쪼가리로 겨우 치부를 가린 터라 노인의 이 추한 몸은 고스란히 드러나, 보는 이의 심기를 불편케 했다.

이제야 왜 이승이 계곡 속의 인간을 마귀라고 불렀나 이해하는 선우운철.

그러나 이승은 그냥 마귀라고 둘러댔을 뿐, 정말 이렇게 마귀처럼 생긴 죄인이 이 안에 살고 있을 줄은 꿈에도 몰랐다.

선우운철은 추악한 꼽추노인으로부터 슬그머니 눈길을 돌렸다.

궁금한 것을 해결하고 빨리 여기서 나가고 싶다.

그는 서둘러 물었다.

"무엇이 그리도 분하고 억울한가?"

"……."

꼽추노인은 아무 말 없이 안개가 사라진 계곡의 밖만을 쳐다본다. 넋을 잃은 것만 같은 멍한 시선이다.

갑자기 그는 벌떡 일어나더니 밖을 향해 뛰었다.

짊어진 혹에 비해서 엄청나게 빠른 경공이라 선우운철은 깜짝 놀랐다.

이승이 다급히 소리쳤다.

"막아야 한다!"

그 소리를 들은 선우운철은 재빨리 꼽추노인의 앞을 가로막았다.

길이 막힌 꼽추는 악을 썼다.

"비켜랏!"

꼽추노인은 기다란 팔을 마구 휘둘렀다.

그러자 새파란 장력이 공기를 어우르며 뻗어 나왔다.

쉬유우우우~

선우운철은 호신강기로 몸을 감쌌다.

꼽추는 오랜만에 바깥 세상을 대하자 눈에 보이는 게 없는지 무작정 돌진했다.

퍼엉!

호신강기에 정통으로 맞부딪친 노인의 신형이 뒤로 퉁겨 나가 떽떼구르 굴렀다.

쿠다당~

꼽추는 언제 굴렀는가 무섭게 벌떡 일어났다. 인간이라기보다는 동물에 가까운 몸놀림이다.

"호, 호신강기?"

호신강기에 부딪친 여파로 코피를 주루룩 흘리며 중얼거리는 꼽추 노인.

곧이어 노인은 짐승의 울부짖음 같은 포효를 터뜨렸다.

"크아아~ 비키지 않으면 죽여 버리겠다!"

꼽추는 눈알을 번들거리며 한 걸음 한 걸음 다가섰다.

입가로 침을 흘리는 꼴이 마치 실성한 사람 같다.

선우운철은 인상을 찡그리며 말했다.

"무엇이 억울한지 들어주려고 온 사람한테 다짜고짜 덤비기부터 하다니, 이런 몹쓸 영감!"

"비켜라!"

꼽추는 기다란 두 팔을 앞으로 뻗어 사마귀의 갈퀴같이 찍으려 들었다.

말이 안 통하자 이번엔 선우운철도 호신강기에 힘을 실었다.

고오오오오~

선우운철은 제자리에 서 있는데 호신강기만이 앞으로 쏘아간다.

푸카악!

"끄아~"

호신강기에 강타당한 꼽추노인은 허공을 날아 낙엽 속에 처박혔다.

그는 입으로 피를 게우다가 축 늘어졌다. 강기에 맞은 충격으로 정신을 잃은 것이다.

그 꼴을 보는 선우운철과 라마승들은 기분이 좋지 않았다.

그들은 이 감옥 속에서 오직 꼽추노인만이 홀로 생존했고, 외로움에 시달리던 그가 바깥 세상을 보자 환장을 하는 게 충분히 이해가 갔다.

이승이 혀를 찼다.

"쯧쯧. 저 노인장을 깨워서 뭐가 그리도 억울한지 물어본 후, 우리 활불국의 다른 죄인들이 있는 감방에 가둬야겠습니다."

이승이 노인에게 다가가려는 순간.

이때였다.

버서석~

혼절한 채로 나자빠져 있는 꼽추노인의 뒤에서 수많은 낙엽들이 커다란 둥치를 이루며 벌떡 일어섰다!

깜짝 놀란 이승은 자기도 모르게 소리쳤다.

"괴물이다!"

높이로 치자면 사람 키의 다섯 배에 달하는 거대한 낙엽 뭉치!

라마승들은 몹시 놀랐다.

이곳에 오기 전 찾아본 기록에 따르면 수백 년 전 이 진이 만들어진 이래, 이 감옥에 갇힌 죄수는 도합 347명이다. 그중 몇 명이나 살아 있을지는 아무도 몰랐다.

그러나 라마승들이 진 안에 들어왔을 때는 분명히 꼽추노인 외에 살아 있는 사람의 기척이라곤 없었다. 한데 지금 낙엽을 전신에 감싼 누군가가 움직이고 있는 것이다.

사람들은 놀랄 수밖에 없었다. 귀식대법을 펼치는 게 아닌데도 불구하고 낙엽 속 인물의 기척이 전혀 감지되지 않기 때문이다. 그것은 낙엽 속의 인물이 엄청난 고수이거나 사공을 연마한 자라는 소리다.

선우운철도 놀라움을 금치 못했다. 그 역시 꼽추노인 외에 다른 이의 존재를 알아채지 못했던 것이다.

사람들이 놀라는 와중에 나뭇잎 더미는 버석거리며 앞으로 다가섰다.

그것은 꼽추 옆에 멈춰 서더니 슬며시 그의 손을 감쌌다. 혼절한 꼽추노인에게 진기를 전해주는 것 같다.

약간의 시간이 흐르자 꼽추가 힘겹게 눈을 뜬다.

"으으…… 응?"

꼽추는 어리둥절한 표정을 짓더니 곧 사태를 파악했다.

그는 벌떡 일어나더니 서둘러서 낙엽으로부터 멀어졌다. 마치 피부에 징그러운 벌레라도 닿은 듯한 태도다.

이어 꼽추노인은 오만상을 찡그리며 낙엽 더미한테 악을 썼다.

"또 날 살려냈냐? 그만둬! 차라리 내가 죽게 그냥 내버려 두란 말이다!"

원한이 가득 맺힌 목소리였다.

노인의 이런 태도로 중인들은 꼽추와 낙엽괴물의 사이가 나쁘다는 사실을 쉽게 유추할 수 있었다.

그러나 낙엽 속에 대체 어떤 자가 숨어 있는지는 도무지 추측이 안 된다.

선우운철은 눈을 부릅떴다.

하지만 아무리 안력을 돋우어도 겹겹이 싸인 낙엽의 안을 꿰뚫어 보는 건 불가능이었다.

선우운철이 낙엽 더미를 향해 고함쳤다.

"넌 뭐냐? 사람이냐 괴물이냐? 사람이라면 모습을 보여라!"

버서서석~

대답 대신 수만 장에 달하는 낙엽들이 부르르~ 떤다.

이어서 낙엽들은 빙글빙글 돌면서 회오리바람을 일으켰다.

공기가 요동치며 사방에 깔렸던 낙엽들까지 죄다 떠서 하늘을 뒤덮는다.

쑤아아아아아아아~

당장이라도 휘말려 들 것만 같은 강한 압력에 라마승들은 급급히 두 다리에 내공을 실었다. 두 발이 땅속으로 깊이 박힌다.

이승도 꿋꿋이 버티며 속으로 탄성을 질렀다.

'굉장한 힘이다! 저 괴물은 347명의 죄수들 중 대체 누굴까?'

솔직히 이승은 이해가 안 갔다.

계곡에 들어와 보니 이 안엔 식량은커녕 그 흔한 물 웅덩이 하나 없다.

그리고 초근목피(草根木皮)라지만, 나무는 예전에 다 말라죽었으며 눈 씻고 찾아봐도 풀 한 포기 안 보인다.

'도대체 뭘 먹고 이 안에서 살아남을 수 있었을까?'

마지막으로 죄수가 갇힌 게 삼 년 전이니, 설령 그 죄수를 잡아먹었다손 치더라도 그 후에는 대체 무엇을 먹으며 연명했나가 신기하기만 하다.

어쨌거나 이 안에 두 명의 죄수가 건재함은 사실이고, 그중 한 명은 무서운 능력의 소유자다.

그 괴물 같은 자가 지금 무황한테 싸움을 건다.

라마승들은 저 괴물을 도와서 무황을 무찔러야 할지, 아니면 무황을 도와서 저 괴물을 없애야 할지 판단이 안 섰다. 감옥을 탈옥하는 저 괴물을 그대로 둘 수만은 없기 때문이다.

하나 동귀어진으로 무황과 괴물이 둘 다 죽어준다면 이보다 좋은 일은 없다.

라마승들은 일단 사태를 지켜보기로 했다.

손에 땀을 쥐는 라마승들.

꼽추노인 역시 멀찌감치 물러서서 관망한다.

수많은 낙엽 하나하나는 강철과도 같은 암기가 되어 호신강기를 후려쳤다.

낙엽의 빠르기는 상상을 초월했다.

진짜 암기를 손으로 잡고 던져도 이만큼 빠르지는 못하리라.

피피피피핑―

낙엽들이 호신강기에 박히는 듯하다가 튕겨난다.

괴물의 힘을 정통으로 받고 있는 선우운철은 경악했다.

'으윽! 엄청난 무공이다!'

선우운철은 은은한 중압감을 느꼈다. 낙엽 폭우에 강타당한 호신강기가 짜부라지고 있었던 것이다.

선우운철은 호신강기를 있는 대로 끌어올렸다.

고오오오오오~

빛무리가 세지자 파편이 되어버리는 낙엽.

퍼서석~

낙엽 더미는 조금 물러섰다.

그러나 그것은 후퇴가 아니었다.

낙엽은 이내 전열을 재정비하고는 다시 덮쳐 왔다.

이번엔 암기가 아니라 거대한 벽으로 벌떡 일어서더니 파도처럼 앞에서 쏟아져 내린다.

쿠쿠쿠쿠쿠쿠쿠~

"……!"

선우운철의 안색이 딱딱하게 굳어졌다.

'윽! 이것에 비하면 좀 전의 기세는 어린애 장난이다!'

엄청난 낙엽 더미가 호신강기를 푹 뒤집어 싸며 짓누른다. 마치 커다란 문어가 조개를 덮치는 형상이다.

압박을 받은 호신강기가 터질 듯이 일렁였다.

선우운철의 두 눈이 찢어질 듯 커졌다.

'이것은 내공의 힘이 아니다! 이건 지금껏 들도 보도 못한 사공이다! 악마의 무공이다!'

여덟에 달하는 라마십승의 합공도 가볍게 받아냈던 선우운철.

그런데 이 압력은 내공이 아니라, 무언가 미증유의 무공이었다.

굳이 표현을 하자면, 거대한 문어의 흡반(吸盤)에 호신강기가 빨려 들어가는 것만 같았다.

'위험하다!'

선우운철의 이마에서 진땀이 배어 나오기 시작했다.

그는 호신강기로 하늘을 떠받쳤다.

그러나 위로부터 압박하는 힘은 점점 더 거세졌다.

더 이상 버틸 수 없다.

선우운철은 이를 악물었다.

"으윽!"

그는 오른발을 내디디며 두 손을 모아 앞으로 뻗었다.

"타압!"

두 개의 장(掌)에서 섬뜩한 색깔의 붉은 기류가 용트림을 하며 폭사됐다.

푸카우우우웅―

휘몰아치며 쏘아가는 붉은 기류!

지켜보던 승려들은 충격을 받았다.

"……!"

무황의 무공은 상상을 초월했다.

호신강기 속에 저렇게 막강한 위력이 또 숨어 있을 줄이야!

붉은 기류는 일직선으로 호신강기를 뚫고 나가 낙엽을 격파했다.

퍼! 퍼! 퍼! 퍼! 퍼!

깨알만한 가루가 되어 산산이 흩어지는 낙엽들.

동시에 그 속에서 뾰족한 비명이 터져 나왔다.

"끼악!"

털썩~

마침내 본체를 드러내며 땅을 구르는 인물!

선우운철과 라마승들은 목을 길게 빼서 그자를 살펴보았다.

"……?"

그러나 그들의 호기심에 찼던 안색은 삽시간에 변했다.

"으음!"

"저런!"

두텁던 낙엽 층이 사라진 곳에 한 노파가 쓰러져 있었다.

뼈에 가죽만 붙어 있는 깡마른 노파는 윤기없는 허연 머리카락을 치렁거리며 까마귀발 같은 손으로 배를 움켜잡고 있다.

그녀는 비쩍 말라 찌그러진 젖가슴을 덜렁이며 검은 피를 꾸역꾸역 게워냈다.

"케에엑~ 웨엑~"

"크흠……."

불쌍하다기보다는 차마 눈뜨고는 볼 수 없는 추한 광경에 선우운철과 라마승들은 서둘러 시선을 돌리고야 말았다.

한편, 노파가 단 한 수에 거꾸러지자 꼽추노인은 깜짝 놀란 모양이다.

그는 피를 흘리는 노파의 곁으로 급히 다가서다 말고 자리에 움찔 멈추었다.

꼽추노인은 안짱다리를 꼬고 엉거주춤 서서 어쩔 줄을 몰라 했다. 노파한테 가야 하나 말아야 하나 고민하는 꼴이다.

한동안 꾸물대던 꼽추노인은 결국 노파한테 가기를 포기하고 자리에 풀썩 주저앉았다.

그래도 그는 내심 걱정이 되는지 곁눈질로 노파를 힐끔거렸다.

노파는 급속하게 기력을 되찾았다.

그러자 낙엽이 다시금 그녀의 몸을 감쌌다.

하나 이번엔 힘이 다한 탓에 낙엽은 아까만큼의 산더미를 이루지는 못했다.

그 속에서 미약한 신음 소리가 들린다.

"끄으응……."

조금 지나자 그 소리마저도 끊기고, 사람의 기척 역시 사라졌다. 아마도 노파 나름의 운기조식을 하는가 싶다.

라마승들은 이 감옥 안에 또 다른 죄수가 없는지 두리번거렸다.

다행인지 불행인지 더 이상의 사람 흔적은 없다.

사위가 잠잠해지자 선우운철은 꼽추노인한테 물었다.

"노인장은 누군가?"

"나는 만수추군(萬獸醜君)이라 한다."

자신이 만수추군이라 밝힌 꼽추노인은 힘없이 고개를 떨구고 있다.

노인의 별호를 들은 이승은 머리를 끄덕였다.

"아, 만수추군! 저자는 저도 기억이 나는군요. 기록에 의하면 저 만수추군은 지금으로부터 사십 년 전에 이곳에 갇혔습니다."

선우운철은 낙엽에 싸인 노파를 한번 쳐다본 후 만수추군에게 재차 물었다.

"만수추군, 매일같이 진 밖으로 들려온 건 바로 너의 목소리였다. 너는 대체 무엇이 그리도 억울하여 하루가 멀다 하고 소리를 지르는 것이냐?"

이승을 포함한 라마승들은 만수추군의 입을 주시했다.

갑자기 만수추군은 두 주먹으로 땅을 두들겼다.

퍽, 퍽~

흙이 튄다.

마치 원수가 땅 밑에 살고 있기라도 하듯 마구 흙을 패는 만수추군.

그는 목 놓아 통곡했다.

"크흑! 나는 분하고 억울하다! 나는 정말로 억울해! 크허허형~ 아이고오~ 아이고오~ 내 팔자야~"

무엇 때문인진 모르지만 좌우지간 꼽추노인의 울어대는 꼴은 무척이나 서럽게 느껴졌다.

이때 몇몇 라마승들은 사십 년 전 활불국을 떠들썩하게 만들었던 만수추군의 일을 기억해 냈다.

그러나 대죄를 지어 진에 갇힌 만수추군이 저렇게 억울하다며 울어대는 이유까지는 도통 짐작할 수가 없었다.

만수추군은 닭똥 같은 눈물을 흘리며 대성통곡했다.

"크허엉~ 세상에 나만큼 분한 사람이 또 있을까? 어헝헝헝~"

참으로 구슬프게 우는 그 모습에, 라마승들은 혹시 그가 죄없이 진속에 갇힌 게 아닌가 하는 우려가 들기 시작했다.

사람들은 만수추군이 입을 열 때까지 말없이 기다려 주었다.

낙엽을 덮고 누운 노파는 죽은 듯 미동도 안 한다.

한동안 울던 만수추군은 마침내 기다란 팔로 눈물을 닦으며 하소연을 시작했다.

"크흑! 내가 억울해하는 까닭은……."

第九章

허공에 생긴 문

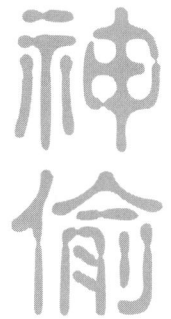

만수추군은 태어나면서부터 입이 찢어진 언청이의 모습이었다.

그런데 걷기 시작하자 다리도 정상이 아닌 안짱다리임이 드러나더니만, 엎친 데 덮친 격으로 다섯 살 때 다친 등은 굽어서 큼직한 혹이 되었고, 천연두를 앓은 얼굴은 곰보로 숭숭 뒤덮였다.

이런 추악한 외모는 괄시와 수모를 불러왔다.

결국 아들이 다른 아이들로부터 놀림감이 되자, 만수추군의 어머니는 사람을 피해서 아들을 데리고 숲으로 깊이 들어갔다.

인적 없는 산속에서 홀어머니와 외로이 살던 만수추군은 자연 동물들과 친구가 되었다. 그리고 그 어머니마저 돌아가시자 만수추군은 더욱더 동물들을 의지하게 되었다.

그는 언제부터인가 동물들의 말을 이해하기 시작했다. 더불어 그는 병에 걸린 채 산속을 헤매던 노인을 만나 우연한 기회에 무공을 전수 받았다.

그러나 아무리 무공을 잘한들 무엇 하랴? 끔찍한 외모는 그대로인 것을.

어느 날 만수추군은 생필품을 구하기 위해 도시로 나왔다.

그런데 흉측한 생김새 때문에 그는 사람들의 눈길을 온몸에 받았다.

길 가는 이들이 발걸음을 멈추고 수군거린다.

동정의 눈빛도 있고 놀라하는 눈빛, 혐오의 눈빛도 있다.

그러나 다정한 눈빛은 없다.

만수추군은 고개를 푹 숙이고 묵묵히 걸었다.

사람들 앞에 나서기 창피했다. 빨리 산으로 돌아가 이 추악한 몸뚱이를 숨기고만 싶다.

그가 주눅이 들어 걷고 있을 때였다.

사람들이 웅성거리는 소리가 들려왔다.

"우와아! 서장미녀(西藏美女)다!"

"우리 활불국 최고의 미인! 정말로 아름답군!"

만수추군은 어리둥절해서 사람들이 아우성치는 곳을 바라보았다.

눈 안에 가득 들어오는 장면.

만수추군은 그대로 돌이 되어버렸다.

"……!"

천상의 선녀이런가?

보는 것만으로도 인간의 눈을 멀게 할 것만 같은 미의 화신.

보석으로 치장된 가마를 탄 여인이 무사들의 호위를 받으며 당당히 대로를 지나고 있었다.

길 양편으로 나뉜 군중들이 발광에 가까운 환호를 한다.

"서장미녀!"

"서장미녀!"

"오오! 서장미녀!"

서장미녀라 불리는 그 처녀는 가마에 높이 올라앉아 오연한 자세로 턱을 치켜들고 있었다. 그러한 서장미녀의 태도는 언뜻 건방져 보이기도 했으나, 자라오면서 몸에 배인 기품이 자연스럽게 전신을 감싸고 있었다.

서장미녀는 한 마리 고고한 학처럼 사람들한테 눈길 한번 주지 않고 군중의 무리를 지나 사라졌다.

20세의 만수추군은 눈이 돌아버렸다.

그에게 있어 서장미녀의 찬란한 아름다움은 정말 큰 충격이었다.

가마가 지나간 뒤 벌써 일각이란 시간이 흘렀음에도 불구하고 만수추군은 멍하니 돌부처가 되어 있다.

넋이 나간 그를 보며 사람들이 조롱한다.

"푸하하하~ 완전히 정신이 빠졌군. 하기사 저 나이의 청년이 서장미녀를 보면 당연히 저렇게 되지. 뭐, 하긴 나도 꺾어진 백 살이지만 아직도 서장미녀를 보면 황홀하기만 하니 젊은 사람이야 오죽하겠나?"

"흐흐흐. 그래도 그렇지, 먼저 자기 꼴을 알아야지 어찌 저런 끔찍한 꼬락서니로 서장미녀한테 흑심을 품는대?"

"아이구, 이 사람. 꿈도 못 꾸나?"

"아무리 꿈이래도 외모가 최소한 보통은 돼야잖나?"

"그렇긴 하지만…… 아, 그래도 꿈꾸는 건 자유지 뭐."

사람들의 손가락질에 정신을 차린 만수추군.

그는 옆에 선 노인을 붙잡고 물었다.

"영감님, 조금 전에 지나갔던 그 아름다운 여인은 누군가요?"

노인은 만수추군의 행색을 아래위로 훑어보며 웃었다.

"허헛. 그 아가씨를 모른다니 자네는 아주 깊은 산속에서 살아왔나 보구먼. 그래도 사람 보는 안목은 있나 보이? 허허허~ 그 여인은 말일세… 우리 활불국에서도 아주 존귀한 가문의 외동따님이라네. 아가씨는 어려서부터 미모가 빼어나 16세에 이미 서장미녀라는 별호를 얻었지. 방년 17세인 아가씨는 미모뿐 아니라 무공도 뛰어난 팔방미인이라네. 그래서 아가씨께 청혼하려고 좋은 가문에서 보낸 매파들이 서장미녀의 집 앞에 줄을 섰다는구먼. 허니 곧 혼처가 정해져야 될 테지만……. 크흠."

"혼처가 정해져야 될 테지만, 뭐요?"

노인이 말끝을 흐리자 만수추군은 급히 물었다.

그러자 노인은 구부정한 허리를 더 굽혀서 만수추군의 귀에 입을 가까이 대고 큰 비밀이나 되는 양 말했다.

"혼처가 정해져야 될 테지만, 서장미녀는 그 성격이 워낙 차갑고 콧대가 높은지라 그녀의 마음을 얻을 자는 쉽게 나타나지 않을 게야."

"……!"

만수추군은 노인의 말에서 일말의 희망을 얻었다.

'그녀의 마음만! 그녀의 마음만 얻는다면……!'

만수추군은 산으로 돌아왔으나, 이날 이후로 그의 일상생활은 깨져 버렸다. 서장미녀의 아름다운 모습이 눈앞에 아른거려서 도무지 잠을 잘 수가 없었던 것이다.

뿐이랴? 밥을 먹으려고 숟가락을 들어도 가슴속에 뭐가 콱 막힌 것마냥 밥이 넘어가질 않았고, 동물 친구들의 재롱도 더 이상 눈에 들어오질 않았다.

"아아~ 서장미녀!"

만수추군은 하루 종일 서장미녀만 불러댔다.

그녀가 보고 싶어서 미칠 것만 같았다.

그 아름다운 모습을 매일 볼 수만 있다면 목숨을 다 바쳐도 여한이 없다는 생각뿐이다.

결국 만수추군은 보따리를 싸 들고 집을 나섰다.

그는 서장미녀의 저택 주변을 배회했다.

운 좋은 날은 그녀가 외출하는 모습을 멀리서나마 바라볼 수 있었다.

그러나 만수추군은 사랑을 고백하는 것은 둘째 치고, 그녀의 주변에 가까이 갈 수조차 없었다. 그의 무공으로는 30명에 달하는 호위무사들을 감당하기가 버거웠기 때문이다.

만수추군은 동물들을 이용한 방법도 구상해 보았다.

하지만 그런 짓을 했다간 동물을 싫어한다는 서장미녀의 미움을 살 게 자명하다.

만수추군이 이러지도 못하고 저러지도 못하며 서장미녀의 저택 앞에서 진을 치기를 한 달. 추한 꼽추가 서장미녀의 사랑을 구한다는 소문이 번져 갔다.

그리고 세상 물정 모르는 만수추군에게 사람들이 꼬이기 시작했다.

그들은 서장미녀 앞에 서려면 그만한 품새를 갖추어야 한다며 만수추군을 부추겼다.

"이보게, 자고로 사람은 옷이 날개라 했네. 그 넝마를 벗어버리면 자네도 훤칠해 보일 게야. 내가 좋은 가문의 공자들만 입는 이 비단옷을 싸게 주겠네."

"옷도 옷이지만 여자의 마음을 잡는 데는 선물이 최고지! 암!"

……돈이 필요했다.

가난한 만수추군은 어떻게 해야 은자를 만들 수 있을까 고민했다.

결국 사랑에 눈이 먼 만수추군은 산으로 돌아가 어릴 때부터 친구로 지냈던 백호(白虎)를 죽여 가죽을 벗겼다.

그러자 친구의 피로 물든 손에 큰돈이 쥐어졌다.

만수추군은 원하던 물건들을 마음껏 샀고, 서장미녀와의 만남을 알선해 주겠다는 사람들한테 돈을 뿌렸다.

돈은 밑 빠진 독에 물 붓기로 마냥 들어갔다.

그렇게 시간이 지나니 서장미녀와의 접견은 해보지도 못한 채 전낭이 텅 비었다. 돈이 떨어지자 돌아오는 것은 차가운 냉대뿐이었다. 불법을 숭상하는 활불국이었지만, 나쁜 사람은 있었던 것이다.

그제야 만수추군은 정신이 들었다. 아직까지 서장미녀를 사모하는 마음은 한결같았으나, 그는 자신의 주제를 파악한 것이다.

그리고 자기 손으로 죽여 버린 백호의 물기 어린 눈망울이 떠올랐다.

어떻게 자기가 그런 끔찍한 짓을 저질렀는지…… 후회로 가슴이 미어지는 것만 같았다.

만수추군은 비단옷을 잡아 찢으며 울부짖었다.

"으아아~ 으아아아아~"

그러나 아무리 울어도 이미 죽어버린 백호는 돌아오지 않는다.

만수추군은 자신을 유혹한 사람들이 미웠다.

그들이 없는 어디론가로 멀리 떠나고 싶었다.

"그래! 동물들의 낙원이라는 아불리가(阿弗利加:아프리카)로 가자."

그렇게 해서 만수추군은 배웅해 주는 사람 하나 없이 아불리가로 쓸쓸히 떠났다.

*　　　*　　　*

여러 달 만에 도착한 아불리가는 듣던 대로 희한한 동물이 많았다.

모가지가 긴 놈, 코가 긴 놈, 주둥이가 긴 놈. 아불리가의 동물들은 생김새와 습성이 서장의 동물들과는 천양지차였고, 그곳에는 주민들마저도 피부가 검은색이었으며 풍속이 완연히 달랐다.

모든 것이 신기했다.

하지만 서장미녀를 잊기란 어려웠다.

그래도 만수추군은 머리 속에서 그녀를 지우려고 갖은 애를 다 썼다.

그러나 그녀의 아름다운 모습은 점점 더 또렷해져 갔다.

서장미녀가 보고 싶어 미칠 것만 같았다.

결국 불면증에 걸려 버린 만수추군.

그가 눈에 핏발을 세운 채 밀림을 배회하던 어느 날의 일이다.

선명한 노랑, 파랑 깃을 가진 예쁜 앵무새가 야자수 사이로 날며 노래한다.

삐이— 삐이— 짹짹짹~

서장미녀 생각으로 머리가 꽉 찬 만수추군은 새소리를 건성으로 들으며 정처없이 걸었다.

갑자기 그는 나무에 찰싹 붙으며 몸을 낮췄다.

어느 틈엔가 새소리, 심지어 벌레 소리까지 멈춰졌다는 점을 깨달은 때문이다.

"……!"

무거운 정적이 숲을 지배한다.

만수추군은 동물적인 감각으로 무엇인가 심상치 않은 일이 벌어지고 있다는 걸 느꼈다.

그는 납작 엎드려 주위를 둘러보았다.

'큰 동물이 나타났나? 그렇다면 새는 그렇다 치고, 벌레는 왜 조용할까?'

이때…… 찰나지간 시야가 암흑에 가리어졌다.

"엉?"

만수추군은 눈을 깜박였다.

순간적으로 사방이 어두워진 까닭에, 자신의 눈이 잘못된 것인지 아니면 하늘과 땅이 진짜로 암흑에 휩싸인 것인지 구분이 안 되었기 때문이다.

그러나 대체 언제 캄캄했었냐며 태양은 좀 전처럼 빛나고 하늘은 푸르다.

하지만 정상은 아니었다. 하늘에 이상이 생겼던 것이다.

만수추군의 눈이 커졌다.

"저게 뭐야?"

하늘이 일그러지며 허공에 구멍이 뚫리고 있었다.

만수추군은 이런 현상을 겪어본 적도, 들어본 적도 없었기 때문에 크게 놀랐다.

그는 꿈인지 생시인지를 구별하려고 뺨을 꼬집었다.

놀란 터라 손가락에 힘을 너무 세게 주었는지 얼얼하게 아프다.

'생시임이 분명하다!'

꿈이 아니다 싶자 심장이 벌렁거리며 만수추군은 몹시 두려웠다.

당장 도망치고 싶었다.

그러나 오금이 저려서 발이 떨어지지를 않았다.

결국 만수추군은 하늘이 만드는 이 해괴한 현상을 두 눈 부릅뜨고 지켜볼 수밖에 없었다.

삼 장(三丈:10m) 높이에서의 공간이 계속 일그러지더니만 사람 하나 겨우 기어들어 갈 만한 구멍이 생겼다. 하늘과 땅이 캄캄해지는 괴이한 현상은 기어코 허공에 구멍을 한 개 뻥 뚫어놓은 것이다.

그 구멍을 보는 만수추군은 더욱 무서워졌다. 저 구멍이 금세라도 자기를 덮쳐 올 것만 같았다.

그때 구멍 속에서 무엇인가 작은 물체가 튀어나왔다.

휘익~

"흐악!"

깜짝 놀란 만수추군은 머리를 나무에 박으며 바들바들 떨었다.

툭! 데구르르~

그 물체는 땅에 떨어져 만수추군의 앞까지 굴러왔다.

주먹만한 크기의 푸른색 열매였다.

복숭아같이 털이 난 그것은 수박처럼 줄무늬가 있고 상큼한 향기가 진동을 했다.

'뭐야, 이건?'

만수추군은 열매에 눈길을 주다가 하늘의 구멍을 올려다보았다.

그는 자기도 모르게 비명을 질렀다.

"으악!"

점점 작아지는 구멍 속에서 하나의 거대한 눈알이 만수추군을 내려다보고 있었다.

사람의 머리통보다 더 큰 그 눈알은 구멍에 바짝 붙어서 시뻘건 색으로 희번덕거리면서 만수추군과 주변의 경관을 둘러보았다.

이어 땅이 들썩거릴 만큼 엄청나게 큰 괴성이 들려왔다.

꾸와아아아아아~

괴물은 귀청이 떠나가도록 무시무시한 소리를 질렀다.

예리한 송곳으로 귓속을 꿰뚫는 듯한 그 고음에 만수추군은 두 손으로 머리를 싸맸다.

'으으으으! 너무 괴롭다!'

머리 속이 징징 울리며 코피가 터져서 줄줄 흐른다.

꾸와, 꾸와아아아아아아아아~

괴물은 뭔가를 말하고 있었다.

고통으로 오만상을 다 찌푸린 만수추군은 그 말의 뜻을 이해하려고 노력했다.

그러나 처음 듣는 그 동물의 언어는 당최 무슨 뜻인지 알아들을 수가 없었다.

다만 만수추군은 그 울음소리에 내재된 깊은 슬픔을 느낄 수 있었다.

‘이것은 마치 어미가 잃어버린 새끼를 찾아 헤매면서 낼 때와 같은 비통에 겨운 소리다.’

만수추군이 추측하는 사이, 구멍은 급속도로 작아졌다.

그리곤 마침내 언제 그런 게 있었는지 알 수 없게 사라져 버렸다.

붉은 눈알의 무서운 괴물과 공포스러운 울음소리도 사라졌다.

새들이 다시 지저귀기 시작한다.

뾰롱 뾰롱~

풀벌레들도 뒷다리로 열심히 날개를 비벼댄다.

찌륵 찌륵 찌륵 찌륵~

만수추군은 안짱다리를 후들거리며 나무 뒤에서 슬그머니 기어나왔다.

그는 주먹으로 눈을 비비곤 하늘을 우러러보았다.

구멍이 있었던 흔적이라곤 눈 씻고 찾아봐도 없다.

만수추군은 발밑에 덩그러니 놓인 파란 열매를 내려다보았다.

구멍이 존재했었다는 사실을 증명하는 것은 이 열매뿐이다.

“분명히 꿈은 아니었지?”

머리를 긁적이던 만수추군은 나뭇가지로 열매를 툭툭 건드려 보았다.

“으음. 이건 과일이 확실하군.”

열매는 구멍 너머에 있던 그 커다란 눈알의 괴물이 던진 게 분명하다.

“그놈이 왜 이걸 던졌을까?”

만수추군은 자기가 그 괴물의 입장이 되어 생각해 보았다.

‘나라면 구멍 건너편이 막혀 있나 뚫려 있나 알아보기 위해서 돌을

던져 봤을 거야.'

결국 이 열매는 구멍 너머에 무엇이 있나를 확인해 보려고 돌멩이 대용으로 쓴 거 같다. 만수추군의 추리에 따르면, 괴물은 허공에 문이 생기자 근처의 나무에서 아무 과실이나 따서 냅다 던져 본 것이다.

"먹을 수 있는 건가? 사과도 아닌 것이, 복숭아도 아닌 것이…… 그렇다고 수박은 더 더욱 아니고?"

이렇게 희한하게 생긴 열매는 처음 본다.

만수추군은 열매를 집어 올렸다.

이곳이 열대 지방이니 나무 열매야 흔하게 굴러다니지만, 이렇게 특이하게 생긴 과실은 본 적이 없는 터라 기분이 좋아진다.

만수추군은 왜 저런 구멍이 생긴 건지, 이 열매가 어떤 종류인지 알고 싶었다.

그래서 그는 여러 동물들에게 물었다.

"하늘에 난 구멍에 대해서 알고 있는 자가 있을까?"

그러자 동물 중에서도 머리가 좋기로 소문난 원숭이들이 그에게 대답을 줬다.

"원숭이 할아버지가 아는 것이 제일 많습니다. 그분은 숲에 사는 모든 동물의 언어를 알며 심지어는 인간의 말조차 꿰고 있습니다."

신이 나서 끽끽거리는 원숭이들에 의해 안내된 곳은 어마어마하게 큰 고목에 뚫린 구멍이었다.

그 안엔 눈처럼 하얀 털을 가진 늙은 원숭이가 한 마리 살고 있었다.

얼마나 나이를 먹었는지 눈알은 거의 회색에 가깝게 변했으며, 붉은 얼굴에 겹겹이 늘어진 주름은 그가 겪은 세월의 풍상을 대변해 준다.

작은 원숭이들은 흰 원숭이한테 꾸벅꾸벅 절을 했다.

"이 인간이 물어볼 게 있답니다. 그래서 데려왔습니다."

"저는 서장에서 온 만수추군이라 합니다."

만수추군은 원숭이 말로 인사를 하고 앉았다.

그런데 그는 속으로 놀라움을 금치 못했다.

'이 원숭이의 털은 늙어서 저런 흰색이 된 것 같으니 대체 이 원숭이는 몇 살이나 먹었을까?

흰 원숭이의 회갈색 눈알이 만수추군을 훑어본다.

그 눈알은 만수추군이 들고 온 열매에 가서 멎었다.

"……!"

늙은 눈에 이채가 스쳐 간다.

흰 원숭이는 만수추군을 반기며 서장어로 물었다.

"잘 오셨소. 그래, 무엇이 그리도 궁금하시오?"

원숭이가 서장어까지 안다는 사실에 만수추군은 잠시 할 말을 잃었다.

만수추군은 곧 침을 한번 삼키고 질문했다.

"저는 하늘에 구멍이 난 것을 보았습니다. 그리고 그 안에서 이 열매가 나왔구요. 저는 그 구멍과 이 열매에 대해서 알고 싶습니다."

"그 구멍에 대해선 잘 알지요. 나는 4백 년을 살아왔으니까."

사람으로 치자면 백발이 성성한 흰 원숭이는 고개를 끄덕이며 말했다.

그 말에 만수추군은 상당히 놀랐다.

"4백 년? 거북이도 아닌데 어떻게 그 오랜 세월을 살 수가 있었소이까?"

흰 원숭이는 빙그레 미소를 지으며 말했다.

"그야 이렇게 오래 살 수 있게 된 동기는 내가 소싯적에 영약을 먹었기 때문이지요."

"영약?"

"예. 당신이 들고 있는 열매처럼 나도 하늘에 생긴 문에서 얻은 겁니다."

흰 원숭이는 그가 영약을 얻게 된 계기를 설명했다.

"내가 아직 젊었던 시절 어느 날……."

원숭이는 젊음의 용기를 자랑하려고 주변에서 제일 높은 나무에 기어올라 갔다.

그때 갑자기 하늘과 땅이 암흑에 휩싸이면서 허공에 구멍이 생겼다.

그런데 원숭이가 있던 나무는 바로 그 구멍 옆에 있었다.

처음엔 겁을 냈지만 원숭이는 워낙 호기심이 많은 동물이라, 이내 녀석은 구멍 속을 들여다보았다.

구멍 안에는 드넓은 초원이 펼쳐져 있었다.

기웃거리는 녀석의 눈에 요상한 열매를 맺은 화초가 코앞에 보였다.

처음 보는 열매였지만 향이 좋은 것으로 보아 맛도 좋을 것 같았다.

원숭이가 팔을 뻗어 그 열매를 땄을 때 구멍은 급속도로 작아졌다.

원숭이는 얼른 손을 뺐다.

그리고 구멍은 사라졌다.

하늘은 언제 그런 구멍이 있었냐는 듯 원 상태다.

남은 것이 있다면 이상한 열매뿐이다.

원숭이는 별 생각 없이 그것을 먹었다.

그 결과 장장 4백 년이 흐른 지금, 원숭이는 아직까지 살아 있다. 구멍 속에서 얻은 열매는 수명을 연장해 주는 효과가 있었던 것이다.

흰 원숭이는 만수추군으로부터 열매를 받아 들었다.

"어디 보자. 이건 내가 먹었던 것과는 모양이 다르오."

열매를 살피며 고개를 젓는 원숭이영감.

이어 원숭이영감은 만수추군에게 은근한 어조로 말했다.

"이보오, 만수추군. 그 구멍 안에는 우리가 사는 이곳과는 전혀 다른 세계가 있소이다. 내 추측에 따르면, 우리가 아는 영물과 영약은 다 그곳에서 나오는 거 같소."

만수추군은 흰 원숭이가 손에 들고 있는 열매를 쳐다보며 머리를 갸우뚱거렸다.

"다른 세계요? 우리 세계의 영물과 영약이 다 그곳에서 나온 거라구요? 글쎄요? 영물까지는 모르겠지만, 만약 이 열매가 진짜 영약이고 이런 게 돌멩이로 쓸 정도로 굴러다닌다면 그곳은 정말 엄청난 곳이로군요."

원숭이영감은 손으로 무릎을 탁 치며 동감했다.

"맞소! 나도 그렇게 생각했기 때문에 구멍이 다시 나타나면 이번엔 아예 그 속에 들어가 볼 요량으로 구멍이 생기기만을 기다리며 살았소. 그간 내가 연구해 본 바에 의하면 그 구멍은 여기저기 떠돌아다니오. 장소도 일정치 않고, 생기는 시기도 지 마음대로요. 고로 그 구멍을 잡는 게 보통 어려운 일이 아니라오."

만수추군은 의아했다.

"그래도 흰 원숭이 당신은 여기 밀림에 깔아놓은 소식통이 많아서 다른 곳에 구멍이 생기더라도 그 소식을 금방 전해 들을 수 있었을 텐데요?"

원숭이영감은 고개를 끄덕였다.

"소식이야 금방 듣지요. 하지만 때맞춰 구멍에 들어간다는 게 쉬운 일만은 아니오. 지난 4백 년간 구멍은 도합 다섯 번 생겼는데 어떤 때는 한 달 만에, 혹은 백 년 만에 생기는 것도 있었소. 마침 한번은 가까이 생겼기에 얼른 달려갔으나, 그 속에서 학(鶴)이 한 마리 냅다 튀어나오는 바람에 깜짝 놀라서 못 들어간 적이 있소."

흰 원숭이는 매우 애석하다는 표정으로 말을 이었다.

"50년 전에 그 구멍에서 나온 덩치 큰 빨간 학은 매우 신통하고 영리한 동물이었소. 그는 내게서 우리 세계에 사는 동물들의 말을 다 배우고는 인간 세상을 구경하고 싶다며 날아갔소. 얼마 전에 중원에 다녀온 철새를 통해서 들은 소식에 의하면, 그 학은 인간 세상에서 크게 출세를 했다고 하오. 뭐, 중원의 무당파인가 하는 곳의 수호 영물이라나?"

"흐음."

만수추군은 그저 고개만 주억거렸다.

중원의 소식에 무지한 그는 무당파가 일반 학의 크기에 열 배에 달하는 몸집의 만년홍학(萬年紅鶴)을 얻었고, 그 학은 무당파의 자랑거리라는 사실을 몰랐다.

무당파의 장문인만이 탈 수 있는 만년홍학. 다른 학과는 다르게 머리에 붉은 깃을 높은 관처럼 치켜세운 그 빨간색의 학은 중원의 모든 문파가 부러워하며 군침을 흘리는 영물이다.

만수추군은 흰 원숭이에게 물었다.

"다섯 번이나 생겼다던 그 구멍에서 학 말고 나온 동물이 또 있습니까?"

흰 원숭이는 머리를 저었다.

"모르겠소이다. 하늘에 구멍이 생기면 근처에 있던 동물들은 다 몸을 사리기 바빠서 구멍에서 뭐가 나왔는지를 목격한 동물은 없소이다."

이어 흰 원숭이는 담담하게 말했다.

"휴우~ 이제 이렇게 오래 살아왔으니 내 소원은 도를 닦아 승천을 하는 것뿐."

"호오! 대단하시구려!"

신선이 되겠다는 원숭이의 말에 만수추군은 진심으로 감탄했다.

그는 이 늙은 원숭이가 존경스러워졌다.

원숭이영감은 열매를 코에 대고 향기를 맡았다.

"킁킁? 냄새는 꽤 근사하지만, 독버섯은 예쁜 빛깔과 모양으로 유혹하는 법. 허니 향이 좋은 이게 꼭 몸에 좋을 거라고 만은 단정할 수가 없소."

"그렇겠지요."

만수추군이 수긍하자 원숭이영감은 눈을 빛내며 강한 어조로 말했다.

"이 열매에 독이 있나 없나 내가 용기를 내서 먹어보겠소!"

그렇지만 멋진 말과는 달리, 원숭이의 눈에는 탐욕의 빛이 가득했다.

만수추군은 어이가 없었다.

'뭐라고? 이런 능구렁이 같은 원숭이 녀석! 독을 핑계 대고 한입 얻어먹으려는 그 심보를 누가 모를 줄 알고? 욕심이 목구멍까지 찬 주제에 승천 좋아한다!'

만수추군은 흰 원숭이가 입에 허겁지겁 쑤셔 넣는 열매를 급히 낚아챘다.

"잠깐! 독이 있더라도 내가 직접 확인할 테다!"

무공을 익힌 빠른 손놀림에 열매는 만수추군의 손으로 넘어왔다.

열매를 빼앗긴 흰 원숭이의 붉은 낯은 상실감으로 시뻘겋게 달아올랐다.

"나를 못 믿는 것이오?"

"당연히 못 믿지!"

만수추군은 열매를 입으로 가져갔다.

그러나 먹자니 이 열매의 정체가 아무래도 찜찜하다.

영약일 수도 있지만, 반대로 독약일 수도 있음이다.

만수추군은 열매를 품에 넣으며 시큰둥하게 등을 돌렸다.

"이건 나중에 먹을 테다. 구멍에 대해 말해 줘서 고마웠다. 그럼 난 간다."

원숭이영감이 갑자기 벌떡 일어나서 소리쳤다.

"이놈! 열매를 내놔라!"

흰 원숭이가 벼락같이 고함을 치자, 쭈그리고 앉아 서로의 등판에서 이를 잡아주고 있던 원숭이들이 깜짝 놀라한다.

흰 원숭이는 부하 원숭이들한테 그들의 언어로 재빨리 명령했다.

"얘들아! 저 열매를 빼앗아라!"

왕초원숭이의 명에 작은 원숭이들이 벌 떼같이 덤벼들었다.

끼끼끼끼~

꿰엑 꿰엑~

기다란 손톱과 이빨을 세우고 달려드는 원숭이 떼.

하나 무공을 익힌 만수추군을 상대하기엔 역부족이다.

그 후 만수추군은 아불리가를 떠났고, 뒤에는 눈탱이가 밤탱이가 된 원숭이들만이 남았다.

＊　　　　　＊　　　　　＊

　특이한 열매를 얻은 만수추군은 한달음에 활불국으로 돌아와 고서점(古書店)과 의원들을 찾아다녔다.

　그리고 마침내 열매의 정체를 알아냈다.

　열매는 전설에나 나오는 주안과(駐顔果)였다.

　여인들의 소원인 죽을 때까지 늙지 않는 젊음의 묘약 주안과!

　인세에서는 딱 한 번 6백 년 전에 양귀비가 먹었다는 주안과!

　주안과는 희소가치로 인해서 그 값어치가 그야말로 천금을 주고도 살 수 없는 굉장한 보물이었다.

　횡재! 한마디로 황재였다!

　그 사실을 안 순간 만수추군의 심장은 세차게 뛰기 시작했다.

　하늘이 자신의 처지를 알고 내려주신 보물 같았다.

　엄청난 재화!

　하지만 만수추군은 돈보다는 다른 것을 생각했다.

　"이거라면 서장미녀의 환심을 살 수 있을지도 몰라!"

　만수추군은 그날 당장 서장미녀의 저택으로 달려갔다.

　그리고 역시나 주안과는 그의 기대를 저버리지 않았다. 서장미녀는 그를 만나주었던 것이다.

　만수추군은 으리으리하게 꾸며진 방으로 안내되었다.

　그는 눈을 크게 뜨고 방 안을 두리번거렸다.

　이 화병도, 저 족자도…… 모든 게 귀해 보인다.

이렇게 호화스러운 곳은 처음이다.

꼽추청년은 주눅이 들어서 안절부절못했다.

의자가 너무 푹신해서 밑으로 꺼질 것만 같은 느낌에 그는 제대로 앉지도 못하고 궁둥이를 살짝 걸쳤다.

그 앞에는 생전 처음 보는 고급 과자들이 은 접시에 담겨 있다.

'우와~ 맛있게 생겼다. 이렇게 비싼 건 먹기 전에 먼저 허락을 받아야 될 거야. 혹시 돈을 내고 먹어야 하는 건지도 모르지.'

손님들 먹으라고 준비해 둔 먹음직스러운 과자를 보니 자기도 모르게 침이 나온다.

그러나 손을 댈 만큼의 용기는 없다.

만수추군이 입가의 침을 닦고 있을 때 서장미녀가 유모와 두 명의 시녀를 대동하고 들어섰다.

그러자 서장미녀의 찬란한 미모로 방 안이 순식간에 밝아진다.

활불국 최고의 미녀를 눈앞에 둔 만수추군은 정신이 멍해졌다.

이렇게 가까이서 보니 실로 황홀했다.

구름 위에 둥둥 뜬 기분이 된 만수추군.

이 아름다운 모습을 매일 볼 수만 있다면 밥 안 먹어도 살 수 있을 것만 같았고 평생 노예로 전락해도 좋았다. 이 여인만 곁에 있다면 세상에서 더 이상 바랄 게 없다.

그러나 만수추군과는 달리, 서장미녀를 포함한 다른 여인들은 뻣뻣이 굳어버렸다.

이렇게 추악하게 생긴 인간이 또 있을까? 앞에 서 있는 젊은이는 사람인지 괴물인지 분간이 안 갈 정도다.

"어맛!"

"꺄악!"

호들갑스러운 비명이 터졌다.

시녀들이 서로 몸을 바짝 붙이고 바들바들 떤다.

"어쩜 좋아? 아가씨, 무서워요!"

놀라기는 서장미녀도 마찬가지.

하지만 그녀는 금방 침착성을 되찾았다.

곁에 섰던 늙은 유모가 시녀들을 야단쳤기 때문이다.

"시끄럽다! 왜 이리 경망을 떠느냐?"

호된 질책에 시녀들이 금방 조용해졌다.

유모는 꼽추의 손에 들린 열매를 눈여겨보면서 상전에게 자리를 권했다.

"아가씨, 어서 앉으시지요."

서장미녀는 나비가 날아 내리듯 우아하게 의자에 앉았다.

그러나 그녀는 이 방에서 뛰쳐나가 버리고만 싶었다. 서장미녀는 비록 겉으로 내색은 안 했지만, 이 추악한 사내와 마주 앉아 있다는 자체가 몹시 괴로웠던 것이다.

'으으으! 이 꼽추는 보는 것만으로도 너무 역겨워! 아무래도 오늘 저녁은 다 먹었다.'

서장미녀는 만수추군의 얼굴을 냉랭히 외면하며 물었다.

"주안과를 가져오셨다고요?"

"네…… 이게 바로……."

바짝 긴장한 만수추군은 말을 더듬으며 주안과를 내밀었다.

시녀가 달려들어 주안과를 뺏다시피 한다.

그녀는 꼽추의 더러운 손길이 조금이라도 남아 있을세라 열매를 비단으로 뽀득뽀득 닦은 후 상전한테 올렸다.

"아가씨, 이게 주안과랍니다."

"어머나!"

주안과를 손에 올려놓은 서장미녀의 눈은 영롱하게 빛났다.

그사이 유모는 만수추군이 유명 의원으로부터 받아온 '주안과 인증서'를 읽었다.

이윽고 흥분으로 바짝 달아오른 유모가 서장미녀의 귓가에 속삭인다.

"아가씨! 주안과가 확실합니다! 이것은 아가씨의 홍복입니다! 저처럼 쭈그렁바가지로 늙지 않고 아가씨의 이 아름다움을 영원히 지키라는 하늘의 뜻입지요. 정말 이건 영약 중에서도 최고의 영약입니다!"

"……."

서장미녀는 인상을 찡그렸다.

유모의 입에서 늙은이 특유의 역한 냄새가 왈칵 풍겼기 때문이다.

서장미녀는 손으로 얼굴 근처를 휘저으며 앙칼지게 힐책했다.

"유모! 저리 좀 가! 숨을 못 쉬겠잖아! 도대체 몇 번을 말해야 알아들어? 벌써 치매야?"

"아이구, 제가 정신이 없었습니다. 죄송합니다, 아가씨."

민망해진 유모는 낯을 붉히며 얼른 물러섰다.

서장미녀는 손에 든 주안과로 관심을 돌렸다.

주안과! 말로만 듣던 전설의 영과!

복용하면 유모처럼 추하게 늙지 않아도 되는 과실!

당연히 탐이 난다.

서장미녀의 그윽한 눈길이 만수추군에게 향했다.

앵두 같은 선홍색 입술이 벌어지며 은방울 구르는 소리가 났다.

"이보오, 대가로 원하는 게 무엇이오?"

"……."

꼽추청년은 서장미녀의 목소리에 홀려서 정신이 빠져 있다.

서장미녀는 목청을 조금 높여 다시 한 번 물었다.

"대가로 뭣을 원하시오?"

그제야 화들짝 놀란 꼽추는 당황하며 말을 더듬는다.

"저, 저기 저어……."

"원하는 걸 말해 보시오."

만수추군의 눈이 아련히 풀렸다.

'…원하는 것?'

수많은 소원이 머리 속에 스쳐 지나간다.

'다른 연인들처럼 서장미녀와 함께 꽃길을 걷고 싶다. 둘이서 시냇물에 발을 담그고 물장난도 치고 싶다. 아아… 저 비단결 같은 머리카락을 한번 만져 보고 싶다…….'

공상에 젖어 있는 꼽추청년에게 미녀는 짜증을 내며 재촉했다.

"빨리 말해 보시오!"

만수추군은 꿀꺽 침을 삼키며 떨리는 목소리로 말했다.

"소, 손을 한번 잡아봤으면……."

"……!"

서장미녀의 보름달 같은 눈썹이 찡그려졌다.

이어 그녀는 서슬 퍼렇게 호통 쳤다.

"뭣이라? 대가로 보화나 출세가 아니라 내 옥체에 손을 대겠다고?"

서장미녀가 분을 못 참고 부들부들 떤다.

그러자 만수추군을 꼴사납게 보던 두 시녀가 도끼눈을 치뜨고 난리를 쳤다.

"세상에! 주제 파악을 못해도 유분수지! 여기가 어느 안전이라고 감히 그따위 망언을 지껄이느냐?"

"아가씨의 손목을 잡아보겠다니, 어찌 그런 허무맹랑한 생각을 해낼 수 있느냐? 네가 정녕 우리 아가씨의 존체에 흠을 잡히려는 수작이냐?"

시녀들이 우르르 달려들어 만수추군을 에워싸고는 마구 몰아세웠다.

"우리 아가씨는 곧 활불님의 무녀장(武女將)이 되실 분이다! 네 따위가 넘볼 분이 아니란 말이다!"

'무녀장' 은 활불국에서 여인이 차지할 수 있는 관직 중 최고의 직위다. 시종장과 맞먹는 그 자리는 존경과 권력을 보장받는다. 무공이 뛰어난 서장미녀는 가문의 힘을 등에 업고 무녀장으로 등용되었던 것이다.

한 시녀가 엄히 명한다.

"네가 했던 말을 당장 취소하고 아가씨께 백배사죄를 드려라!"

사람들이 너도나도 앞을 다투어 펄펄 뛰자 만수추군의 얼굴이 새파랗게 질렸다.

그의 목은 바짝 움츠러들었다.

'내 주제에 감히 손목을 잡아보겠다고 했으니 내가 큰 죄를 지었구나!'

비천한 출신의 자신이 어찌 감히 저렇게 지체 높은 여인의 손을 잡겠다는 망상을 했는지, '순간 돌았었다' 는 생각에 그는 몸 둘 바를 몰랐다.

이때 유모가 나서며 조언을 해주었다.

"젊은이, 이 주안과는 대가없이 선물로 바치는 게 좋아요. 이런 굉장한 영약은 아가씨한테 뜻깊은 선물이 될 테지요."

만수추군의 눈이 빛난다.

'뜻깊은 선물? 뜻이…… 깊은 선물!'

만수추군은 서장미녀에게 황급히 말했다.

"아가씨! 이 주안과는 그냥 선물로 드리겠습니다! 제 마음으로 알고 받아주십시오."

"어머, 선물? 고마워요. 감사히 받겠어요."

서장미녀는 수많은 남자로부터 엄청난 선물 공세를 받아왔다.

그러나 이것은 단연코 그중 최고다.

서장미녀의 차갑던 얼굴이 풀리며 그녀는 주안과를 뺨에 갖다 대고 배시시 웃었다. 천만 송이의 꽃이 동시에 활짝 피어난 것만 같은 아름다운 모습이다.

만수추군은 눈이 멀어버리는 듯한 착각이 들었다.

'아아! 너무 아름답다! 이 여인의 미소를 위해서는 무엇이든지 다 할 수 있다!'

주안과를 거저 주길 잘했다는 생각에 가슴이 뿌듯하다.

그런데 서장미녀는 곤혹스럽다는 듯 말했다.

"하지만 이렇게 귀한 것을 대가없이 받을 순 없잖아요. 얘들아, 상자를 가져와라."

시녀들이 얼른 달려가 재물이 든 상자를 들고 왔다.

열어보니 각종 보석과 금덩이가 가득하다.

서장미녀는 그 상자를 만수추군 쪽으로 밀었다.

"주안과 값으로 받으세요."

만수추군은 황급히 손을 내저으며 거절했다.

"괜찮습니다. 저는 이런 걸 받으려고 주안과를 드린 게 아닙니다."

"그래도 받으세요."

"아닙니다! 절대로 받지 않겠습니다!"

'받아라', '안 받는다' 며 한동안 실랑이가 오갔으나, 고집을 부리는 꼽추청년에게 마침내 서장미녀는 두 손을 들었다.

"알겠어요. 주안과는 정말 잘 먹을게요. 아이, 참 향기도 좋지."

서장미녀는 주안과를 쓰다듬으며 행복한 미소를 지었다.

그 모습을 만수추군은 무한정 쳐다보았다.

이 선녀 아가씨의 모습은 보아도 보아도 질리지를 않는다.

만수추군의 입이 헤벌쭉 벌어졌다.

동시에 시녀들의 눈살이 찌푸려졌다.

그녀들은 자기들끼리 전음을 주고받았다.

『추접한 놈! 아가씨를 보는 저 음란한 눈길 좀 봐?』

『저놈의 저 더러운 눈깔을 확~ 파냈으면 좋겠어!』

시녀들은 이 초라하고 추악한 청년이 자기들이 모시는 존귀한 아가씨와 마주하고 있다는 사실 자체가 분했다.

한 시녀가 서장미녀한테 묻는다.

"아가씨, 피곤하지 않으세요? 이제 낮잠 주무실 시간인데요."

서장미녀는 이마를 짚으며 조금 흐린 안색으로 말했다.

"맞아. 이봐요, 난 어제 늦게 자는 바람에 지금 좀 피곤해요. 이만 돌아가 주지 않을래요?"

"예……."

몽롱한 정신으로 대답한 만수추군은 날아갈 듯한 발걸음으로 저택을 나왔다.

"아하하하~ 내 선물을 그녀가 기쁘게 받아주었다! 뜻깊은 선물! 내 마음이 담긴 뜻깊은 선물! 룰루 룰루~"

절로 콧노래가 나온다.

이 세상 모든 것을 다 얻은 느낌이다.

만수추군은 행복했다.

서장미녀! 그녀를 위해서라면 무엇이든지 할 수 있다.

들뜬 기분으로 온밤을 하얗게 지새운 만수추군은 다음날 날이 밝자마자 서장미녀를 또 찾아갔다.

그러나 서장미녀는 만나주지 않았다.

만수추군은 그래도 포기 않고 매일 찾아갔으나 문전 박대만 당할 뿐이었다. 그렇다고 치사하게 이제 와서 주안과를 돌려달라고 할 수도 없다.

만수추군은 맥이 빠졌다.

그 와중에 만수추군은 하늘이 무너지는 소리를 들었다.

중원에서 온 엄청나게 잘생기고 무공도 뛰어난 어느 청년이 그녀의 마음을 사로잡았다는 소문이었다.

들리는 말에 의하면 서장미녀는 그에게 홀딱 빠져서 하루 종일 그 사내와 붙어살다시피 한다고 한다.

그런데 그와 사귀기 시작한 건 만수추군이 주안과를 주기 전부터였다.

만수추군은 사기를 당한 기분이었다.

자신은 서장미녀의 마음이 이미 다른 남자한테 가 있는 것도 모르고 주안과를 선물한 것이다.

만수추군은 그 중원인과 자신을 비교해 보았다.

그자는 외모와 가문, 무공 등 무엇 하나 빠지는 게 없는 자라고 한다.

하지만 자신은……!

만수추군은 처음으로 부모를 원망하는 마음이 들었다.

"어머니, 왜 나를 이렇게 못생긴 놈으로 낳았소? 아버지, 왜 우리는 가문도 돈도 없는 거요?"

곰보로 뒤덮인 볼을 타고 뜨거운 눈물이 주르륵 흐른다.

만수추군은 주저앉아서 흐느꼈다.

서글펐다.

자신의 신세도, 가난했던 부모도…… 그저 모든 게 서글펐다.

한참을 울던 만수추군은 팔뚝으로 눈물을 훔쳤다.

"크흑. 아니야. 부모님은 죄가 없어. 가난한 부모 밑에서 태어난 건 모두 다 내 팔자지. 내가 전생에 업이 많아서 이런 몸을 받은 걸 거야."

하지만 아무리 팔자 탓으로 돌리려 해도 세상살이가 너무 서럽다. 참으려고 해도 자꾸만 눈물이 흐른다.

그런데 훌쩍이던 만수추군의 얼굴에 희미한 미소가 떠올랐다.

"그래도 주안과를 받은 그녀가 기뻐했으니 그걸로 된 거야. 그래…… 그걸로 된 거야."

말은 이렇게 했지만 깊은 상처를 받은 마음은 몹시 쓰라렸다.

상처가 아물려면 상당한 시일이 걸리리라.

만수추군은 자리를 털고 일어섰다.

서장미녀를 사랑하는 한 남자로서 그녀의 행복을 축복해 주고 싶지만, 그녀의 혼례식을 지켜볼 만큼 마음이 강하지는 않다.

만수추군은 씁쓸히 말했다.

"다시 아불리가로 돌아가자."

만수추군은 서장미녀의 저택 대문을 한번 바라보고는 축 늘어진 어깨로 활불국을 등졌다.

역시 이번에도 배웅해 주는 사람 한 명 없는 쓸쓸한 떠남이었다.

第十章

백색과 흑색의 두 마리 영물

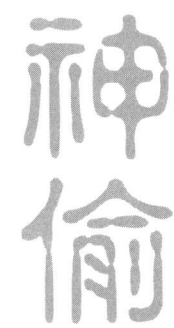

만수추군은 아불리가에 도착한 후 주안과를 얻었던 바로 그 장소로 돌아왔다. 그는 하늘에 구멍이 뚫리면 그 너머의 신비한 세계로 가볼 작정이었던 것이다.

만수추군은 곰보에 박힌 먼지를 파내면서 푸념했다.

"그곳에서는 사람을 외모로 차별하지 않을지도 몰라. 혹시 또 모르지, 나처럼 못생긴 사람이 오히려 미남으로 대우받는 세계일지도? 휴우~ 그렇게만 된다면 얼마나 좋을까?"

한숨짓는 만수추군.

그는 갑자기 눈을 빛냈다.

"맞아! 주안과가 돌멩이처럼 굴러다니는 걸 보면 그 세계엔 미남이 되는 열매가 있을 수도 있어!"

꼽추청년은 남들처럼 헌칠한 외모가 된 자신의 모습을 상상해 보왔다.

"등의 혹이 없어지고 이 많은 곰보가 다 메워진다면 어떨까? 그때는 서장미녀도 내 사랑을 받아줄까?"

만수추군은 이런 저런 공상을 했다.

꿈의 나래는 끝없이 펼쳐졌다. 이런 외모가 아닌 세상 최고의 미남으로, 혹은 엄청난 부자가 되는 상상을 했다. 어떤 때는 서장미녀가 자기한테 아양을 떨며 매달리는 망상까지도 했다.

그러다 보니 허공의 문을 통해서 가는 세계는 무엇이든지 가능케 해주는 요술단지만 같아서 만수추군은 큰 기대감에 부풀었다.

그는 구멍이 높은 곳에 생길 것을 대비해 자그마치 삼십 장(三十丈: 약 100m)에 달하는 긴 사다리까지 장만해 놓고 눈이 빠져라 기다렸다.

이러는 사이에 시간은 강물처럼 흘렀다.

만수추군이 구멍이 생겼던 곳에서 턱살을 치받치고 앉아 있은 지도 벌써 일 년이다.

그러나 허공의 문은 감감무소식이었다.

당연히 초조해진다.

"흰 원숭이는 구멍이 여기저기 돌아다닌다고 했지. 그럼 구멍이 이곳엔 다시 안 뚫리려나? 흰 원숭이가 400년간 구멍을 기다린 것처럼 하려고 해도 난 그렇게 오래 살지를 못하니 큰일이군."

불안감에 젖던 만수추군은 자신이 지지리도 복이 없는 인간이라는 데 생각이 미쳤다.

"으으음. 역시 난 그 주안과도 복에 겨웠나 보다. 그래, 내 주제에 뭘."

마침내 만수추군은 구멍을 포기하고 자리를 접었다.

한데 체념하고 돌아서는 그의 눈에 하얀 토끼가 한 마리 들어왔다.

그러나 그 토끼는 보통 토끼가 아니었다.

토끼는 이마에 뿔이 나 있었던 것이다!

흰 토끼는 뿔 외에도 엄청나게 큰 귀를 갖고 있는 등, 여느 토끼와는 천양지차로 생김새가 달랐다.

만수추군은 심장이 벙벙 뛰었다.

'저 뿔! 혹시 저놈은 무당파의 학처럼 구멍에서 나온 영물이 아닐까?'

뿔 달린 토끼라고는 들어본 적이 없으니 분명히 구멍을 통해서 이쪽 세계로 온 동물 같다. 그 증거로 뿔토끼는 보통 토끼의 말을 전혀 못 알아들었다.

토끼의 언어로 말을 걸어보던 만수추군은 이 뿔토끼가 이 세상 동물이 아니라고 확신했다.

그런데 뿔토끼는 만수추군한테 먹을 것을 날라주던 승냥이를 뜯어 먹고 있는 중이었다.

만수추군의 황당해하는 시선이 승냥이한테 꽂혔다.

승냥이는 배와 등이 관통된 채 숨이 끊어져 있었다.

'이 뿔토끼가 내 승냥이를 죽인 게 분명하다!'

수하로 부리던 승냥이의 죽음이 안타까웠지만 약육강식의 동물 세계이니만큼 약한 놈이 강자한테 잡아 먹히는 것은 당연지사. 만수추군은 승냥이를 죽인 토끼를 나무라지 않았다.

다만 그는 놀랄 뿐이었다.

"허! 초식 동물인 토끼가 육식을 해?"

쩝쩝쩝쩝.

뿔토끼는 입가에 피를 묻혀가며 왕성한 식욕을 보였다.

이 토끼는 꽤나 미식가인지, 질긴 염통이나 근육 부분이 아니라 부드러운 간만을 씹고 있었다.

만수추군은 그 곁에 살그머니 쪼그리고 앉았다.

토끼는 두려운 게 없는지, 먹는 내내 만수추군을 본 체도 하지 않았다.

이윽고 큼직한 간을 다 먹은 토끼는 자리를 떴다.

그런데 여느 토끼처럼 깡총깡총 뛰는 게 아니라 커다란 두 귀를 펄럭이며 날아간다.

파닥 파닥~

그 신기한 모습에 만수추군은 다시 한 번 놀랐다.

"으와! 굉장하다!"

만수추군은 서둘러서 토끼의 뒤를 쫓았다.

토끼는 한번 힐끗 뒤돌아보더니만 별 상관 안 하고 날아간다.

뿔토끼가 당도한 곳은 맑은 물이 흐르는 시냇물이었다.

토끼는 서슴없이 물에 뛰어들어 목욕을 시작했다.

녀석은 흰 털을 깨끗이 가꾸는 걸 좋아하는지 우선 주둥이에 묻은 승냥이의 선혈부터 닦은 후, 몸 전체의 털을 정성 들여 고르는 등 목욕하는 데 온 신경을 집중했다.

만수추군은 흥분을 가라앉히며 토끼를 관찰했다.

목욕을 다 하자 뿔토끼는 바위에 길게 엎드려 휴식을 취했다.

만수추군은 토끼를 다정하게 부르며 녀석의 등을 쓰다듬어 갔다.

"착하지? 이리 온~"

토끼가 냉큼 몸을 뒤집더니 앞발로 번개같이 후려친다.

탁!

"엇?"

만수추군은 어이없게도 손에 일격을 당하고야 말았다.

그는 내심 크게 놀랐다.

'더럽게 빠르다!'

물러섰던 만수추군은 다시 한 번 쓰다듬기를 시도했다.

그러나 이번엔 토끼의 두 뒷발에 팔뚝을 연타로 채였다.

터덕!

"크윽!"

얻어맞은 팔의 뼈다귀가 어깨까지 얼얼하다.

만수추군은 토끼에 근접을 할 수가 없었다.

그는 고민했다.

'이놈을 강제로 잡아?'

토끼의 커다란 두 귀를 손으로 꽉 움켜잡는 상상을 해보는 만수추군.

흰 토끼는 만수추군이 우습게 보이는지 도망칠 생각을 않는다.

"흐음……."

토끼가 두려워하지도 적의를 보이지도 않자, 일단 만수추군은 토끼에게서 조금 떨어진 곳에 자리를 잡고 앉았다.

그는 토끼를 조목조목 뜯어보았다.

흰 토끼는 붉은 눈을 지그시 내리깔고 만수추군을 무시할 뿐이다.

이러한 토끼의 태도는 그 무엇인가를 연상케 했다.

만수추군의 눈이 아련한 그리움으로 물들었다.

'그래! 이 도도한 토끼는 자존심 강한 서장미녀와 꼭 닮았다!'

서장미녀의 미색이 여인 중에서 군계일학(群鷄一鶴)인만큼, 이 토끼도 동물 중에서는 빼어나게 아름다웠다.

눈처럼 하얀 털, 크고 맑은 빨간색 눈망울.

특히 분홍색의 앙증맞은 코는 발랑거릴 때마다 깨물어주고 싶을 정도로 귀여웠다.

그날부터 만수추군은 토끼의 노예가 되었다.

만수추군은 토끼에게 '하얀 미녀'라는 뜻으로 백아(白娥)라는 이름을 붙였다.

만수추군은 백아와 친해지기 위해서 갖은 노력을 다했다.

그는 토끼를 위해서 먹이를 잡아오고, 토끼를 위해서 비를 막을 움막을 지어주고, 토끼를 위해서 재미있는 이야기를 들려주었다.

그렇게 해서 토끼와 같이 있게 된 만수추군.

그가 토끼를 만져 보는 데만 장장 일 년이란 시간이 걸렸다.

하지만 만수추군은 백아와 함께 생활하며 진실로 행복했다.

더불어 그는 토끼 곁에 있으면서 녀석에 대해서 많은 사실을 알게 되었다.

암수 생식기가 없는 이 토끼는 소화시킨 찌꺼기를 부엉이처럼 입으로 토해놓았고 독사나 독초 등, 독에 전혀 반응하지 않았다.

그러나 일단 무엇보다도 이 영물은 엄청나게 똑똑했다. 백아는 놀라우리 만치 빠른 속도로 인간의 말을 배웠던 것이다.

만수추군은 욕심이 생겼다.

이 뿔 달린 토끼를 사람들, 특히 서장미녀한테 보여주고 싶었다. '나는 이렇게 굉장한 영물을 가지고 있는 자'라고 자랑하고픈 마음이 무럭무럭 솟아올랐다.

만수추군이 백아한테 자신의 뜻을 전하니, 토끼도 인간 세상에 가보고 싶어했다.

그래서 만수추군은 백아를 데리고 활불국으로 돌아왔다.

백아는 활불국에 들어서기가 무섭게 국민들의 인기를 한 몸에 받았다. 당연히 만수추군은 우쭐한 마음이 들었다.

"흐흐흐. 백아를 서장미녀한테 빨리 보여주고 싶다!"

그러나 서장미녀의 저택에 채 당도하기도 전에 만수추군은 활불을 모시는 무사들한테 반강제로 끌려갔다. 시종장이 뿔토끼를 보고 싶어한다는 이유였다.

활불의 궁전은 금과 대리석으로 휘황찬란하게 치장되어 있었다.

그러자 이런 으리으리한 곳에 처음 와보는 뿔토끼가 눈이 휘둥그레져서는 짧은 목을 있는 대로 늘여 두리번거린다.

활불을 모시는 시종장은 감탄사를 연발했다.

"오오! 각토(角兎)! 내 평생 뿔 달린 토끼는 처음 보는구먼!"

궁전에 영물 각토가 왔다는 소문에 시녀들은 물론이요, 라마승들까지 몰려들어 난리가 났다.

사람들이 앞을 다투어 와글와글 떠들어대며 야단법석이다.

사방에서 '각토!', '각토!' 하는 소리가 끊임없이 들려온다.

만수추군은 자연 어깨에 힘이 들어갔다.

이런 영물이 자기 소유라니 무척 자랑스러웠다.

한데 아불리가에서 활불국까지 오느라 두 달도 넘는 긴 여행을 한 터라 만수추군의 행색은 먼지에 뒤덮여 몹시 초라하고 더러운 몰골이었다. 그래서인지 그 품에 안긴 토끼는 비록 털이 하얗기는 했지만, 남루한 옷 쪼가리에 파묻혀 같이 빛이 바랜 느낌이다.

시종장이 혀를 찼다.

"쯧쯧. 저런 꼴하고는. 얘들아, 뿔토끼를 단장시켜라!"

"니에~"

시녀들이 활기차게 대답하고는 즉각 사라진다.

곧이어 그녀들은 황금 대야와 주전자 등 여러 소품을 들고 나타났다.

쪼르르~

대야에 물을 붓는 시녀에, 그 물에 향기로운 꽃잎을 뿌리는 시녀에… 여인들은 인형 놀이를 하는 것마냥 즐거워했다.

한 시녀가 달려오더니 만수추군의 품에서 토끼를 들어 올렸다.

만수추군의 얼굴이 멍해졌다.

"어? 어?"

자신은 토끼를 만져 보는 데 무려 일 년이나 걸렸다.

그런데 처음 보는 시녀가 번쩍 안아 드는데도 토끼는 가만히 있는 것이다.

만수추군은 일순 백아한테서 배신감을 느꼈다.

그러나 그는 곧 생각을 달리했다.

'백아는 이런 데 처음 와본 터라 정신이 없어서 그런 걸 거야.'

이렇게 만수추군이 상황을 좋게 해석하려고 노력하는 와중에 시녀들은 우선 토끼를 목욕부터 시켰다.

찰방찰방~

물에 젖은 꽃잎들로부터 향기로운 향이 진동한다.

이에 토끼가 작은 코를 벌름거렸다.

"아이잉~ 어쩜 요렇게 귀엽지? 장난감 토끼 같아."

"누가 아니래? 우리랑 여기서 같이 살았으면 좋겠다."

시녀들의 환대를 받는 토끼의 얼굴에 좋아하는 기미가 역력히 떠올랐다.

만수추군은 조금 불안해졌다.

하지만 만수추군은 속으로 자신의 불안감을 눌렀다.

'괜찮아. 우리 활불국은 백성의 물건을 강제로 빼앗지 않아. 그러니 아무 일도 없을 거야. 백아도 여러 사람으로부터 목욕 시중을 받는 게 처음이니까 저럴 뿐인 거야.'

목욕이 끝난 토끼는 시녀들에 의해 탈바꿈되었다.

그러자 사방에서 감탄사가 터졌다.

"오오!"

"이제야 진가가 나오는구만!"

토끼는 아까 전의 그 초라한 행색이 아니었다.

이마의 뿔에는 홍옥 반지가 끼워 있고, 보송한 흰 털에 싸인 목에는 보석 목걸이가, 허리에는 금실과 은실로 짠 띠를 두르고 있다.

뿐이랴? 커다란 두 귀는 여인네의 머리카락처럼 도르르 말아 진주 끈으로 묶어놓았다.

시녀들이 박수를 치며 환호한다.

"어마, 너무너무 예쁘다!"

시종장 역시 흡족한 웃음을 터뜨렸다.

"어허허. 역시 영물은 이렇게 귀한 대접을 받아야 제격이지!"

사람들이 찬사를 연발하니 만수추군도 뿌듯해졌다.

"헤헤헤. 우리 백아의 외모가 워낙 출중하니 저런 게 잘 어울리네요."

한데 이때 시종장이 만수추군에게 근엄하게 물었다.

"이보게, 만수추군. 자네도 알다시피 우리 활불국 백성들은 보물이 있으면 활불님께 바치지."

"예? 그게 무슨 말씀이십니까?"

만수추군은 심장이 철렁했다.

시종장은 답답하다는 어투로 말했다.

"내 말인즉슨, 자네가 활불님을 거룩하게 생각하고 있다면 이 보물 토끼를 활불님께 바치라는 말일세."

"이 토끼는 제 소유가 아니라 제 친구입니다! 허니 누구에게 바치고 말고 할 문제가 아닙니다!"

만수추군은 두 주먹을 쥐고 벌떡 일어섰다.

그 모습에 시종장이 인상을 굳히며 말했다.

"좋아! 토끼가 자네 것이 아니라니 만약 토끼가 이곳에 남아 있기를 원한다면 토끼의 의사를 존중해야 하네!"

시종장은 단정적으로 결론을 내버렸다.

그러자 주변에 섰던 모든 사람들은 그게 옳다며 고개를 끄덕였다.

특히 귀여운 토끼를 보고 좋아하는 시녀들의 반응은 열렬했다.

"맞습니다! 이런 영물이 본인의 의사를 무시하고 한 사람한테 옭아매져 있다는 것은 영물에게 있어 큰 불행입니다. 그러니 이 토끼에게 스스로가 살 곳을 선택하도록 하는 게 마땅하다고 사료됩니다!"

묵묵히 보고 있던 라마승까지 슬쩍 한마디 곁들인다.

"만수추군, 당신은 동물들을 너무나도 사랑하지 않소? 그렇다면 동물을 속박하지 말고 이 토끼가 자유롭게 의사를 표시하게 해주시오."

만수추군은 강력한 여론에 밀려서 수긍을 할 수밖에 없었다.

더불어 그는 토끼를 굳게 믿었다.

"우리 백아는 저를 선택할 겁니다!"

"그렇다면 자네는 걱정 안 해도 될 테니 이제 토끼한테 선택을 맡기도록 하지."

만수추군의 동의를 얻자 시종장은 일사천리로 밀어붙였다.

그런데 시종장은 토끼의 의사를 묻기 전에 시녀들에게 명했다.

"참! 항간에 듣자니 이 각토는 맛있는 것을 좋아한다고 하더군. 애들아, 상을 들여라!"

"니이에~"

언제 만들었는지 상다리가 부러질 만큼 엄청난 산해진미가 차려진 상이 후딱 들어왔다.

그리고 그 상은 삽시간에 토끼 앞에 놓였다.

토끼의 빨간 눈이 밝게 빛나며 조그만 입이 헤벌어졌다.

시종장이 흐뭇하게 웃는다.

"토끼야, 많이 먹어라. 네가 궁전에 살면 항상 이렇게 먹을 수 있단다."

백아는 체면 가리지 않고 달려들더니 아구아구 먹기 시작했다.

토끼의 귀로 만수추군의 전음이 들렸다.

『백아야, 그것들은 공짜 음식이니 실컷 먹고 이곳에서 나가자.』

토끼가 걸신들린 듯이 먹어댄다.

찹찹찹, 꿀꺽~

뿔토끼가 먹는 모습을 구경꾼들은 신기해했다.

"허허허. 참 맛깔스럽게 잘도 먹는군. 저런 음식은 처음 먹어보겠지?"

"그러길래 사람이고 동물이고 간에 일단 주인을 잘 만나야 해."

시녀들이 달라붙어 젓가락으로 음식을 집어준다.

"토끼야, 이것도 좀 먹어봐. 맛있지? 이건 궁전에만 있는 음식이야."

토끼는 삽시간에 불룩이 부른 배를 내밀고 하품을 했다.

녀석은 이제 낮잠을 잘 태세다.

한 시녀가 금실로 수놓아진 비단 방석을 얼른 내준다.

토끼는 그 위에 올라앉아 나른하게 뒷다리를 뻗더니만 눈을 지그시 감았다.

그러자 행여나 토끼가 잠들세라, 만수추군은 걱정스레 말했다.

"백아야, 이제 그만 가자."

"……."

그러나 토끼는 그 소리를 못 들었는지 전혀 반응이 없었다.

만수추군은 조금 큰 소리로 독촉했다.

"백아야, 그만 가자!"

"……."

토끼는 이번에도 무응답이다.

만수추군의 얼굴이 굳어졌다.

이때 시종장이 우아한 몸짓으로 턱수염을 쓰다듬으며 토끼한테 물었다.

"자아, 영물 각토! 이제 살 곳을 결정해야지?"

"백아……?"

만수추군은 조금 떨리는 목소리로 토끼를 불렀다.

그런데 토끼는… 고개를 돌려 버렸다!

"백아!"

만수추군의 입에서 비명에 가까운 부르짖음이 터져 나왔다.

커다란 쇠망치로 뒤통수를 얻어맞은 기분이다.

만수추군은 목이 터져라 외쳤다.

"백아! 어떻게 네가? 백아! 백아아~"

지켜보던 시종장이 인정사정없이 말한다.

"각토는 이제 새 거처를 택했으니 그대는 고집을 버려라!"

"이럴 수는 없소이다! 백아는 내 것이오! 제발 내게서 백아를 빼앗지 말아주십시오! 이렇게 부탁드립니다!"

만수추군은 시종장에게 매달렸다.

그러나 시종장은 냉혹할 따름이다.

"영물이 원하는 바에 따르기로 자네도 동의하지 않았나? 크흠, 과연 영물이라 상황 판단이 빠르고 아주 똑똑하구먼. 허허허!"

토끼가 궁전에서 사는 쪽을 택하자 시종장은 몹시 흐뭇했다.

그는 활불에게 이 토끼를 보이고 칭찬을 들을 생각에 그저 웃음만 나왔다.

"이 각토를 보시면 활불님께서 기뻐하실 거야. 어헛헛헛~"

지켜보던 사람들도 다들 좋아한다.

하지만 졸지에 보물을 잃은 만수추군은 분노했다.

그는 시종장한테 삿대질을 했다.

"이 나쁜 놈! 우리 백아를 먹을 걸로 꼬신 이 나쁜 놈아!"

만수추군의 이런 행동에 주변에 섰던 무사들이 버럭 고함을 쳤다.

"아니, 이런 불경한 놈이 있나? 네놈이 어디 감히 시종장님께 막말을 하느냐?"

시종장 역시 불쾌함을 드러냈다.

"괘씸한 놈! 얘들아, 저놈을 당장 끌어내라!"

무사들이 다가오자 만수추군은 토끼를 잡으려고 몸을 던졌다.

그러나 토끼를 데리고 도망가려는 그의 행동은 라마승에 의해 저지 당했다.

라마승에게 단번에 완맥이 잡힌 만수추군이 비명을 질렀다.

"으악!"

시종장이 무사들에게 채근한다.

"당장 내 앞에서 저놈을 끌어내라!"

무사들은 라마승한테서 만수추군을 인계받아 문으로 향했다.

만수추군은 피눈물을 흘리며 악을 썼다.

"안 돼! 백아는 내 거야! 내 거란 말야! 백아! 백아~!"

토끼는 귀머거리에 장님이 된 양 꼼짝도 하지 않았다.

그 모습을 보는 만수추군은 절규하며 끌려 나갔다.

"백아! 네가 이럴 수는 없다! 백아아아~"

이 광경을 지켜보는 사람들은 만수추군이 안됐다는 생각이 들었다.

그러나 동시에 그들은 '영물이 스스로 선택하게 도와줬다'는 점에서 안도감을 느끼고 있었다.

시종장은 각토에게 부드럽게 말했다.

"허허허. 백아라고 했지? 백아야, 이리 오너라."

토끼가 시종장의 무릎으로 슬며시 기어오른다.

궁전 밖에 내동댕이쳐진 만수추군은 기가 막혔다.

그만큼 공을 들였건만, 토끼란 놈은 사치와 향락에 눈이 어두워 배신했다.

만수추군은 두 주먹으로 가슴을 치며 후회했다.

"그런 싸가지없는 백아 놈을 믿은 내가 잘못이다! 백아를 활불국에 데려오는 게 아니었어!"

믿는 도끼에 발등이 찍힌 만수추군은 억장이 무너져 내렸다.

만수추군은 머리카락을 쥐어뜯었다.

"크흑! 빈손으로 서장미녀를 찾아갈 수도 없고! 나는 왜 이렇게 되는 일이라고는 없을까?"

더 이상 사는 게 지겨웠다. 만사가 신물이 나며 화만 치밀어 오른다.

더불어 서장미녀가 밉다는 생각이 들고, 백아는 더 미웠다.

만수추군의 선하던 마음에는 백아에 대한 증오심이 무럭무럭 치솟았다.

"죽일 놈! 그렇게 잘해줬건만! 다시 한 번 내 눈에 띄면… 그때는 죽여 버릴 테다! 피의 복수를 해주고야 말겠어!"

만수추군은 이를 갈며 다짐했다.

그래도 분이 안 풀린다.

씩씩거리던 만수추군은 갑자기 벌떡 일어났다.

"그래! 아불리가에는 그 개 같은 백아 놈 말고도 다른 영물이 또 있을 거야! 무당파도 커다란 학을 얻었다잖아? 허니 반드시 새로운 영물이 있을 터! 그 영물을 찾아 아불리가를 샅샅이 다 뒤지는 거다!"

만수추군은 아불리가로 돌아갈 생각을 해냈다.

결국 또다시 활불국을 떠나게 된 만수추군.

그는 굳게 맹세했다.

"내 평생 다시는 활불국에 돌아오지 않겠다!"

만수추군은 아불리가로 향했다.

이번에도 역시 배웅해 주는 사람이 없었지만, 큰 결심을 한 만수추군의 발걸음에는 힘이 들어가 있었다.

*　　　*　　　*

백아의 배신을 계기로 만수추군의 성격은 완전히 바뀌었다.

토끼한테서 쓴맛을 보기 전의 그는 동물들을 동등하게 친구로 대해 주었지만, 이제는 완벽한 복종만을 원했다.

그 일환으로 만수추군은 아불리가로 가는 동안 동물들을 마음대로 부리는 방법을 개발해 냈다. 동물의 언어에 그들이 두려워하는 천적의 소리나 싫어하는 음을 교묘히 넣는 식으로 그는 동물들에게 공포심을 조장할 수가 있었던 것이다. 이제 그는 만수추군이라는 별호대로 모든 동물을 노예로 부리며 그들 위에 군림하게 되었다.

그렇게 아불리가에 도착한 만수추군은 영물을 찾기 위해서 아불리가 전역을 이 잡듯이 훑어갔다.

여러 동물들에게 탐문 수사를 하니 근처에 영물이 있는가 없는가를 확인하는 일은 아주 손쉬웠다.

하지만 아불리가는 끝도 없이 넓은 땅덩어리였다.

그래도 만수추군은 포기하지 않고 꿋꿋이 영물을 찾아 헤맸다.

그리고 수년이 흐른 후 마침내 만수추군은 원하던 영물을 발견했다.

그 동물은 작은 원주민 부족에서 왕으로 행세하고 있었다.

그런데 부족들은 놈을 '왕'이 아닌 '악마'라 불렀다. 놈의 하는 짓 거리가 악마를 연상케 했기 때문이다. 그도 그럴 것이 놈은 끼니를 제 때 챙겨주지 않으면 사람이나 가축을 물어 죽이는 횡포를 저질렀다.

하지만 부족들이 전혀 대항을 못하는 것이, 녀석의 이빨에는 굉장한 극독이 있는지라 물리면 그 즉시 한 줌의 흑수(黑水)로 변해서 황천길 로 직행했다. 그래서 부족들은 악마를 몹시 두려워했다.

이렇게 부족의 원성을 듣는 악마는 크기가 작은 개만했다.

그런데 놈은 몸이 엿가락같이 늘어나며 자유자재로 변신했다. 녀석 은 바위에 붙으면 바위로, 나무에 붙으면 나뭇가지로 변했던 것이다.

게다가 악마는 시도 때도 없이 이상한 괴음을 질러댔다.

'끼이이이이~' 하는 그 소리는 고막을 찢는 듯하여 사람들은 신경 쇠약에 걸렸다.

그러나 악마를 피해서 조상 대대로 물려 내려온 삶의 터전을 떠날 수는 없는 노릇이라 그들은 전전긍긍하며 죽지 못해 살아가고 있는 판 국이었다.

만수추군은 악마가 탐이 났다.

"저놈의 독은 막강한 위력을 가지고 있다! 저놈을 반드시 내 것으로 만들리라!"

한데 가만히 관찰해 보니 악마는 뿔토끼 백아와 똑같이 먹은 걸 입 으로 토해놓는다. 그 공통점으로 보아 두 영물은 같은 세계에서 온 게 틀림없다.

그러자 악마로 인해 자연히 백아가 연상되며 만수추군은 악마가 미 워졌다. 악마를 사로잡은 후 모질게 대해서 토끼한테서 받은 수모를 앙갚음하고 싶었다.

만수추군은 악마를 생포할 방도를 강구했다.

원주민들에게 협조를 얻어낸 만수추군은 넝쿨로 그물을 엮어 악마를 잡았다.

그러나 악마는 발광을 해서 그물을 찢었다.

만수추군은 다른 방법을 모색해야 했다.

오늘도 악마는 울부짖었다.

끼이이이이이이이~

만수추군은 진저리를 쳤다.

"흐이그, 저놈의 소리! 정말 머리가 깨지는 듯하다! 놈을 잡으면 두들겨 패서 저 소리부터 안 내게 교육을 시켜야지!"

두 손으로 귀를 막은 만수추군.

이때 문득 그는 예전에 자신이 보았던 구멍 속의 거대한 눈알을 기억해 냈다.

"저 소리는 그때 그 붉은 눈알의 커다란 괴물이 지르던 소리와 흡사하다. 혹시 그 괴물과 저 악마가 무슨 관계가 있나?"

그러나 괴물은 엄청나게 컸고, 그에 비하면 악마는 너무 작다.

"어미와 새끼라고 하기엔 몸 크기가 너무 차이가 나는군."

만수추군은 고개를 갸우뚱했다.

"하긴 소리 외에도 눈알이 붉은색이라는 공통점이 있지만, 백아의 눈도 빨간색이니 저 세계에 사는 놈들은 모두 눈알이 빨간가?"

잠시 머리를 굴리던 만수추군은 다른 곳으로 생각을 돌렸다.

"어쨌거나 놈을 잡기엔 촘촘히 짠 그물이 최고인데 그물이 너무 약하니 그게 문제야."

만수추군은 좀 더 튼튼한 그물을 만들기 위해 고심했다.

"아무래도 천잠사가 필요하다."

그러나 이 밀림 어디에서 그 귀하디귀한 천잠사를 구하리요?

천잠사를 쉽게 구하려면 활불국으로 돌아가는 게 최고였다.

하지만 자신은 활불국의 땅을 다시는 밟지 않기로 맹세한 몸이다.

"어떻게 해야 하지? 중원으로 가야 하나? 아니면 다른 나라로?"

만수추군은 천잠사 때문에 머리를 싸매고 끙끙댔다.

이때 그의 고민을 해결해 주는 사람들이 나타났다.

그들은 활불국에서 온 고수들이었다.

정확히 말하자면 그 고수들은 만수추군을 잡으러 온 자들이었다.

그들은 자그마치 백 명에 달했다.

게다가 얼마나 중대한 사안이었던지, 라마십승 중 다섯 명이나 대동하고 있었다.

깜짝 놀라는 만수추군에게 라마승이 지엄한 소리로 목청을 높였다.

"활불님의 명이다! 죄인 만수추군은 포박을 받으라!"

만수추군은 어리둥절할 수밖에 없었다.

"죄인이라니요? 내가 대체 무슨 죄를 지었길래 이러는 거요?"

"이곳은 벼룩 한 마리 빠져나갈 틈이 없게 포위되었다! 만수추군! 네놈을 찾으려고 장장 10년 동안이나 아불리가를 뒤졌다! 이놈! 어서 무릎을 꿇어라!"

10년이란 오랜 세월 동안 밀림을 헤맸던 까닭인지, 초췌한 안색의 라마승은 만수추군을 무섭게 몰아세웠다.

어안이 벙벙해진 만수추군은 라마승한테 물었다.

"대체 무슨 일로 이러는 겁니까?"

"시치미 떼지 마라! 네놈의 뿔토끼가 우리 활불국의 옥새를 가지고 도망쳤다! 그것은 토끼의 주인이었던 네놈이 꾸민 짓! 당장 옥새와 토끼를 내뇌라!"

이게 웬 귀신 쎗나락 까먹는 소린지 만수추군은 기가 막혔다.

백아한테 배신을 당한 그날 이후로 놈을 두 번 다시 만난 일이 없다.

"나는 결백합니다! 이건 정말 오해라구요!"

만수추군의 말에 라마승은 눈을 부라리며 호통 쳤다.

"오해? 이놈! 귓구멍 쎗고 똑똑히 잘 들어라! 옥새 주변에는 워낙 경비가 삼엄해서 제아무리 일류고수라도 옥새에 접근하기가 불가능하지만, 무엇보다도 일단 옥새에는 극독이 발라져 있는 터라 해독약이 없는 인간은 옥새에 손을 대는 즉시 죽는다! 독에 지장을 안 받는 그 토끼야말로 활불님 외에 유일하게 옥새를 만질 수 있었던 존재! 그리고 옥새가 없어진 바로 그날 토끼도 사라졌다! 허니 토끼가 옥새를 훔쳐 간 것이다! 이놈! 어서 무릎을 꿇고 토끼와 옥새의 행방을 이실직고해라!"

이 말에 무고한 만수추군은 기절할 노릇이었다.

그는 거세게 항의했다.

"아니, 이보십시오. 옥새가 없어졌던 날 토끼가 사라졌다고 해서 그게 어찌 토끼의 소행이라고 확신을 한단 말이오?"

"그럼 활불님의 사랑을 독차지하며 그간 잘 먹고 잘살던 토끼가 왜 갑자기 궁전에서 가출을 한 것이냐? 상식적으로 생각해 봐도 사람이고 동물이고 간에 그 좋은 궁전을 떠날 자는 아무도 없다! 그러니 분명히 누군가가 사주해서 토끼를 충동질한 것이다! 만수추군, 네 이놈! 여러 소리 말고 어서 토끼와 옥새를 내뇌라!"

"난 그 염병할 놈의 토끼를 못 본 지가 벌써 십 년도 넘었고, 그간 저는 여기 아불리가에만 있었습니다! 허니 내가 아닌 다른 누군가가 백아를 꼬셔낸 거지, 난 절대로 아니오!"

만수추군은 딴에 말이 된다는 소리를 했지만 돌아오는 건 코웃음뿐이었다.

"흥! 이놈아! 우리가 데리고 있어보니 그 토끼 놈은 아주 이기적인데다가 성질까지 더러워서 당최 누구 말을 듣는 놈이 아니었다! 활불님조차도 놈을 다스리질 못하셨다! 놈은 애초에 누구랑 친해지고 말고 하는 성격이 아니었던 것이다! 하지만 첫정이 무섭다고, 아무래도 옛 주인인 네가 범인일 확률이 가장 높다! 그리고 네놈이 죄가 있든 없든 우리는 활불님의 명을 받고 왔으니 네가 우리를 따라 활불국에 가야 한다는 건 기정사실! 이놈! 당장 무릎을 꿇어라!"

"……."

만수추군은 할 말을 잃었다.

그는 백아가 왜 옥새를 훔쳤는지 그 이유를 짐작할 수가 없었다.

다만 그가 아는 한 가지 사실이라곤, 자기는 그 일과 아무런 상관이 없다는 점이다.

"저는 진짜 아무것도 모릅니다! 저는 죄가 없습니다!"

만수추군은 다시 한 번 자신의 결백을 주장했다.

그러나 라마승들은 믿어주지를 않았다.

그리고 설혹 만수추군의 말이 사실이라고 쳐도 어쨌거나 라마승들은 활불의 명을 이행해야만 했다.

라마승들은 살기등등하게 만수추군을 에워쌌다.

"닥치고 포박을 받아라! 네가 정녕 뼈가 부러져야 정신을 차리겠느냐?"

"으으으……"

만수추군은 겁이 났다.

그는 다섯 명이나 되는 라마십승이 끼어 있는 백 명의 고수들을 당해낼 자신이 없었다.

만수추군은 주춤거리며 머리를 짜냈다.

'내 동물 수하들을 불러?

그러나 만수추군은 곧 그 생각을 포기했다.

동물을 시켜 공격하더라도 저 무서운 라마승들을 막아내기는 역부족. 그건 죄없는 동물들을 희생시키는 일일 뿐이다.

결국 만수추군은 활불국에 가서 자신이 무죄임을 밝혀야겠다고 결론을 내렸다.

만수추군. 활불국에 절대로 안 돌아가겠다고 맹세한 그는 이런 이유로 고향 땅에 다시금 발을 디디게 되었다.

그런데 활불국으로 돌아오는 귀향 길에서 만수추군은 라마승들로부터 놀라운 소식을 들었다. 서장미녀가 그 잘났다는 중원의 미남과 헤어진 후 활불의 무녀장이 되기 싫어 도망가다가 감옥에 갇혔다는 것이다.

그건 벌써 10년도 더 된 얘기였다. 만수추군이 백아를 데리고 활불국에 갔을 때는 서장미녀가 이미 진의 감옥에 갇힌 뒤였다고 한다.

만수추군은 깜짝 놀랐다.

'그녀는 왜 무녀장이 되기를 거절했을까? 무녀장은 결혼도 할 수 있는 직위인데 왜 그 남자랑 헤어졌을까?

만수추군은 이해가 안 갔지만 그 의문에 속 시원한 해답을 주는 사람은 아무도 없었다. 라마승들조차도 서장미녀가 왜 무녀장을 마다하고 야반도주를 시도했는지 그 까닭을 몰랐기 때문이다.

＊　　　＊　　　＊

활불국 궁전 지하에 위치한 고문실.

불법을 숭상하는 나라에 이런 고문실이 있다는 자체가 이상한 일이지만, 어디에고 범죄자들은 있기 마련.

고문실에는 실로 오랜만에 죄인이 찾아들었다.

그자는 바로 만수추군이었다.

활불국에 끌려온 그는 혈관이 끊어지고 뼈가 깎이는 고문을 하루가 멀다 하고 받았다.

만수추군은 고통에 몸부림쳤다.

"크아아아~ 크흑!"

비명을 지르다가 잠잠해지는 만수추군.

그러자 정신을 잃은 죄수에게 찬물이 끼얹어지고 고문관의 목소리가 들려왔다.

"토끼와 옥새는 어디에 있느냐?"

만수추군은 피투성이가 된 얼굴로 힘겹게 중얼거렸다.

"끄으으… 나는… 나는 모르오……."

"휴우~ 정말 미치겠구만."

고문관은 깊은 한숨을 토해냈다.

이어 그는 답답하다는 듯이 말했다.

"만수추군. 자네와 내가 실랑이를 벌인 지도 벌써 한 달이 지났네. 자네도 정말 끈질기군. 이보게, 만년묵철로 만들어진 이 방은 자네의 동물 부하들도 들어올 수 없으니 그 누구도 자네를 도와주지 못해. 근데 왜 이렇게 고집을 부리는가? 응?"

"……."

만수추군은 말이 없었다.

그는 누가 구출해 주리라는 희망 따위는 이미 포기한 지 오래다.

다만 그는 없는 죄를 대라기에 몸으로 항쟁하고 있는 것이다.

고문관은 딱하다는 표정으로 만수추군을 설득했다.

"이보게, 설령 자네가 무죄라고 해도 누군가는 이 일에 책임을 져야만 한다네. 그러니까 다시 말하면, 자네가 고문당하다가 죽을 경우 자네는 모든 죄를 뒤집어쓰고 죽는다는 거지. 그리고 자백을 안 하면 이곳에서 나갈 수 없네. 허니 이래도 저래도 자네가 범인이 되는 건 자명한 사실이야. 자, 이제 자네가 토끼를 시켜서 옥새를 훔쳤다고 인정하게."

"…하지만 난 죄가 없소."

만수추군은 떨리는 목소리로 겨우 말했다.

그러자 고문관이 그간 생각해 온 말을 꺼냈다.

"듣자니 자네는 서장미녀를 사랑한다면서? 허면 그녀가 있는 감옥에 들어가서 남은 여생을 지내면 어떻겠나?"

"……!"

만수추군의 신형이 부르르 떨렸다.

이때를 놓치지 않고 고문관이 얼른 말한다.

"서장미녀는 진의 감옥 속에 있네. 그녀는 무공이 높았으니 분명히 살아 있을 거야. 자네가 자백만 한다면 내가 책임지고 서장미녀가 있는 진의 감옥에 넣어주겠네."

"……."

갑작스러운 제의에 만수추군은 아무 말도 나오지 않았다.

'진? 진이라고?'

진! 만수추군은 진 속에서 탈출할 자신이 있었다.

아무리 경공의 대가라고 해도 인간은 결코 뛰어넘을 수 없는 높이의 진.

그러나 동물을 다루는 만수추군은 새를 부릴 수 있었기 때문에 그는 새들을 이용해서 진을 넘을 작정이었다.

만약 그게 안 되면 땅에 구멍을 파고 탈출하는 방법도 있었다. 설혹 땅속에 폭약이 설치되어 있더라도 두더지한테 땅을 파게 하면 되는 일이다.

이때 고문관이 만수추군의 생각을 파악하기라도 한 듯 말했다.

"이보게, 만수추군. 그 진은 하늘과 땅이 모두 차단되어 있기 때문에 탈출이 불가능하다네. 허니 그 속에 들어가면 다시는 바깥 세상을 구경할 수가 없지."

"으음……."

만수추군은 침음했다.

진에 들어가면 평생 자유를 잃는다.

고문관이 은근히 묻는다.

"서장미녀가 보고 싶지 않나? 사랑하는 여인과 같은 장소에서 같은 공기를 마시고 싶지 않나?"

"……."

만수추군은 아무 말도 할 수가 없었다.

서장미녀? 물론 보고 싶었다. 미치도록 보고 싶었다. 그 아름다운 모습을 어찌 잊으리요?

그러나 반면에 그녀가 한없이 증오스러웠다.

미우면서도 동시에 보고 싶다는 상반된 감정에 만수추군은 몹시 당혹했다.

만수추군이 침묵을 지키자 고문관이 통사정을 한다.

"이보게, 우리끼리 얘기지만, 솔직히 말해서 나는 자네가 무죄라는 것을 아네. 그러나 자네도 살고 나도 살게 제발 좀 거짓말이라도 해주게. 난 처자식이 있는 몸일세. 내 이렇게 부탁함세. 응?"

"……."

안 지은 죄를 인정하란다.

만수추군은 입술을 깨물었다.

억눌린 흐느낌이 새 나온다.

"흑흑흑흑……."

"……."

곰보가 뒤덮인 뺨을 타고 서러운 눈물이 흘러내린다.

고문관은 조용히 기다렸다.

마침내 만수추군은 처연하게 입을 열었다.

"…제가 토끼를 시켜서 옥새를 훔쳤습니다. 옥새는 아불리가의 밑이 없는 깊은 늪에 빠져서 다시는 건질 길이 없고, 토끼는 죽었습니다."

활불 앞에서 라마승은 엄히 물었다.

"죄인은 할 말이 있는가?"

"제가 죽을죄를 지었습니다. …저를 진에 넣어주십시오."

만수추군은 서장미녀를 다시 만나게 된다는 생각에 가슴이 뛰었다.

결국 그는 진 안에서 서장미녀와 재회를 하게 되었다.

그러나 그녀는 만수추군이 기억하던 아름다운 모습이 아니었다.

서장미녀는 늙어 있었던 것이다. 탄력을 잃은 중년의 피부에는 기미가 내려앉았고, 늘어진 볼따구니에서는 청초하던 옛날의 미를 찾아보기 어려웠다.

만수추군은 자신의 눈을 의심했다.

하지만 눈앞의 아주머니는 분명히 서장미녀가 맞았다.

만수추군은 입을 따악 벌렸다.

그의 머리 속에는 한 가지 생각만이 맴돌 뿐이었다.

'주안과는?'

　　　　　＊　　　　　＊　　　　　＊

선우운철과 라마승들은 어찌 보면 신기하기까지 한 만수추군의 얘기를 잠자코 들었다.

그러면서 그들은 낙엽 더미를 흘끔거렸다.

만수추군 말에 의하면 저 노파가 서장미녀다.

그런데 왜 저렇게 늙었을까?

그들의 마음에는 한결같은 궁금중이 일었다.

'주안과가 가짜였나?'

이때 만수추군이 그들의 궁금중을 일시에 해소해 줬다.

그는 서장미녀가 누워 있는 낙엽 더미를 가리키며 울분을 토했던 것이다.

"근데 주안과를 저년이 중원의 그 기생오라비 같은 놈한테 줘버렸다는군요!"

서장미녀는 가만히 듣고만 있다.

그러나 그녀의 신형이 바르르 떨리는 것을 선우운철은 감지할 수 있었다.

만수추군은 벼락같이 악을 썼다.

"이년아! 그게 네년 처먹으라고 준 거지, 사내놈한테 주라고 내가 준 거냐? 그게 어떤 물건인데 사내새끼한테 주냐? 엉? 놈팡이한테 정신이 빠진 이 썩을 년아!"

"……."

낙엽 속의 서장미녀는 아무 말도 하지 않았다.

다만 그녀는 속으로 외쳤다.

'내가 준 게 아니다! 그놈이 훔쳐 간 거다!'

차마 사람들에게 주안과를 도둑맞았다고는 말할 수 없다.

그런 도둑놈한테 정을 주었다고는 자존심상 절대로 밝히기 싫다.

예전에는 아름다웠던 옥용이 일그러진다.

'독고강! 이 진에서 나가기만 하면 네놈을 찾아서 발기발기 찢어 죽이겠다!'

한때는 사랑했던 사내.

하나 배신당한 사실을 떠올리자 분노로 눈물이 핑그르르 맴돈다.

이빨이 부드득 갈린다.

'독고강! 독고강……!'

독고강은 실로 멋졌다.

잘생긴 외모와 유창한 달변, 남들 위에 우뚝 선 엄청난 무공.

서장미녀는 단번에 그와 사랑에 빠졌다. 아니, 나중에 알고 보니 사랑에 빠진 건 그녀 혼자였다.

독고강의 독특한 점이라면 그는 늘 여동생에 대한 화제를 입에 달고 살았다. 하루도 빠지는 날이 없는 여동생 예찬에 서장미녀는 독고미향이라는 그의 여동생에게 질투심까지 느꼈다.

그러던 중, 꼽추청년이 주안과를 가지고 왔다.

서장미녀는 사랑하는 독고강한테 주안과를 보이며 둘이 반씩 나눠 먹자고 했다.

그러자 독고강은 몹시 좋아하며 '이런 영약은 보름날 밤 달의 정기를 받으며 먹어야 한다'고 했다. 서장미녀는 그러자고 했다.

한데 보름이 되기 직전, 독고강은 종적을 감췄다.

주안과도 함께 사라졌다.

서장미녀는 그가 주안과를 훔쳐 갔다는 사실이 믿어지질 않았다.

그러나 현실은 '넌 속은 거야'라고 똑똑히 일깨워 주었다.

분노로 눈이 뒤집힌 서장미녀는 곧바로 그를 추격하려고 했으나 활불국의 법사한테 발목을 잡혔다.

법사는 활불의 무녀장이 될 그녀더러 다음날 입궁(入宮)하라는 전갈을 가지고 왔다.

입궁! 뒤로 미룰 수도 없는 일이고 거절하면 죽음뿐이 없었다.

서장미녀는 '알겠다'라고 말한 후 그날 밤에 야반도주했다.

그녀는 독고강을 잡아서 그자를 죽이고 자신도 죽을 생각이었다.

하지만 서장미녀는 독고강을 잡기는커녕 사흘이 채 못 되어 십승들에게 붙잡혀 압송당했다.

재판이 열렸다.

자기 입으로 무녀장이 되겠다고 한 후 도망간 죄는 컸다.

활불의 명예를 훼손한 대죄를 지은 서장미녀는 진의 감옥에 던져질 판이었다.

그러나 서장미녀는 아무 변명도 하지 않았다.

주안과를 훔쳐 간 연인을 추격하려고 했다는 말은 자존심상 꺼내지 않았거니와 설령 말했다손 치더라도 그런 핑계는 받아들여지지 않기 때문이다.

한편 '억울하다'는 만수추군의 사연을 들은 라마승들은 할 말을 잃었다.

만수추군의 말에 거짓이 없다면 그는 억울하게 옥살이를 한 것이다.

한데 그의 말투나 내용으로 보아 모두 사실인 것 같다.

만수추군은 두 주먹으로 가슴을 치며 울부짖었다.

"서장미녀 이년! 네년만 내 앞에 나타나지 않았으면 주안과를 너한 테 주었을 일도, 백아를 빼앗길 일도, 옥새 도둑이라는 누명을 쓰고 이렇게 진에 갇힐 일도 없었을 거다! 이 개 같은 년아! 하다못해 네년이 주안과만 복용했어도 내가 이렇게 억울하지는 않다! 근데 뭐? 사내새 끼한테 정신이 빠져서 그런 쭈그렁 할망구 꼴이 되었다고? 난 그것도 모르고 내 발로 이 속에 들어와 여생을 썩었으니… 크흑! 저런 년한테 주안과를 준 내가 멍청한 놈이다!"

선우운철과 라마승들이 보든 말든 만수추군은 발악을 했다.

"이 모든 게 다 저년 때문이다! 야, 이년아! 내가 너랑 전생에 무슨 원수가 져서 이런 개 같은 꼴을 당하냐? 으아아아~ 나는 분하고 억울 하다! 너 같은 년한테 주안과까지 바친 내 자신이 너무 비참하다! *끄아*

아~ 분하다, 분해!'

라마승들은 일제히 고개를 끄덕였다.

그들은 서장미녀와의 질긴 악연으로 인생이 꼬여 버린 만수추군의 심정이 충분히 공감이 가고도 남았다.

문득 영민한 이승이 궁금증을 토로했다.

"헌데 이곳엔 먹을 만한 것이 전혀 없는데, 그간 어찌 살아왔소?"

만수추군이 낙엽 더미를 가리키며 대답했다.

"내가 황천 문 앞에서 꼴딱거릴 때마다 저년이 기를 넣어줘서 살았지. 하지만 그게 고맙다고는 절대로 인정 못해! 암! 누구 때문에 이 꼴이 된 건데?'

고문을 당해서 산송장이 된 만수추군의 몸을 원래대로 회복시켜 준 사람은 서장미녀였다. 그녀는 그 일로 인해 많은 내공을 잃었다. 그러나 만수추군은 그녀가 내공을 써가며 도와준 게 하나도 고맙지 않았다.

이승은 서장미녀한테 물었다.

"너는 어떻게 연명했느냐?"

"……."

서장미녀는 입을 굳게 봉하고 '날 잡아 잡수' 하는 똥 배짱으로 나왔다.

이승은 인상을 찡그렸다.

'정말 이상하다. 대체 저 노파는 어떻게 이 속에서 생존하며 남에게 기를 불어넣어 줄 능력까지 갖추게 되었을까?'

뭔가 찜찜하다.

하지만 자신은 말 안 하고 버티는 서장미녀를 두들겨서 강제로 답변을 들을 만큼의 능력이 안 된다.

이승은 무황을 쳐다보았다.

그는 무황이 직접 물어주기를 바랐다.

그러나 무황은 어떤 생각에 골똘히 몰입해 있다.

선우운철은 서장미녀와 만수추군을 보면서 감탄하고 있는 중이었다.

'저 할머니의 무공은 엄청나다. 그리고 저 노인의 재주 역시 특이하다. 감옥에서 썩히기엔 이들의 능력이 너무 아깝다.'

선우운철은 주위를 돌아보았다.

라마승들이 묵묵히 지켜본다.

그들의 눈에는 무황을 인정 못하겠다는 불만의 빛이 언제나 가득 서려 있다.

선우운철은 저런 라마승들이 아닌 믿을 만한 부하가 필요했다.

그래서 선우운철은 만수추군과 서장미녀에게 물었다.

"진이 제거되었다고는 하나, 아직도 너희는 활불국의 죄수니 이제부터는 무공이 전폐되어 지하 감옥으로 가야만 한다. 나머지 인생을 그 속에서 썩는 것이지. 하지만 그러기보다는… 어떠냐? 내 수하가 되는 것이?"

이 말에 라마승들의 안색이 돌처럼 굳어졌다.

선우운철은 이에 아랑곳 않고 자신이 무황이란 사실과 작금의 활불국 상황을 설명했다.

그는 눈이 휘둥그레진 만수추군을 다그쳤다.

"빨리 결정해라. 다시 감옥에 갇힐 것인가, 아니면 자유를 얻을 것인가?"

생각지도 못한 제의에 만수추군은 쉽게 대답을 못하고 미적거렸다.

이런 기회는 다시없었다.

그런데 천잠사가 없어서 못 잡은 악마가 눈앞에 아른거린다.

만수추군은 선우운철을 우러르며 청했다.

"주군으로 모시겠습니다! 하지만 그전에 저는 악마를 잡으러 아불리가에 다녀오고 싶습니다. 위치를 정확히 알고 있으니 제게 다섯 달만 시간을 주십시오. 저는 도망치지 않고 반드시 돌아와 나으리를 주군으로 모시겠습니다. 저를 믿어주십시오!"

"흠……."

선우운철은 잠시 고심했다.

그러나 그는 이내 결론을 내렸다.

'수하를 믿지 못하면서 어떻게 수하로부터 신뢰를 받을 수 있으랴?'

선우운철은 흔쾌히 승낙했다.

"그래라. 단, 최대한 빨리 돌아와야 한다."

"예!"

선우운철은 라마승들을 돌아보며 명했다.

"만수추군에게 충분한 은자와 천리마를 내줘라!"

"……!"

선우운철의 말에 만수추군의 눈이 휘둥그레졌다.

곧 그 눈엔 눈물이 그렁그렁하게 고였다.

'천리마! …나를 믿어주는구나!'

정에 굶주려 있던 만수추군.

그는 진심으로 감격했다.

만수추군은 머리를 땅에 박았다.

"주군! 감사합니다! 이 은혜 각골명심하겠습니다!"

"하하하하~"

수하를 얻은 선우운철은 호쾌하게 웃음을 터뜨렸다.

이어 그는 서장미녀한테로 시선을 돌렸다.

"서장미녀, 너는? 너는 내 수하가 되겠느냐?"

"……."

감옥에서 벗어날 유일한 기회다.

이제 독고강한테 복수를 할 수가 있다.

서장미녀는 손으로 얼굴을 쓰다듬었다.

나무껍질 같은 거칠한 피부가 생생히 느껴진다.

주안과를 도둑맞은 결과다.

당연히 이가 부드득 갈린다.

'독고미향이라던 그 여동생 년! 독고강은 분명히 자기 동생 년한테 먹이려고 주안과를 훔쳐 간 겔 게다! 그 연놈한테 복수를 하지 못하면 난 죽어서도 귀신이 되리라! 빠드득! 내 반드시 그 연놈을 찾아내서 죽지도 살지도 못하게 만들어주겠다!'

낙엽 뭉치가 버석거리며 사람 형태로 무릎을 꿇는다.

"예, 주군으로 모시겠습니다!"

서장미녀가 까마귀같이 쉰 목소리로 충성을 맹세했다.

이에 선우운철은 큰 소리로 선포했다.

"이 두 사람을 오늘부터 내 좌우호법으로 임명한다!"

호법이 된 두 늙은이가 무황의 뒤에 가서 당당히 선다.

동시에 라마승들은 한숨을 푹푹 쉬었다.

'무황만으로도 감당하기 어려운 판에 저 두 괴물들까지 합세하다니

큰일이다!'

세력 확장을 하는 무황 때문에 그들의 가슴엔 짙은 그림자가 드리워졌다.

악마를 잡으러 아불리가로 떠나는 만수추군의 발걸음은 가벼웠다.

이번엔 그가 돌아오길 기다려 주는 사람이 있다. 예전처럼 혼자 쓸쓸히 떠나지 않아도 되는 것이다.

만수추군은 뒤를 돌아보았다.

저 멀리서 무황이 손을 흔들어준다.

만수추군의 곰보 얼굴에 부드러운 미소가 피어났다.

가슴이 따뜻해진다.

'나를 믿어주시는 주군! 하루라도 빨리 다녀오자!'

만수추군은 천리마한테 명했다.

"이랴! 달려라!"

따가닥 따가닥~

말발굽이 힘차게 땅을 박찬다.

한편 작은 점이 되어 사라져 가는 만수추군을 보는 선우운철의 내심은 몹시 뿌듯했다.

가슴속에 환희가 터질 듯이 물결친다.

"저자는 분명히 돌아올 것이다. 활불국은 나를 진정으로 받아들이지 않지만, 나는 오늘 이곳에서 두 명의 수하를 얻었다!"

두 명의 수하!

이 두 명의 믿음직한 수하는 선우운철의 대(大) 중원행보의 계기가 된다.

그러나 이때까지만 해도 이들은 몰랐다.

만수추군은 흑아를 잡으려 하고 서장미녀는 독고 남매를, 그리고 선우운철은 구달비한테 원한이 있다는 사실을.

第十一章

구출

하오문의 문주 암흑대제 강상배는 오만상을 찌푸렸다.

그의 시야에는 당문의 전각들이 그 거대한 몸집을 새벽녘 어둠 속에 웅크리고 있는 광경이 들어오고 있었다.

하오문주의 꾹 다물었던 입술을 비집고 투덜거림이 새 나왔다.

"제길. 언제까지 이렇게 진을 치고 있어야만 하나?"

암흑대제는 목을 길게 빼서 좌우를 두리번거렸다.

늦은 가을을 대변해 주듯 누렇게 물든 들판에는 인적이라곤 찾아볼 수 없다.

그러나 드러나는 겉모양만으로 안심해선 안 된다.

이 어둠 속에는 수많은 현상금 사냥꾼들과 전대 고수들이 몸을 숨기고 있는 살벌한 형국이었기 때문이다.

하오문주 암흑대제의 이마에 깊은 주름이 패었다.

자신이 이곳에 당도했을 때는 이미 고수들과 당문이 대치 중이었다. 그게 벌써 사흘 전 얘기다.

암흑대제는 한숨을 깊이 내쉬며 머리를 저었다.

"휴우~ 다들 누군가 먼저 일을 저질러 주기를 바라는 모양이지만, 저 무서운 당문을 누가 앞장서서 찔러보겠나?"

암흑대제는 손을 뻗어 경직된 목덜미를 주물렀다.

이어 그는 땅바닥에 깔린 침낭으로 기어들어 갔다.

"피곤하군. 이 나이에 잠도 제대로 못 자고 이게 뭐 하는 짓이야?"

툴툴 불평을 늘어놓지만 그래도 암흑대제는 하오문도들이 수발을 잘 들어주는 터라 남보다는 훨씬 호강하는 중이다.

이때 옆에 있던 수하 마봉팔이 사팔뜨기 눈을 게슴츠레 뜨고 물었다.

"두목, 근데 이 많은 고수들은 다 어떻게 알고 여길 왔을까요?"

"황금장에서 정보를 얻어낸 게지."

"황금장요?"

"그래, 황금장! 현상금 사냥꾼들은 정보가 최우선인지라 황금장에 끄나풀을 둔 거야. 그리고 우리 하오문도들 중에서 사냥꾼들한테 정보를 팔아먹은 놈들도 있을 테고! 알겠냐? 머리 좀 굴려라!"

암흑대제는 왈칵 짜증을 냈다.

마봉팔은 문주의 성질에 익숙한지라 아무렇지 않게 고개를 끄덕였다.

"아, 황금장. 그럼 당문의 도둑에 대해서는 우리랑 황금장만 아는 게 아니었군요?"

암흑대제는 머리 나쁜 마봉팔을 상대하는 게 싫어서 획 돌아누우며 내뱉었다.

"난 잘 테니 넌 졸지 말고 무슨 일이 벌어지면 나를 깨워라."

"예, 두목!"

마봉팔은 자신있게 대답했다.

그러나 말과는 달리 마봉팔은 잠시 후 꾸벅꾸벅 졸기 시작했다.

그사이 한 인영이 당문으로 휘적휘적 걸어갔다.

그자는 당문에 소속된 신분인지 당당하게 후문으로 향하고 있다.

한데 자고 있는 암흑대제의 주변에서 소란이 일었다.

숨어 있던 고수들 중 아무도 소리를 내지 않았건만 공기가 술렁인다. 좌우지간 무엇 때문인지는 몰라도 숨어 있던 고수들이 크게 동요하는 기색이 역력했다.

그러나 암흑대제와 마봉팔은 무언가 일이 벌어지고 있다는 사실을 모른 채 정신없이 쿨쿨 잠을 잤다.

하지만 만약 마봉팔이 깨어 있었다면, 그는 당문을 향해 걸어가는 사람을 보고 의아해했을 터이다. '엉? 저건 사기꾼 갈명수 같은데? 갈명수가 아닌가? 너무 멀어서 잘 모르겠군' 하고.

당문의 하급무사인 당일구(唐一龜)는 홀어머니의 외아들이다.

후문에서 보초를 서고 있는 그는 벌써 닷새째 잠도 제대로 못 자며 초긴장 상태로 야간 근무 중이다.

당일구는 몹시 피곤했다.

그러나 담 밖에 대치 중인 고수들이 언제 떼거지로 쳐들어올지 모르는 일촉즉발의 위험한 상황인지라 잠시도 경계를 늦출 수가 없었다.

졸린 눈을 비비며 경비를 서는 그에게 낮에 마누라가 한 말이 귓가에 들려온다.

"저기… 어머님이 이웃 마을 대장간 할아버지를……."

"그만 해! 듣기 싫어!"

당일구는 마누라한테 고함을 빽 질렀다.

어머니와 대장간 영감님에 대한 소문은 당일구도 익히 들어 잘 알고 있는 바였다. 오래전에 홀몸이 되신 어머니가 대장간 영감님을 마음에 두고 있다는 소문은 쉬쉬거리며 당문 전체에 퍼졌던 것이다.

그리고 그 일은 당일구의 자존심을 건드리고 있었다.

늙은 어머니가 그런 청춘 사업을 한다는 자체가 당일구는 이해가 안 갔다.

'젠장! 어머니는 그 나이에 그러고 싶으실까?

어머니의 얼굴이 떠오르며 동시에 대장간 영감님의 젊은이 못잖은 탄탄한 근육질 몸이 연상되자 잠이 확 달아난다.

기분이 언짢아진 당일구는 가래침을 뱉었다.

"카악~ 퉤!"

이어 팔뚝으로 입가를 닦던 당일구는 후문 앞으로 누군가가 다가오는 것을 발견했다.

당일구는 깜짝 놀라서 큰 소리로 외쳤다.

"누구냐? 게 섯거라!"

그러나 경고를 하던 당일구는 눈이 튀어나올 만큼 깜짝 놀랐다.

'어, 어머니?

당일구는 자신의 눈을 의심했지만 문밖에 있는 사람은 어머니가 분명했다.

'집에 계셔야 할 어머니가 왜 여기에……?

의아해하는 당일구의 귀로 마누라의 말이 다시금 쟁쟁히 울린다.

"어머님이 이웃 마을 대장간 할아버지를… 대장간 할아버지를……."

당일구는 황급히 주변을 둘러보았다.

함께 근무를 서는 두 보초 중 한 친구는 선 채로 졸고 있었고, 다른 한 명은 당일구의 행동을 짜증스럽게 지켜보는 중이다.

당일구는 서둘러서 기관을 해제하고 어머니를 안으로 끌어들였다.

그는 어머니의 귀에다 대고 속닥였다.

"어머니, 이 오밤중에 어딜 다녀오세요?"

"……."

어머니는 쑥스러운지 아무 말씀이 없다.

당일구는 우거지상이 되었다.

그는 낮은 소리로 어머니를 힐책했다.

"어머니! 지금 우리 당문이 위험한 상황이란 걸 잘 아시면서 왜 밖엘 나가셨어요? 어머니가 이러시는 걸 윗전에서 알게 되면 제가 경을 친다구요! 다시는 이러지 마세요! 어머니, 여기서부터 집으로 가는 길은 아시죠? 전 어머니를 모셔다 드릴 수가 없으니 혼자서 가세요. 다른 데 들르시지 말고 집으로 곧장 가세요! 아셨지요?"

"그래, 알았다."

어머니는 풀이 죽어서 종종걸음으로 사라졌다.

당일구의 등에 식은땀이 흘렀다.

'아이구! 어머니도 참! 그렇게도 대장간 영감님이 좋으신가? 어머니가 이렇게 밤에 돌아다니시는 것보다는 차라리 날을 잡아서 그 영감님이랑 상견례를 한번 해야겠다.'

대장간 영감님이 마음에 들지는 않았지만 어머니의 행동이 남 보기 민망스러운 당일구.

그는 조만간 어머니와 대장간 영감님의 혼사를 추진하리라 마음먹었다.

그러는 당일구를 다른 보초는 안 좋은 시선으로 꼬나보았다.

그 보초는 속으로 이를 가는 중이었다.

'나랑 원수지간인 당오팔 놈이 술 마시러 밖에 싸다니는 걸 저 당일구 자식이 눈감아주고 있었군! 내일 날이 밝으면 문주님께 일러야지!'

다른 보초의 눈에는 당일구의 어머니가 당오팔이라는 한량기 많은 이급무사로 보였다.

한편 '곧장 집으로 가라'는 아들의 말을 무시한 채 당일구의 어머니… 아니, 청부단의 단주인 천면호리 독고미향은 당문의 이곳저곳을 기웃거리고 있었다.

그리고 조제실 밖에서 경비를 서던 당이고(唐二高)의 눈은 둥그레졌다.

저쪽에서 커다란 궁둥이를 살랑거리며 다가오는 처자가 있었던 것이다.

그녀는 바로 동구 밖에서 주점(酒店)을 하는 춘심이었다.

"잉? 아니, 춘심이가 여기엔 어쩐 일이야? 외상값은 이달 말에 준다고 했잖아?"

대체 이 비상사태에 춘심이가 어떻게 이곳에 올 수 있었는지 모르겠다.

그러나 당문도들의 인기를 한 몸에 받고 있는 그녀의 수단을 생각하면 딱히 불가능한 일만도 아니다.

당이고는 음흉스레 웃으며 춘심이의 손목을 잡아갔다.

"호랑이도 제 말 하면 온다고 그러잖아도 춘심이 생각을 하고 있던 참이야. 이봐, 혹시 춘심이도 내가 보고 싶어서 일부러 온 거야? 으흐흐흐."

"아잉~"

춘심이가 배시시 웃는다.

당이고는 조제실을 가리키며 작게 속삭였다.

"쉿! 저 안에는 지금 문주님이 와 계셔. 그러니 얼른 가."

"문주님?"

"그래. 여기는 조제실인데 우리 당문에서 지금 경비가 제일 삼엄한 곳이야."

그러자 예쁜 눈을 과장되이 치뜨며 되묻는 춘심이.

"어마! 정말로 그렇게 경비가 제일 삼엄해?"

"아, 그렇다니까? 사실 말이 나왔으니 망정이지만, 나니까 이런 중요한 곳의 경비를 맡는 거야. 험험."

당이고는 기회를 놓칠세라 재빨리 잘난 체를 했다.

이어 그는 춘심이를 몰아세웠다.

"자, 나는 바쁘니 어서 가. 이 오빠가 이달 말에 월급 타가지고 들를게."

당이고는 서둘러서 춘심이의 등을 떠밀었다.

더불어 그는 춘심이의 투실한 궁둥이를 슬쩍 한번 만져 보는 것도 잊지 않았다.

그러나 궁둥이에 손이 닿으려는 순간, 그의 전신은 빳빳이 굳어졌다. 마혈이 짚인 것이다.

당이고는 심장이 목구멍으로 튀어나올 만큼 놀랐다.

'헉! 춘심이가 무공을 할 줄 알아?'

동태가 된 당이고를 경비를 서는 모습으로 세우면서 춘심이는 의미심장한 눈빛으로 조제실을 쳐다보았다.

"바로 여기로군!"

나직이 중얼거리며 조제실로 다가서는 독고미향.

당이고는 그녀의 뒷모습을 심장을 졸이며 멀뚱멀뚱 바라만 볼 수밖에 없었다.

똑똑똑~

누군가 조제실의 문을 두드린다.

거대한 솥 단지 밑에다 열심히 장작을 쑤셔 넣고 있던 당문주는 의아했다.

"아무도 출입시키지 말라고 했는데 누구야?"

당문주가 알기로 이 조제실에 찾아올 사람은 전무하다.

왈칵 화가 치민다.

"멍청한 경비 놈! 내 이놈을 그냥?"

욕을 있는 대로 하는 당문주.

그런데 만약을 대비해 내공을 끌어올리고 문을 열던 당문주는 깜짝 놀랐다.

"아버님?"

밖에는 전대 문주였던 자신의 아버지가 서 있었다.

늘 방 안에서 골골하던 아버지가 예까지 행차를 한 때문에 효자인 당문주는 크게 놀랐다.

이제 그는 밖의 경비에 대해서 더 이상 화가 나지 않았다. 경비는 전대 문주인 아버지를 당연히 통과시킬 수밖에 없었으리라.

당문주는 아버지한테 허겁지겁 허리를 굽혔다.

"아버님, 여기엔 어인 일이시옵니까?"

이때 장작을 나르고 있던 조제실주가 당문주의 아버지를 보고는 그 자리에 얼어붙었다.

조제실주는 유령이라도 본 듯한 얼굴로 바들바들 떨었다.

이어 그는 쥐어짜는 비명을 질렀다.

"흐아악!"

조제실주는 정말로 큰 충격을 받았다. 지금 조제실 안으로는 영약고 문에 깔려 죽었던 전대 조제실주가 들어서고 있었던 것이다.

전대 조제실주는 조제실주를 무시무시한 눈으로 노려보았다.

흰 사슴가죽 장갑을 낀 손이 조제실주의 목을 향해 뻗어오는 듯하다.

조제실주가 팔에 안고 있던 장작들이 바닥에 와르르 떨어졌다.

이어 조제실주는 눈을 하얗게 까뒤집으며 뒤로 넘어갔다.

"끄르륵……."

털썩~

"조제실주?"

당문주는 급히 달려가 조제실주의 맥을 잡았다.

조제실주는 입에 거품을 문 채 인사불성이다.

당문주는 조제실주가 왜 전대 당문주를 보고 기절했는지 도무지 알 수가 없었다.

의아해하는 그의 귀로 아버지의 명이 들렸다.

"애야, 그를 내버려 두고 어서 이리 오너라! 어서!"

"예? 예!"

허둥지둥 달려온 아들에게 아버지는 심각한 얼굴로 물었다.

"도둑은 어디에 있느냐?"

이어 아버지는 불안이 깃든 눈으로 사방을 두리번거렸다.

아들은 허리를 굽히며 물었다.

"아버님, 도둑이 든 것은 어떻게 아셨습니까?"

아버지의 눈길이 조제실주가 차곡차곡 개켜놓은 도둑의 천잠사 잠행복에 가서 꽂혔다.

안색이 새파랗게 질린 것도 잠시, 아버지는 버럭 역정을 냈다.

"이놈! 도둑은 어찌 되었냐고 묻지 않느냐?"

당문주는 기력이 성성한 아버지를 대하자 기쁨으로 가슴이 벅차올랐다.

"아버님, 도둑은 저 솥에서 삶아지고 있습니다."

그러나 당문주는 자신의 말이 끝나자마자 아버지의 얼굴에서 핏기가 사라지는 것을 보고는 몹시 놀랐다.

아버지는 갑자기 휘청거리며 금방이라도 쓰러질 것만 같았다.

"아버님! 괜찮으십니까?"

얼른 부축하려는 아들의 손을 뿌리친 아버지는 솥을 가리키며 다급히 물었다.

"도둑은 죽었느냐?"

"지금은 모르지만 아침나절만 해도 살아 있었습니다."

아버지는 발을 동동 구르며 급히 명했다.

"어서 그자를 꺼내라! 어서! 당장!"

"예, 예!"

당문주는 솥 위로 올라가 천잠사 망을 걷었다.

그는 가죽 장갑을 낀 손으로 도둑을 끌어 올렸다.

손을 못 댈 정도로 뜨겁다.

그것뿐만이 아니고 도둑의 몸뚱이는 눈뜨고 볼 수 없을 정도로 끔찍했다.

머리카락이라곤 없는 민둥머리는 삶아놓은 문어 대가리 꼴이었으며, 눈꺼풀은 녹아서 아래위가 붙었고, 물에 퉁퉁 불은 전신은 흐물거렸다.

한마디로 꿈에 볼까 무서울 정도다.

아들이 도둑을 바닥에 내려놓자 아버지가 명했다.

"내가 옷을 입힐 테니 너는 문밖에 혹시 수상한 행적이 있는지 망을 봐라!"

"예, 아버님!"

당문주는 힘차게 대답했다.

그러나 문에 코를 박으며 당문주는 몹시 궁금했다.

'아버님은 저 도둑을 왜 살리시려는 걸까?'

당문주는 지엄하신 아버지께 감히 이유를 여쭤볼 수 없었다.

그러는 사이, 아버지는 도둑의 심장 부위에 손을 올려놓았다.

미약하지만 그래도 심장의 박동이 느껴진다.

아버지의 얼굴에 안도감이 떠올랐다.

이때였다.

번 쩍~

도둑의 가슴팍에서 무지갯빛이 피어올랐다.

아버지의 손. 즉, 독고미향의 손에 붙어 있던 무지갯빛 가루가 도둑의 가슴으로 옮겨간 것이다.

당문주는 번득이는 빛에 놀라 얼른 뒤를 돌아보았다.

아버지가 끙끙대며 도둑한테 옷을 입히는 광경이 보인다.

그러나 빛이 어디서 났었는지를 발견 못하겠는 당문주. 그는 다시금 문에다 코를 박았다.

한데 그의 귀로 아버지가 작게 흐느끼는 소리가 들려왔다.

"네가 이렇게… 이렇게 비참한 모습으로… 흐흐흑."

"……!"

뜻하지 않은 아버지의 눈물에 당문주는 충격으로 몸을 부르르 떨었다.

그가 알기로 아버지는 눈물이라고는 절대로 모르시는 분이다.

'대체 왜 아버님이 눈물까지?'

당문주는 도무지 이해를 할 수가 없었다.

문득 한 생각이 스쳐 간다.

'호, 혹시 저 도둑놈이 아버님의 숨겨둔 아들?'

잠시 멍하니 있던 당문주는 황급히 머리를 저었다.

'아니야! 그럴 리가 없어! 우리 아버님은 평생 바람이라고는 모르시는 분이야!'

그러나 이산가족 상봉과도 같은 저 눈물 젖은 광경을 달리 뭐라고 설명하리?

'설마… 남색?'

당문주는 새파랗게 질려 버렸다.

그는 애써 부정했다.

'아버님은 남색을 즐기는 사람이 아니다! 저 도둑은 아버님의 연인이 절대로 아니야!'

당문주는 가슴이 답답해지기 시작했다.

아버지한테 대체 무슨 일인지 그 연유를 묻고 싶다.

그러나 아버지로부터 어떤 대답이 나올런지가 두려워서 차마 입이 떨어지지를 않는다.

'물을까? 말까?' 하고 당문주가 고민을 거듭할 때 아버지는 도둑을 들쳐 업고 끈으로 단단히 동여맸다.

아버지가 도둑을 업고 문가로 오자, 전전긍긍해하던 당문주는 마침내 입을 열었다.

"아버님, 그 도둑은 공청석유를 훔쳐 간 놈입니다. 아버님도 아시다시피 공청석유는 우리 당문의 가장 소중한 보물……."

"닥치거라, 이놈! 아무리 이 도둑이 죄를 지었다고는 하나, 살아 있는 인간으로 곰국을 끓이다니 네놈이 진정 인두겁을 쓴 사람이더냐? 이 천하의 몹쓸 놈!"

아버지의 불같은 진노에 당문주는 얼른 무릎을 꿇었다.

"아버님, 제가 잘못했습니다. 노여움을 푸십시오."

"닥쳐라! 이 인간 같지도 않은 놈아!"

부들부들 몸을 떠는 아버지.

이어 그는 아들한테 엄히 명했다.

"너는 내가 부를 때까지 네 방에 가 근신하거라! 알겠느냐?"

"예."

아들의 공손한 대답을 등 뒤로, 아버지는 멀어졌다.

사라져 가는 아버지의 뒷모습을 지켜보던 당문주는 조제실을 나섰다.

지금 당문주는 충격으로 제정신이 아니었다.

그의 안중엔 기절해 있는 조제실주도, 뻣뻣이 선 채 인사를 안 하는 경비병도 눈에 들어오질 않았다.

당문주는 착잡한 마음으로 휘적휘적 자기 방으로 향했다.

'저 도둑청년이 누군지 결국 여쭤보질 못했다.'

*　　　　*　　　　*

당문 밖에 대기하고 있던 현상금 사냥꾼들과 고수들의 시선이 후문에 모아졌다.

검은 복면을 한 자가 어떤 사내를 업고 나오는 게 보인다.

한데 등에 업힌 사내는 정상이 아니었다.

까까대머리, 퉁퉁 불은 얼굴. 축 늘어뜨린 팔다리.

그 희한한 사내를 업은 복면인은 빠르게 몸을 날려 산으로 향했다.

그 모습을 보는 고수들의 심중은 한결같았다.

'저걸 쫓아야 하나, 말아야 하나?'

무언가 수상해서 뒤를 쫓고 싶어도 당문이 자신들을 따돌리려고 만든 함정일지도 모른다는 생각에 그들은 망설였다.

이럴 땐 자신의 감각을 의지하는 게 최고다.

마침내 한 명의 사냥꾼이 몸을 날려 복면인의 뒤를 쫓는다.

그는 냄새를 맡은 것이다.

이어 다른 자도 추격한다.

그러자 나중엔 가만히 보고만 있던 자들까지도 군중 심리로 너도나
도 덩달아 뛰기 시작했다.

그런데 일류고수들은 소리없이 몸을 날렸지만 삼류무사들은 홍분에
겨워 소리를 질렀다.

"저기다! 쫓아라!"

"우와아아아~"

주위가 어수선한 바람에 하오문주 암흑대제는 잠이 깼다.

"엉? 뭐야?"

암흑대제는 급히 눈을 비볐다.

주변에 있던 고수들 중 대다수가 어디론가로 이동하고 있었다.

잠시 어리둥절해하던 암흑대제는 벌떡 일어섬과 동시에 사팔뜨기
마봉팔을 걷어찼다.

"야 이놈아! 망을 보랬더니 자빠져 자?"

"어이쿠, 잘못했습니다!"

마봉팔이 엎드려 싹싹 빈다.

암흑대제는 인상을 그으면서 사위를 둘러보았다.

잠복해 있던 사람들이 떼를 지어 한곳으로 달려가는 게 보인다.

그들은 무엇인가를 추격하는 기미였다.

암흑대제의 동물적인 본능이 말한다.

'이거다!'

암흑대제는 즉각 옆구리에 마봉팔을 끼고 고수들의 뒤를 따라 몸을
날렸다.

현상금 사냥꾼들의 추격을 받는 천면호리 독고미향의 얼굴은 사색

이 되었다.

당문에 들어서기 전, 그녀는 주위에 고수들이 밀집해 있다는 사실을 발견했다.

독고미향은 몹시 당혹스러웠다. 구달비가 황금장의 도둑과 동일 인물이라는 사실을 모르는 그녀로서는 저들이 왜 이곳에 잠복하고 있는지 그 까닭을 알 수가 없었다.

하지만 오라비 독고강의 말처럼 맷돌에 갈리고 있을지도 모를 구달비를 생각하자 머뭇거릴 틈이 없었다.

어서 빨리 구달비의 생사를 확인하고 싶었다.

그리고 재주가 좋은 독고미향은 무사히 당문에 진입했다.

한데 정작 문제는 구달비를 구출해 내고 난 뒤에 생겼다. 당문을 벗어나자마자 추격대가 따라붙었던 것이다.

독고미향은 왜 쫓기는지 연유는 몰랐지만 뒤를 돌아보지 않고 일단 무조건 달렸다.

자신을 추격할 리는 없으니 분명히 등에 업힌 구달비가 관련된 일일 것이라는 판단이 선다.

그러나 구달비를 버릴 수는 없으니 이젠 죽으나 사나 앞으로 나갈 수밖에 없다.

독고미향은 이를 악물고 달렸다.

추격해 오는 고수들의 기척이 신경을 자극한다.

그 외중에도 독고미향은 등에 업힌 구달비의 상태를 살폈다.

구달비의 호흡은 금방이라도 숨이 끊어질 듯 가냘팠다.

그의 기식이 상당히 중하자 독고미향은 크게 걱정이 되었다.

그녀는 전력으로 경공을 펼치는 한편, 구달비한테 말을 걸었다.

"달비야! 내 말이 들려? 정신 좀 차려봐!"

혼미한 의식 속에서 어렴풋이 들려오는 여인의 목소리.

구달비에게 그것은 금경은의 목소리로 들렸다.

거의 녹아 붙은 입술이 힘겹게 움찔거린다.

"그… 그음 낭자……."

"……!"

독고미향의 얼굴이 딱딱하게 굳어졌다.

자신은 목숨을 걸고 구해주었건만, 사내는 다른 여자의 이름을 부른다.

핑~ 도는 눈물로 시야가 흐려진다.

"에이 씨!"

독고미향은 뺨을 타고 흐르는 한줄기 눈물을 의식하지 못한 채 마구 달렸다.

구달비가 한없이 야속했다.

동시에 가슴속엔 금씨세가의 딸에 대한 질투심이 가득 찬다.

'어떤 년인지 죽여 버리고 싶다!'

질투심으로 터질 듯한 가슴을 안고 독고미향은 구달비를 살리기 위해서 전신 내공을 다 끌어올려서 뛰고 또 뛰었다.

한편 처소로 돌아온 당문주는 잠을 이루지 못했다.

"도대체 그 도둑청년은 아버님과 어떤 사이일까?"

그 도둑놈의 상판은 자신과는 어디 한 군데 닮은 구석이 없다.

핏줄이라면 결국 이복동생이라는 소리다.

당문은 대대로 혈연을 중시하는 집안.

삶고 있던 도둑놈이 자신의 배다른 동생일지도 모른다고 생각하자 당문주는 하늘이 무너지는 것만 같았다.

"내가 내 핏줄을 그토록 모진 방법으로 죽이려 했다니!"

충격으로 인해 사지가 벌벌 떨린다.

당문주는 머리를 쥐어뜯었다.

그는 더 이상 견디기 어려웠다.

아무래도 아버지를 만나서 사실 확인을 해보는 게 상책이다.

아버지는 방에서 근신하라고 명했지만, 결국 당문주는 자리를 박차고 아버지의 처소로 달려갔다.

"아버님, 소자입니다."

"오냐. 이 늦은 밤에 웬일이냐?"

의아해하는 아버지 때문에 당문주 역시 어리둥절한 얼굴이 되었다.

당문주는 침을 한번 삼키고 물었다.

"저어… 조제실의 그 도둑청년은 누구입니까?"

"조제실의 도둑청년? 무슨 소리냐?"

"예? 아까 조제실에서 데려가신 그 청년 말입니다?"

"아까라니? 내가 언제 조제실에 갔더냐?"

"……!"

당문주는 심장이 덜컥 내려앉았다.

'그럼 조제실에서 만났던 아버님은 대체 누구란 말이냐?'

당문주는 아버지 앞에서 번개같이 사라졌다.

효자인 그가 아버지한테 인사도 없이 자리를 뜨는 이게 처음이다.

잠시 후 당문 내에는 다급한 경보음이 울려 퍼졌다.

땡땡땡땡땡땡~

"전 문도들에게 중무장을 시키고 내 뒤를 따라라!"

당문주는 수하한테 지시를 내린 후 먼저 몸을 날렸다.

당문주가 독고미향의 흔적을 쫓아 당문을 나와서 달리자 아직 당문 밖에서 잠복 중이던 나머지 고수들 또한 일제히 그 뒤를 추격하기 시작했다.

그로부터 일각(一刻:15분) 후, 당문의 후문이 활짝 열리면서 백 명에 달하는 당문도들이 우르르 쏟아져 나왔다.

제각기 암기가 든 가죽 자루를 몸에 부착한 당문도들은 문주가 남기고 간 흔적을 따라서 달렸다.

그런데 그들은 뒤에 꼬리가 붙었다는 사실을 전혀 눈치채지 못했다.

〈제3권 끝〉